당신의 세상에서

당신의 세상에서 2

초판 인쇄 2016년 3월 25일
초판 발행 2016년 3월 30일

지 은 이 문언희
펴 낸 이 백주선
편　　집 편집부
펴 낸 곳 베아트리체

등록번호 제2015-000107호
등록일자 2015년 5월 19일

주소 경기도 고양시 일산서구 가좌1로 10, 505동
전화 031-914-8944
투고 romance1314@hanmail.net

값 9,000원
ISBN 979-11-86907-46-7　　　[04810]
ISBN 979-11-86907-44-3 (세트)

※ 이 책은 베아트리체와 저작자의 계약에 의해 출판된 것이므로,
　무단 전재 및 유포, 공유를 금합니다.

문언희 장편소설

당신의 세상에서 2

베아트리체

~14~

"에이, 설마."

은우는 진지하게 속닥거리는 진건에게 그건 아닐 거라며 손을 휘휘 저었다. 설마 재진이 그럴 리가 없다. 나이가 서른넷인데. 카리스마 작렬 그 외모에 그런 짓을?

"아니야. 내가 봤어."

"아닐 건데."

"아니야. 내가 잠깐 토끼 인형을 소파에 두고 화장실을 갔다 왔는데, 큰아빠가 인형 배를 막 누르는 거야. 그것도 이렇게 막 웃으면서."

진건이 양쪽 입술 끝을 쭉 잡아당겨 늘어뜨렸다.

"풉, 푸하하하!"

은우는 그게 사실이라면 너무 재미있다는 생각에 배꼽을 잡고 자지러졌다.

"그래서 진건이가 큰아빠한테 뭐 하냐고 물어보니까, 그냥 토순이가 예뻐서 배를 쓰다듬는 중이었대. 큰아빠가 내 토끼 인형을 욕심내는 거 같아."

진건의 말을 잠자코 듣고 있던 은우는 아무래도 토끼 인형의 건전지 수명을 단축시킨 범인이 재진이었나 보다 생각하며 슬그머니 웃었다.

'내 목소리가 그리도 듣고 싶었나? 으흥흥.'

어쩐지 그날 건전지를 갈아 끼우며 재녹음을 하는데, 그가 옆에서 어찌나 멘트를 추천해 주든지 의아하긴 했다.

['잘 자'라든지, '내 꿈 꿔'라든지, '보고 싶어'라든지.]

그래서 결국 재탄생한 멘트는,

—매일매일 보고 싶은 진건아. 누나가 진건이 얼마나 사랑하는지 알지? 내 꿈 꿔. 사랑해.

은우는 누군가 간지럼을 태우기라도 하는 것처럼 입을 다물지 못했다. 조만간 재진에게 서프라이즈 선물을 하나 준비해야 할 것 같았다.

"진건이 배 안 고파? 간식 좀……."

은우는 느닷없이 휴대폰 벨소리가 요란하게 울리자 발신인을 확인했다.

〈울오빠〉

오후 4시. 보통 이 시간이면 기훈은 한참 꿈나라에 가 있을 시간이었다.

"진건아, 잠깐만. 누나 오빠한테 전화가 와서 이것만 받고 간식 챙겨 줄게?"

"응."

은우는 진건을 대할 때와는 달리 심드렁한 목소리로 전화를 받았다.

"왜 이 시간에……."

-으, 은우야. 하아.

은우는 뭔가 심상치 않은 기훈의 음성에 자리에서 벌떡 일어났다.

"왜 그래, 오빠? 무슨 일 있어?"

-배가, 배가 너무 아파……. 이, 일어나지도 못하…… 하웃.

장난이 아닌 것 같았다. 이런 걸로 장난친 적은 한 번도 없었다.

"매, 맹장인가? 알았어. 일단 119부터 부를게. 침착하고, 나도 그리로 갈게."

황급히 119에 전화를 건 은우는 무슨 일인가 싶어 빤히 쳐다보는 진건을 발견하고는 일단 옷을 갈아입혔다.

"진건아. 아, 그러니까 누나 오빠가 어디 아픈 거 같아서, 그러니까 그게 병원을 가야 하는데……."

갑작스런 일에 당황한 은우가 횡설수설을 하는데, 진건이 말없이 손을 잡아끌었다.

"빨리 가야 되는 거 아니야?"

"응? 아아, 그래."

진건을 데리고 부리나케 집을 나선 은우는 서둘러 택시를 잡아탔다. 불안한 마음에 기훈에게 전화를 했지만 받지 않았다.

"하아, 별일 아니어야 할 텐데."

엄마한테는 걱정할까 봐 전화를 안 했을 게 뻔했다. 일단은 병원부터 가고 나서 엄마에게는 나중에 연락을 하는 게 좋을 것 같았다. 그녀가 초조하게 발을 동동 구르자, 옆에 조용히 앉아 있던 진건이 손을 포개 잡았다.

"괜찮을 거야."

은우는 여섯 살 진건의 위로에 고개를 끄덕이며 떨리는 손으로 감싸 안았다. 진건의 위로 때문인지, 따뜻한 체온 때문인지, 마음이 조금씩 차분해지고 있었다.

"하아."

은우는 무사히 수술을 끝내고 병실로 돌아와 누워 있는 기훈을 보며 그제야 안도의 한숨을 내쉬었다.

급성맹장이었다. 다행히 바로 병원을 와서 복막염까지 가는 건 막을 수 있었다.

그렇게 나불대고 까불거리던 기훈이 창백해진 얼굴로 누워 있는 것을 보니 은우는 마음이 짠해졌다. 오빠가 아픈 것을 본 건 정말 드문 일이었다. 무슨 체질이 감기도 잘 안 걸리느냐고 핀잔을 줄 정도였는데, 다시는 이렇게 환자복을 입고 있는 모습을 보고 싶지 않다는 생각이 들었다. 은우는 기훈이 잔뜩 미간을 찌푸리며 눈꺼풀을 들어 올리자 가까이 다가갔다.

"정신이 좀 들어? 많이 아파?"

"으읏. 아파 뒈지겠다. 목도 마르고."

"어떡해? 가스 나와야 한다는데. 아프더라도 좀 걸어 다니고 해야 가스도 빨리 나온다던데."

"의사 양반들 제 몸 아니라고 말은 잘하지. 아파 죽겠는데 무슨."

"일단 좀 더 누워 있고……."

"하아. 시팔, 내 배렛나루."

은우는 그가 무슨 말을 하는 건가 싶어 가까이 상체를 기울였다.

"뭐라고?"

"이 오라버니의 근사한 배렛나루가 무자비하게 제모 당했어."

은우는 고새 또 본래 강기훈으로 돌아온 모습을 보며 피식 웃었다. 아파서 찌그러져 있는 것보다는 차라리 나불거리는 게 낫기는 하다.

"여어, 그대는 누구인고?"

기훈이 슬쩍 인상을 찌푸리며 은우의 뒤로 시선을 옮겼다.

"아, 여기는 진건이. 오빠 전화 받고 너무 놀라서 일단 진건일 데리고 무작정 왔지, 뭐."

은우는 진건을 앞에 세우며 기훈을 소개했다.

"진건아, 누나 오빠야. 기훈 삼촌."

"안녕하세요."

진건이 90도로 허리를 숙이며 배꼽인사를 했다. 기훈은 그동안 말로만 들어왔던 진건을 한참 바라만 보다 주먹을 슥 내밀었다.

"반갑다, 꼬맹아."

진건이 멀뚱하게 서 있자 그가 귀엽다는 듯 슬쩍 웃었다.

"남자끼리는 이렇게 인사하는 거야. 주먹."

진건이 기훈을 따라 주먹을 말아 쥐었다. 그는 진건의 손에 살짝 주먹을 갖다 대었다.

"빠샤."

기훈이 인상을 찌푸리면서도 계속 웃고 있자, 진건 또한 그제야 긴장한 표정을 풀었다.

"빠샤."

"오케이, 그거지. 주먹 쥐고 빠샤."

"빠샤."

진건이 은우에게 달라붙으며 연방 입꼬리를 늘어뜨렸다.

"그런데 형아 같은데, 삼촌이에요?"

"네가 보는 눈이 있구나. 삼촌이 무지 어려 보이기는 하지만 서른이나 먹었단다."

"참, 오빠. 나 전화 좀 하고 올게. 급하게 병원으로 오느라 재진 씨한테 연락을 못 해 줬어. 진건이 데리고 왔다고 말해 줘야 해."

은우가 잠시 통화를 하기 위해 병실 밖으로 나갔다. 일반 병실이 없어 일단 2인실로 잡았지만 다른 환자가 없어 병실엔 기훈뿐이었다. 기훈은 통증에 얼굴을 일그러뜨리며 쌍시옷을 내뱉으려다 멈칫했다. 쌍꺼풀이 없는데도 뭐 저렇게 눈이 큰지 또랑또랑한 눈망울로 저를 보고 있는 진건이 때문이었다.

"몇 살이냐."

기훈이 억지로 욕지거리를 다시 삼키며 물었다.

"여섯 살이요."

"밥 좀 더 잘 먹어야겠다. 그래야 키가 쑥쑥 크지."

진건이 고개를 끄덕였다.

"이름이 진건이라고?"

"네. 류진건이요."

"은우 누나가 잘해 줘?"

"네. 은우 누나는 너무 착하고, 재미있고, 예쁘고 그래요. 그래서 진건이는 은우 누나가 나를 안 떠났으면 좋겠어요. 다른 이모들처럼 진건이 안 떠났으면 좋겠어요."

엄마가 없다고 했었지.

기훈은 참으로 오랜만에 유년 시절이 생각나 가슴이 뭉클해졌다. 자신이 열 살 때 엄마를 잃었을 때도 그 슬픔을 감당할 수가 없었는데, 이 아인 겨우 여섯 살이었다. 은우 역시 여섯 살 때 친어머니가 돌아가셨다.

"이리 와 봐."

어쩐지 어릴 적 은우가 떠오른 기훈은 가까이 다가온 진건의 머리칼을 풀썩였다.

"씩씩하네. 울지도 않고."

은우는 참 많이도 울었더랬다. 엄마가 보고 싶다고 많이도 울었더랬다. 그런 은우를 달래느라 밤잠을 다 설쳤었다.

"아빠가 슬퍼해요."

"응?"

"진건이가 울면 아빠가 슬퍼해요. 그래서 진건이는 안 울어요."

가슴 속 깊은 곳에 눌러 두었던 감정 하나가 용솟음쳤다.

"……녀석."

기훈이 팔을 좀 더 뻗으려다 콧잔등을 찡그렸다. 또다시 욕을 삼키며 눈을 감는데 진건의 다정한 목소리가 들렸다.

"여기가 아파요?"

진건이 기훈의 배를 가리켰다. 눈을 뜬 기훈이 고개를 살짝 끄덕이자 진건이 상체를 숙여 배 가까이 입을 대고 동그랗게 모았다.

"호오, 아프지 마라."

기훈은 느닷없는 진건의 행동을 빤히 바라보다 부드럽게 입매를 올렸다. 은우가 왜 그렇게 그 집 식구들에 대해 칭찬을 남발하는지 알 것 같았다. 특히 저 꼬마아이가 왜 그렇게 사랑스럽고, 애잔하다 말했는지.

"이리 와 봐."

기훈은 진건이 머리맡으로 가까이 다가오자 제 손바닥에 대고 호오, 소리를 내어 주먹을 말아 쥐고는 진건의 가슴께에 갖다 대었다.

"이얍, 빠샤. 아프지 마라."

"……응?"

"삼촌이 지금 몸을 일으킬 수가 없어서 손에다가 대신 호오 해서 가슴속에다 옮겨 준 거야. 꼬맹이도 아프지 마라, 여기."

기훈이 진건의 가슴팍을 콕콕 찔렀다. 이내 진건의 얼굴에 미소가 번졌다.

"삼촌도 은우 누나처럼 착한 거 같아요."

"나 참, 여섯 살배기한테 그런 칭찬 듣는 건 처음이지만 고맙구나."

"삼촌 아픈 거 다 나으면 진건이 또 만날 수 있어요?"

"흐음, 글쎄다. 삼촌이 좀 비싼 몸이라……."

주머니를 뒤적거리던 진건은 오백 원짜리 하나를 기훈에게 내밀었다.

"지금은 이것뿐이에요."

진건을 물끄러미 바라보던 기훈은 피식 웃으며 입을 열었다.

"기분이다. 너는 공짜로 만나 줄게."

진건의 눈이 살그머니 사라졌다.

"이거 참, 부담스럽게."

기훈은 병문안을 온 재진을 보며 어색하게 웃었다. 환한 불빛 아래에서 보니 인물이 훨씬 도드라져 보였다. 키도 어찌나 큰지, 은우가 훤칠한데도 머리 하나가 쑥 올라와 있었다.

"좀 괜찮으십니까?"

"예, 괜찮습니다. 맹장수술인데요, 뭘."

"아니야, 큰아빠. 기훈 삼촌이 아까 막 아프다고 그랬어."

"내가 언제 그랬냐."

재진은 그새 많이 친해 보이는 기훈과 진건을 번갈아 쳐다보며 가슴이 따뜻해지는 걸 느꼈다. 강 남매에게서 뿜어져 나오는 밝은 에너지에 덩달아 같이 기분이 상승되는 것 같았다.

"그나저나 은우야, 너 어서 저녁이나 먹으러 가. 꼬맹이도 배고플 텐데."

"오빠는 아무것도 못 먹어서 어떡해? 그러니까 좀 움직여. 그래야 가스 나온다잖아. 그치, 진건아? 뽀오옹~."

"응. 뽀오옹~."

"좋단다."

재진은 세 사람을 그저 바라만 보고 있어도 웃음이 나왔다. 진건이 이렇게 밝은 분위기 속에서 자랐다면 조금은 덜 어른스럽지 않았을까 하는 생각에 미안한 마음이 들기도 했다.

"진건이 진짜 배고프겠어요. 얼른 나가요. 오빠, 나 얼른 밥 먹고 올게."

"아냐, 아냐, 오지 마. 무슨 중증도 아니고 거동을 못 하는 것도 아닌데."

"무슨 소리야. 그래도 수술인데 보호자가 있어야지. 쉬고 있어."

은우의 손에 이끌려 나가려던 진건은 이내 다시 기훈에게 다가가 주먹을 쥐어 내밀었다. 기훈은 잊지 않고 인사법을 따라하는 진건을 보며 제법이라는 듯 웃었다.

"그렇지, 이게 남자지. 빠샤."

"빠샤."

주먹을 쿵 부딪친 진건을 데리고 서둘러 병실을 나선 은우는 걸음을 빨리했다.

"미안해요. 갑자기 병원에 오는 바람에 오늘 진건이 간식도 못 챙겨 줬어요. 하도 정신이 없다 보니까……."

"미안해 할 필요 없을 거 같은데. 진건이를 보니."

콧노래를 흥얼거리며 폴짝거리는 진건을 보던 은우 역시 미소가 번졌다.

"오늘 계속 병원에 있어야 하겠네?"

재진이 은우의 손을 잡아채며 물었다.

"아, 그래야 할 거 같아요. 엄마는 미리 전화하면 걱정할 거 같아서 이따 식당 끝나는 시간에 맞춰서 해 보려고요. 엄마는 아침에 일 나가니까 내가 있어야죠."

재진은 그날 기훈을 만났을 때도 그렇고, 아버지 이야기는 전혀 하지 않는 은우를 보며 아마도 아버지가 안 계신 모양이라고 생각을 했다. 그녀에 대해 이것저것 궁금한 게 많았지만, 자칫 예민할 수 있는 개인적인 부분은 본인이 직접 말하기 전까지는 묻지 않는 게 좋을 것 같았다. 저 역시 어느 날 은우가 재성이 왜 이혼을 한 거냐고 묻는다 해도, 진실 그대로를 얘기해 줄 수 있을지 자신이 없으니까.

"흐음, 그럼 진건이를 어쩐다? 병간호까지 하면서 진건이 보려면 힘들 텐데."

"아니에요. 낮에야 보호자 없어도 못 움직이는 건 아니니까요. 밤에는 혹시 몰라서……."

"큰아빠, 진건이 내일도 누나 따라서 병원 오면 안 되는 거야?"

두 사람의 고개가 동시에 진건을 향해 돌아갔다.

"난 기훈 삼촌 좋은데. 누나만큼 재미있어. 즐거워."

은우가 재진을 힐끔 보았다. 사실 저로서는 최적의 방법이긴 했다. 한데 재진이나 특히 재성은 좋아하지 않을 수도 있었다. 어찌되었든 어린아이가 병원에 오래 있는 걸 썩 내켜하지는 않을 것 같았다.

"안 돼, 진건아. 기훈 삼촌 아픈데 진건이 있으면 잘 못 쉬어서……."

"아, 그건 아니에요. 재진 씨가 아직 우리 오빠를 잘 몰라서 그래요. 아주 낯짝 두껍고 뻔뻔스러워서 누가 있다고 해서 못 쉬고 그럴 사람은 아니에요. 아하하. 오히려 진건이가 병원에 몇 시간씩 있어야 하니까 그게 걸려서……."

"큰아빠, 난 은우 누나 따라서 병원 오고 싶은데."

재진은 은우의 걱정보다도 혹여 기훈에게 민폐가 아닌가 싶어 잠시 망설였다.

"아니에요, 재진 씨. 신경 쓰지 말아요. 진건이 하원 시간 맞춰서 원래대로 집으로 갈게요."

"큰아빠아아."

진건이 재진의 다리에 매달리며 칭얼거렸다. 어지간해서는 떼를 잘 안 쓰는 녀석인데 꽤나 기훈이 좋은 모양이었다.

"진건이가 있어도 진짜 괜찮을까 모르겠네."

재진이 은우에게 다시 한 번 의사를 물었다. 은우는 말없이 웃으며 오케이 사인을 보냈다.

"진건아, 오랜만에 붕붕 날아 볼까?"

은우는 진건을 가운데 자리로 옮기고 놀이공원에서 했던 것처럼 재진에게 사인을 보냈다.

"하나, 둘, 셋!"

"꺄아!"

양쪽에서 힘껏 손을 잡아 올린 탄력에 의해 진건이 껑충 솟

구쳐 올랐다 내려갔다. 여섯 살 어린아이에게 어울리는 천진난만한 웃음소리가 멈추지 않았다.

**

 기훈은 수술 후 경과가 좋아 3일 뒤 퇴원을 했다. 가스는 꼬박 하루 지나 나왔는데, 가스가 나오던 순간을 본의 아니게 함께했던 진건으로부터 방귀삼촌이라는 별명을 얻는 불명예를 안게 되었다. 함께한 3일 동안 믿기지 않을 만큼 가까워진 기훈과 진건은 병원 안에서 친삼촌과 조카로 오해를 받을 정도였다.
 은우는 현관문이 열리기 무섭게 주먹을 내밀며 달려 나가는 진건을 못 말리겠다는 눈으로 쳐다보았다. 아무래도 기훈이 괜한 걸 가르쳐 준 것 같았다.
 "빠샤."
 나란히 들어서던 재진과 재성은 그사이 익숙해진 듯 주먹을 맞대었다. 기훈을 처음 만난 이후로 계속 저렇게 인사를 하는 진건을 말릴 수가 없었다. 은우는 다시 원래의 친절한 류재성으로 돌아간 그를 보며 멋쩍게 웃었다.
 "죄송해요. 오빠가 괜한 걸 가르쳐 놔서."
 "하하, 아니에요. 진건이가 좋아하면 된 거죠. 대신 친한 사이끼리만 하는 거라고 말은 해 뒀어요. 혹시나 처음 보는 어른들한테도 그러면 실례니까. 으쌰, 우리 진건이 오늘은 뭐 하고 놀았나?"

재성이 눈치껏 진건을 안아들고 방으로 들어갔다. 은우는 재진을 보며 입매를 올리다 뭔가 생각난 듯 소파에 있는 가방을 가져왔다. 평소와 다르게 백팩이 아닌 빅 사이즈 에코백을 들고 있는 은우가 혹시 재성의 방문이 열릴까 두리번거리자, 재진이 슥 고개를 까딱였다.

은우는 재진의 시선이 그의 방문으로 향해 있자 화들짝 놀랐다. 매일 이 집을 들락거렸어도 재진의 방에 들어가 본 적은 한 번도 없었다.

"방은 왜요?"

"뭔가 말하기 곤란해 하는 거 같기에."

"아하하. 그래도 방에 같이 들어가면 이상하게 생각하……."

"뭐를?"

비딱하게 서서 팔짱을 낀 그가 흥미로운 얼굴로 물었다.

"아니, 그러니까 재성 씨도 있고, 진건이도 있는데……."

"아, 그러니까 재성이나 진건이가 없을 때 들어오겠다, 이건가?"

"응?"

"없을 때 뭐 하려고."

당황한 은우의 사고에 버퍼링이 걸렸다.

"뭘 하려고 그러지? 재성이랑 있을 때 들어가면 이상하게 생각하는 게 뭘까?"

재진은 저러다 은우의 얼굴이 폭발할 것 같다는 생각에 장난을 거두며 손목을 잡아 이끌었다. 방으로 들어와 문을 닫으려던 그가 멈칫하며 얄궂게 웃었다.

"어떻게, 이상하게 생각 안 하게 방문이라도 좀 열어 놔야 하나?"

장난을 그만 쳐야겠다는 생각과는 다르게 그녀만 보면 장난이 치고 싶어졌다. 그때그때 너무 솔직하게 드러나는 그녀의 감정 표현이 그리 귀여울 수가 없었다.

"그러다 진짜 울겠네."

은우를 침대 끝에 걸터앉힌 그는 의자를 가져와 마주앉았다.

"무슨 얘기를 하려고 그렇게 눈치를 봤을까."

버퍼링이 걸린 머릿속을 간신히 정리한 은우는 가방에서 포장된 선물 하나를 꺼내었다.

"흠흠. 필요할 거 같아서 하나 샀어요."

재진은 생각지도 못한 선물에 의아하게 눈썹을 치켜 올렸다.

"혹시 진건이나 재성 씨가 이 방에 들어오고 그러진 않죠?"

재진이 그렇다고 하자 은우가 안도의 한숨을 내쉬었다. 혹시나 걸린다면 정말 창피한 일이 아닐 수 없다.

"나 가고 나면 풀어 봐요."

"뭘까."

"아, 몰라요. 이따 보면 알겠죠."

은우가 그만 가려는 듯 가방끈을 잡았다.

"벌써 가려고?"

"가야죠. 이러다 재성 씨 나오겠어요."

"하긴, 우리에겐 1박 2일이 있으니까."

"어머머. 어머, 어머. 1박 2일이 뭐 어쨌는데요? 나 아직 간다고 대답 안 했거든요?"

새침한 얼굴로 속사포로 내뱉은 은우가 황급히 줄행랑을 쳤다. 다급히 따라 나가는 그의 만면에 웃음꽃이 피었다.

한사코 괜찮다는 은우를 데려다 주고 집으로 돌아온 재진은 설레는 마음으로 포장지를 뜯었다. 금빛으로 반짝거리는 포장지 안에서 나온 건 여자 옷을 입고 있는 테디베어였다.

재진은 설마 하는 얼굴로 인형의 배를 슬쩍 눌러 보았다.

-난 누구 거? 재진이 거~. 넌 누구 거? 은우 거~. 한눈팔기 있기, 없기? 지켜보고 있다아~.

"픕. 푸후후."

재진은 이마를 짚으며 목젖이 보일 정도로 소리 내어 웃었다. 아무래도 진건이 토끼 인형의 건전지 수명이 단축되어진 사건의 전말을 알게 된 모양이었다. 그녀가 얼마나 쑥스러워하면서 녹음을 했을지 눈에 선했다.

재진은 아마 이 테디베어 역시 건전지가 오래가지 못하겠다고 생각하며 다시 한 번 배를 꾹 눌렀다.

사랑이란 유치한 게 틀림없다. 서른넷에 인형 선물 받고 좋아하게 될 줄은 꿈에도 몰랐던 사실이다.

**

드디어 내일이었다. 내일 재진과 단둘이 여행을 떠나기로 했다. 은우는 설레기도 하고 긴장되는 마음에 자꾸만 입매가 올라갔다. 내일 아침 눈을 뜨면 세상이 온통 핑크빛으로 물드는 게 아닌지 모르겠다.

<이러기 있기, 없기? 밤새 네 목소리 듣느라 잠을 설칠 거 같은데, 어떻게 할 셈이야?>

은우는 재진에게 테디베어를 선물하고 나서 받았던 까똑이 생각나자 몸을 배배 꼬았다. 수줍음에 대단한 용기를 내어 음성 녹음을 했던 걸 생각하면 구운 오징어처럼 몸이 오그라들긴 했지만 그저 좋았다.

"으흥흥."

"누나, 뭐 좋은 일 있어?"

"응? 아, 응."

"방귀삼촌은 잘 있고?"

"응. 이제 많이 좋아졌어."

"진건이 안 보고 싶대?"

병원에서 꼬박 3일을 기훈과 함께 보낸 이후 아직 서로 만난 적이 없긴 했다.

"기훈이 삼촌 보고 싶어?"

"응. 보고 싶어. 방귀삼촌이 나는 공짜로 만나 준댔어."

"으, 응?"

"방귀삼촌이 자기는 비싼 몸이라고 그랬어. 그런데 진건이는 공짜로 만나 준댔어."

아무래도 기훈이 장난을 친 것 같았다. 은우는 다정하게 웃으며 진건을 바라보았다.

"그럼 진건이 내일 할머니한테 다녀오면, 기훈이 삼촌 보러 가 볼까? 아빠가 허락해 주면."

"정말?"

"응, 정말. 기훈이 삼촌도 진건이 보고 싶어 해. 자꾸 물어 봐. 진건이 잘 있느냐고. 그런데 방귀삼촌 말고 기훈이 삼촌이라고 불러 주면 진짜 더 좋아할 거야. 삼촌이 은근히 소심해서 잘 삐쳐."

"으음, 알았어. 기훈이 삼촌이라고 할게. 나 그럼 기훈이 삼촌 만나면 줄 그림이랑 편지 쓸래."

방으로 쪼르르 들어간 진건이 스케치북을 들고 나왔다. 기훈의 얼굴을 곰곰이 떠올려 보던 진건은 정성껏 그림을 그리기 시작했다.

"기훈이 삼촌이 진짜 좋아하겠다."

"헤헤. 정말?"

"그럼."

크레파스를 쥐고 그림 그리기에 몰두하는 진건을 기특하게 바라보던 은우는 또 금세 재진이 생각나 혼자 키득거렸다.

"큰아빠가 그렇게 좋아?"

더 이상 숨길 필요가 뭐 있으랴. 어차피 다 아는걸.

"응. 그렇게 좋아."

가슴팍에 손을 모은 은우는 슬쩍 재진의 방문을 쳐다보았다. 곰돌이가 저 안에 잘 숨어 있겠지?

"꺄아! 몰라, 몰라!"

자꾸만 웃음이 나온다.

재진은 내일 여행을 위해 은우를 일찍 데려다 주려고 차에 오르다가 그녀를 흘깃 쳐다보았다. 저러다 하늘로 솟구치지 않을까 싶을 정도로 요 며칠 기분이 남달라 보였다.

"그렇게 좋아?"

"응?"

"이렇게 좋아할 줄 알았으면 좀 더 일찍 날을 잡을 걸 그랬나 봐. 1박 2일."

"흠흠. 그런 거 아니에요."

"그런 거 같은데?"

은우가 곱게 눈을 흘기자 그가 슬며시 화제를 바꾸었다.

"오빠는 좀 어때?"

"많이 좋아졌어요."

"다행이네. 그런데 참, 오빠는 무슨 일을 하지? 매번 물어본다면서 잊었네. 왠지 느낌이 평범한 회사원은 아닐 거 같은데."

헤벌쭉 벌어져 있던 은우의 입매가 서서히 모아졌다. 언젠가 이런 날이 올 거라고 예상은 하고 있었다.

"아……, 오빠…… 직업이요?"

은우는 난처한 얼굴로 뜸을 들였다.

"말하기 곤란한 거면……."

"아니에요! 곤란하긴요. 작가예요! 작가."

은우의 대답에 재진이 의외라는 듯이 놀라다 이내 관심을 보였다.

"작가? 전혀 생각 못 했는데. 방송 작가인가? 아님 소설가?"

은우는 차마 성인만화 작가라는 말이 나오지 않았다. 저 역시 아직까지 오빠의 직업이 적응이 안 되는데 재진은 어떻게 생각할지 걱정이 되기도 했다.

"만화 작가예요."

"호오, 진짜? 나도 한때는 만화광이었는데. 장르가 어떻게 되나? 판타지? 무협? 의외로 로맨스?"

"아하하. 내가 만화를 별로 안 좋아해서 잘……."

"그래도 오빠가 만화 작가인데 너무하네. 그러고 보니 우리 회사 직원들도 웹툰 같은 거 많이 보던데. 혹시 오빠도 연재하는 거 있나?"

'네, 있어요. 작가 닉네임이 대물. 제목이 <타깃>이라고 어마어마한 작품이 있어요.'

"아하하. 지금은 휴재기예요."

은우는 거짓말이 들통 날까봐 재진과 시선을 맞추지 않았다.

'오빠, 미안해. 오빠가 창피해서 그러는 건 아니야.'

"완결된 작품 있으면 제목 좀 알려주지. 한번 보게. 요새 원작 소설이나 만화 판권 사서 드라마나 영화로 많이 제작하는데, 우리 회사 기획팀에서 오빠 작품 검토해 볼 수도 있는 일이니까. 제작사가 아니더라도 우리가 직접 판권을 사서 제작에 참여하기도 하니까. 오빠가 작가이면 진즉 얘기를 좀 하지. 관심 있게 찾아봤을 텐데."

"아하하. 관심 안 둬도 돼요. 그리고 난 진짜 만화를 싫어해서 오빠 작품이 뭐가 있는지 잘 몰라요."

"흐음. 내가 한번 직접 찾아봐야겠네. 작가 닉네임은 본명 그대로 쓰시나?"

"아닐걸요? 닉네임이 뭔지도 잘 모르겠네. 아하하."

"오빠가 진짜 서운해 하겠다. 이렇게 관심이 없는 줄 알면. 오빠는 동생한테 관심이 아주 많은 거 같던데."

피식 웃은 재진은 더 이상 말을 이어가지 않았다. 은우는 안도의 한숨을 내쉬며 창밖으로 시선을 돌렸다.

이 사태를 또 어째야 할까?

"오빠."

은우는 몇 번을 기훈의 방문 앞에서 망설이다 노크를 했다. 당장 내일 여행을 떠나는데 엄마에게만 얘기를 하고 아직까지 기훈에게는 아무런 말도 하지 못했다. 어떻게 해야 하나 고민만 하다가 시간을 다 보냈는데, 아무래도 말을 해야 할 것 같았다. 안 그러면 기훈이 정말 쫓아올지도 모르니까.

"오빠, 나 들어간다?"

은우는 방문 앞에 서서 귀를 기울이다 슬며시 문을 열었다. 저녁도 거르고 빠져 있는 걸 보니 건드리면 안 될 것 같긴 했지만, 시간이 없었다.

"뭔데. 수술한 것 때문에 한 주 휴재해서 지금 무지 바쁘거든. 나의 열성팬들이 대물님 빨리 오시라고 난리다, 난리."

고가의 태블릿에 시선을 고정시킨 기훈의 뒤로 조심히 다가간 은우는, 야한 장면이 아니라 다행이라 여기며 목청을 다듬었다.

"흠흠."

"할 얘기 있으면 빨리 하고 나가. 오빠 작업할 때 방해하지 말라고 했잖아."

"있잖아, 나 내일 놀러 가."

"그래? 어디로?"

"남이섬."

"좋을 때지. 남이섬……, 남이섬?"

기훈이 멈칫하며 고개를 들었다.

남이섬이라 함은 연인들의 필수 여행 코스이자 1박으로 다녀오기 최적화된 거리의 여행지가 아니던가.

"오빠한테 말 안 하고 갔다 오려다가 휴대폰 불날까 봐 애기하는 거야."

"지금 1박 2일 다녀오겠다는 거지?"

은우는 떨리는 마음을 가라앉히며 격하게 고개를 끄덕였다. 무슨 일이 있어도 꼭 가고야 말겠다는 의지가 담긴 표정이었다.

"내가 반대하면 안 갈 거냐?"

"갈 거야! 무슨 일이 있어도! 내가 좋아서 가겠다는데 오빠가 왜 반대를 하는데에! 내 몸이야! 내가 알아서 해!"

"깜짝이야."

기훈이 정말 놀랐는지 가슴을 쓸어내렸다.

"왜 소리를 지르고 그래?"

"흠흠. 아무튼 반대해도 나는 가. 이건 허락을 받으려는 게 아니라 통보야."

기훈은 엷게 한숨을 내쉬며 의자를 빙그르 돌려 은우를 마주 보았다. 은우의 말이 맞다. 반대를 해도 가겠지. 그렇다고 다 큰 동생을 머리 밀어 가둬 놓을 수는 없으니까. 지금 한 번 막는다고 해도 두 번, 세 번 계속 막을 수는 없다는 걸 안다.

한창 사랑에 눈이 멀어 좋을 때이니, 헤어지기 싫고 늘 함께이고 싶겠지. 은우도 여자니까. 저 또한 그랬으니까.

"펜션 잡았냐?"

"흠흠. 응, 그렇대."

기훈은 책상 서랍 제일 아래 칸에 들어 있는 작은 상자 안에서 뭔가를 꺼냈다.

"남자들이 의외로 오빠처럼 철두철미한 사람이 별로 없어."

"응?"

"모텔이면 준비되어 있겠지만, 펜션이면 따로 준비해야 하니까."

기훈이 손에 쥐여 주는 것을 확인한 은우의 얼굴이 붉어졌다. 남자 경험은 없어도 이게 뭔지는 알았다.

"하아, 나 참. 이게 잘하는 짓인지."

기훈은 못마땅한 듯 한숨을 내쉬다 콘돔을 몇 개 더 꺼내 건넸다.

"개수만큼 많이 하라는 게 아니야. 너 처음이니까, 아무튼 필요할 거야."

"아, 오빠는 무슨 그, 그런 것까지……. 내가 오빠 딸도 아니고, 우리 네 살밖에 차이 안 나는데 뭐 이런 것까지 챙겨줘? 민망하게. 게다가 웬 코, 콘돔은 그렇게 잔뜩 사다 놨어? 여자 친구도 없으면서."

"지금 그게 중요하냐. 명심해. 피임이 제일 중요해. 나부터도 그렇지만 남자 새끼들은 다 똑같아서 콘돔 없이 하자고 할지도 몰라. 하지만 그건 절대 안 돼. 절대 져 주면 안 되는 문제야. 콘돔 없이 하려는 새끼는 개새끼야. 실수는 방심할 때 생기고, 책임은 오롯이 여자가 지지. 순간의 쾌락을 위해서 콘돔 사용하지 않는 새끼들은 더 볼 필요도 없이 아웃인 거야. 그러니까 명심해. 적어도 네가 결혼하기 전까지는 피임은 확실하게 해."

은우는 진지한 얼굴로 단호하게 얘기하는 기훈의 말에 천천히 고개를 끄덕였다. 걱정스런 기색이 역력한 기훈의 얼굴을 보고 있자니 뭔가 자신이 크게 잘못을 하고 있는 것 같은 기분이 들었다.

"나도 그러고 보면 이기적인 놈인 거지. 내가 여자 사귈 때는 어떻게든 하루라도 빨리 진도 빼고 싶어서 안달이었으면서, 막상 내 동생이 어떤 놈한테 첫 정을 준다 생각하니 이렇게 가슴이 쓰리나 그래."

"오빠……."

"나가 봐. 이젠 네 연애는 네가 알아서 해. 나한테 일일이 보고하지 마라. 대신 그 책임 또한 네가 짊어져야 한다는 것만 명심해라."

기훈은 다시 의자를 돌려 태블릿으로 시선을 옮겼다. 은우가 슬며시 나가고 혼자 남은 기훈은 담배를 한 대 빼물며 불을 붙였다.

"후우……."

은우가 선물해 줬던 지프라이터를 빤히 보며 만지작거리던 기훈은, 훗날 은우를 시집보내면 이런 마음일까 싶어 씁쓸하게 웃었다. 결혼을 하는 것도 아니고, 사랑하는 사람과 사랑을 나누는, 어쩌면 당연한 수순을 밟는 것뿐인데 가슴이 싸하다.
"은우 눈에 눈물 나게만 해 봐라. 내가 빡치면 어떤 놈인지 제대로 보여 줄 테니."

제 방으로 돌아온 은우는 손에 쥐여진 콘돔을 바라보며 방바닥에 털썩 주저앉았다. 기분이 이상했다. 길길이 날뛰며 반대를 할 줄 알았던 기훈이 그렇게 잔뜩 염려되는 얼굴로 일일이 챙겨 주는 걸 보니 미안하기도 했다. 결혼식장에서 딸의 손을 잡고 행진할 때 아버지의 마음이 그리 씁쓸하다는데, 기훈도 그런 비슷한 마음인가 싶어 짠해졌다.
생각해 보면 네 살 많은 기훈에게 많은 걸 의지해 왔다. 아빠 대신 오빠에게 전부를 기대왔던 것 같다.
"뭐야…… 괜히 기분 이상해지게. 아, 그러게 빨리 연애라도 좀 하든지. 그럼 내가 좀 덜 미안할 거 아니냐고. 나만 연애하니까 괜히 미안……."
툴툴거리던 은우는 문득 언젠가 기훈이 스치듯 했던 말이 떠올라 멈칫했다.
[너 때문에 여자를 못 만나는 거야. 너 외롭게 할까 봐.]
그때는 웃기지도 않는 얘기라며 건성으로 들었었다. 그러고 보면 기훈은 유쾌한 성격 때문인지 친구들이 많았다. 그만큼

휴대폰 벨소리가 쉴 새 없이 울려 대고는 했는데, 기훈은 대부분 약속을 다 거절하고 만나지 않았다. 나이가 서른인데 연애를 안 해 본 것도 아니긴 했지만, 깊이 있게 오래 만난 여자는 없는 것 같았다.

어느 날인가 집에 혼자 있는데 누가 현관문을 자꾸 잡아당기는 것 같아 무서워 습관처럼 기훈에게 전화를 했었다. 머리칼을 휘날리며 바로 달려온 기훈은 괜찮으냐며 안위를 살폈는데, 한참 지나서야 여자 친구와 함께 있다가 온 거였다는 걸 알게 되었다. 그 일 이후에 헤어졌다는 것 역시.

지금 자신이 연애를 하고 있는 입장에서 만약 재진이 여동생 전화 한 통화에 달려갔다면, 사실 저부터도 기분이 좋지는 않을 것 같았다. 기훈이 연애 상대로는 환영받지 못할 스타일임에는 분명한 것 같았다.

이 집안에 남자는 오빠뿐이니 엄마와 여동생을 지켜줘야 한다는 사명감으로 인한 강박관념에, 정작 오빠의 인생은 자유롭게 살지 못한 건 아닐까 생각하니 콧날이 다 시큰해졌다.

은우는 코를 훌쩍이며 다시 기훈의 방 앞에서 노크를 하고 문을 열었다.

"내가 방해하지 말라고……."

은우는 기훈의 등 뒤에서 목을 끌어안고는 어깨에 고개를 묻었다.

"……미안해."

"다큐 찍냐? 뭐 하냐?"

"그냥 다 고맙고 미안하다고."

"아아, 닭살 돋게 왜 이래."

기훈이 목에 감긴 은우의 팔을 풀어내려 했지만, 은우는 애교스럽게 더 꼭 감겨왔다.

"오늘은 머리 안 감아서 나는 시큼한 냄새도 안 싫어."

"지능 안티냐?"

"울 오빠 고생 많았어, 그동안."

"아, 진짜 다큐 찍지 말라니까."

"매일 오빠, 오빠 하면서 쫓아다니더니, 남자 친구 생기니까 어느 순간 오빠가 두 번째로 밀려나 버렸어. 난 나쁜 애야."

기훈은 가는 숨을 내쉬며 은우의 손을 포개 잡았다.

"그걸 이제 알았냐."

"흐어엉. 난 나쁜 애였어. 흐으윽."

"내 목덜미에 콧물은 묻히지 마라."

"흐어엉. 안 묻혀."

"다큐 그만 찍어라. 그러다 내일 눈 퉁퉁 붓는 수가 있다."

"맞다. 눈 부으면 안 되는데."

은우가 그제야 팔을 풀며 눈물을 닦았다.

"정 여사 들어오면 무슨 일 있는 줄 알고 오해할라. 가서 얼굴이나 씻어."

"응, 알았어."

기훈은 은우가 방에서 나가자 쥐고 있던 펜을 놓으며 머리칼을 쓸어 올렸다.
"……내가 울려 버렸네. 한 대 맞자."
제 머리통을 쥐어박은 기훈은 그래도 뭔가 뿌듯한 얼굴로 은우가 있던 자리를 쳐다보았다.
"다 크긴 컸나 보네. 오빠 마음도 헤아릴 줄 알고. 그럼 나도 이제 본격적인 로맨스 좀 찍어 봐도 되려나?"

은우를 데려다 주고 와서 샤워를 끝낸 재진은 잠자리에 들기 전 테디베어의 배를 꾹 한 번 눌러 보았다. 은우의 애교 섞인 목소리에 저절로 입매가 벌어지는데 까똑이 왔다.
<큰일이에요. 내일 아침 일찍 일어나야 하는데 잠이 안 와요. 혹시 잠든 건 아니죠? 지금 뭐 해요?>
바로 답장을 하려던 재진은 이내 이불을 들춰 침대에서 내려와 차 키만 집어 들고 나왔다. 늦은 밤이라 차는 밀리지 않았고, 30분도 채 걸리지 않아 은우의 집 앞에 도착한 그는 메시지를 보냈다.
<집 앞으로 잠깐 나와.>
5분여가 지났을까, 도둑고양이처럼 살금살금 걸어 나와 대문 밖으로 빠끔히 고개를 내민 은우는 후드 티 모자를 뒤집어 쓴 채였다. 얼굴이 워낙 작아 겨우 이목구비가 드러난 그녀가 주위를 두리번거리며 속닥거렸다.

"갑자기 여긴 어쩐 일이에요? 이 시간에 왜……."

모자를 잡아내려 목덜미를 끌어당긴 그는 화들짝 놀라 벌어진 그녀의 입술 사이로 혀를 밀어 넣었다. 그의 갑작스런 진한 키스 세례에 정신을 못 차리던 그녀 역시 이내 그의 목에 팔을 두르며 까치발을 했다.

숨도 제대로 못 쉴 정도로 몰아붙이는 그로 인해 그녀가 벽으로 밀쳐졌다. 키스의 농도가 점차 짙어질수록 숨소리 또한 거칠어졌고, 목덜미를 쥐고 있던 그의 손이 점차 아래로 내려와 후드 티를 들추자, 그녀가 그제야 이성의 끈을 붙들었다.

"하아, 하아. 여기 집 앞이에요."

그새 도톰하게 붉어진 그녀의 입술을 노골적으로 바라보던 그가 서로의 숨결이 닿을 거리에서 속삭였다.

"매정한 여자네."

"내, 내가 뭘요?"

"얌전하게 자려고 했던 남자 가슴에 불을 댕겨 놓고는 모른 체하고 있잖아."

"불을 댕겨요? 내가요?"

"잠이 안 온다며."

"아, 응."

"지금 뭐 하냐며."

"아, 응. 그런데 그게 왜……."

"꼬시는 거잖아."

은우는 정말 당황한 얼굴로 손사래를 쳤다.

"어머머. 어머, 기 막혀. 그게 왜 꼬시는 거예요?"

"이 야심한 시각에 뜬금없이 문자를 해서 잠이 안 온다느니, 뭐 하냐느니 하면, 그게 꼬시는 거지."

"어머머, 설마 그래서 여기까지 달려온 거예요? 내가 꼬시는 줄 알고? 어머머."

은우가 연방 호들갑을 떨며 억울함을 호소하자, 그가 피식 웃으며 살포시 끌어안았다.

"보고 싶어서 온 거지. 얼굴 보면 잠이 올 거 같아서."

그녀의 어깨 위에 고개를 묻은 그가 말을 이었다.

"벌써 잠이 오려고 하네."

스르륵, 그의 눈이 감겼다. 은우 역시 그의 허리를 감싸 안으며 품에 기댔다.

"따뜻해. 나도 졸리려고 해요."

"아침까지 이러고 있을까?"

"그건 안 돼요."

"푸후후. 왜 정색하고 그래. 설마 정말 이러고 있을까 봐?"

"흠흠. 놀리지 말아요."

"좋아서 그러지."

서로를 꼭 껴안은 채 도란도란 이야기를 나누는 연인의 밤은 깊어만 갔다. 사랑으로 충만한 달달한 밤이었다.

~15~

"꺄야! 너무 예쁘다아!"

은우는 그를 만난 이후 매일매일 꿈만 같은 시간이 믿기지 않아 방방 뛰었다. 어젯밤 집 앞에서 재진과 늦은 시간까지 함께 보내다 잠을 별로 못 잤음에도 컨디션이 최상이었다.

재진이 알아서 예약을 했다는 남이섬 근처의 펜션은 그야말로 꺅 소리가 나오기에 충분했다. 실외 개별 바비큐실과 함께 제트 스파가 구비되어 있었고, 지붕이 뚫려 있어 밤하늘을 보며 제트 스파를 하면 정말 끝내주겠다는 생각이 들었다.

"하아, 낙원이 따로 없구나."

넓은 펜션 안을 둘러보며 요란법석을 떨던 은우는 무엇보다도 조개 모양의 고급스런 침대를 보며 몸을 꼬았다. 진주색의 로맨틱한 캐노피 또한 너무도 분위기 있고 우아했다.

"이게 제일 마음에 드나?"

차에서 가져온 짐을 내려놓은 그가 뒤에서 은우의 허리를 감싸 안으며 물었다. 정말이지 어젯밤부터 끓어오르는 열기를 억누르느라 정신이 없을 정도였다. 그냥 은우만 보면 사고가 제대로 되지 않는 것 같았다. 그저 너무 사랑스럽다는 생각밖에는 하지 못하는 것 같았다.

그리고 지금 역시 그렇다. 당장이라도 저 침대 위에 그녀를 눕히고 보드라운 살결을 쓸어 보고 싶었다.

"그냥 다 예뻐요."

은우는 엉덩이에서 뭔가 단단한 것이 느껴지자 슬며시 허리를 앞으로 내빼며 자연스럽게 그의 품에서 쏙 빠져나왔다.

"일단 짐 정리부터 좀 할까요? 장 봐온 거 냉장고에 넣어 놔야죠. 여기저기 먼저 둘러본 다음에 바비큐 파티를 해야 하니까. 사진으로 봐도 남이섬 풍경이 참 예쁘던데, 실제로 보면 더하겠죠?"

재진은 부드럽게 입매를 올리며 고개를 끄덕였다.

봄 소풍 온 아이처럼 좋아하는 풋풋한 그녀에게 이런 음흉스런 마음은 어울리지 않는 것 같았다. 일단은 잠시 눌러 두어야 할 것 같다.

남이섬은 그야말로 눈을 돌리는 곳곳마다 근사했다. 은우는 배를 타고 5분도 채 걸리지 않아 도착한 남이섬 입구에서부터 연방 사진을 찍어 대며 쉴 새 없이 눈동자를 굴렸다.

남는 건 사진뿐이라 셀카봉까지 준비해 왔는데, 재진은 사진을 잘 찍으려 하지 않았다.

"모델 했었던 거 진짜 맞아요? 왜 이렇게 사진을 안 찍으려고 해요?"

은우는 재진에게 팔짱을 끼며 억지로 끌어당겨 셀카봉을 높게 쳐들었다.

"김치이."

드디어 재진과의 첫 컷에 기뻐하며 사진을 확인한 은우는 그냥 대충 찍어도 화보 같은 그를 보며 생글거렸다. 그래도 얼굴이라도 작아 다행이지, 그렇지 않았다면 정말 남자보다 얼굴 큰 굴욕을 당할 뻔했다.

"사람 진짜 많네요. 날씨가 따뜻하고 좋으니까 가족 단위로도 많이 왔나 봐요. 진건이도 같이 왔으면 좋아했을 텐데. 우리 다음에는 재성 씨랑 진건이랑 다 같이 한번 놀러 가요. 우리끼리만 와서 좀 미안해지네."

재진은 은우의 어여쁜 마음씀씀이에 입매를 올리며 한번 날짜를 잡아 보자고 약속했다.

"우와, 진짜 너무 예쁘다아."

남이섬을 대표하는 메타세콰이어 길에 들어서자 은우의 입은 다물어질 줄을 몰랐다. 특히 푸른 잎을 자랑하며 길게 늘어선 가로수 길은 그야말로 사진으로 보던 것과는 차원이 다른 장관이었다. 쉴 새 없이 사진을 찍고, 셀카봉으로 이 풍경을 담을 수 없어 지나가는 분에게 부탁을 한 은우는 재진과 함께 나란히 섰다. 사람들 없이 단둘이 이 길 한가운데에서 사진을 찍었더라면 더 그림 같았겠지만, 그건 아마 다른 이들도 마찬가지일 거라 여기며 부푼 마음으로 여러 장의 사진을 찍었다.

"아, 진짜 좋다."

재진은 숨을 크게 들이마시며 자연이 선사하는 청량함을 마음껏 누리는 은우를 따뜻한 눈길로 바라보았다.

사랑하는 사람의 손을 잡고 여유롭게 거닐며 이런저런 이야기도 나누고, 사진으로 추억도 남기고, 서른넷에 처음 해 보는 것들이 너무 많았다. 그래서 더 소중하고 감사했다. 이런 시간들을 선물해 주는 은우가 더없이 사랑스러웠다.

이미 한참을 걸어 다녔음에도 지치지 않았다. 곳곳에 배치된 벤치에 앉아 쉬어 가며 구석구석을 다 돌아다녔다.

"우리도 저거 타 볼까요?"

재진은 은우의 손끝이 가리키는 쪽을 쳐다보았다.

시원하게 물살을 가르며 모터보트가 쌩하니 지나가고 있었다. 사람들의 꺅꺅 대는 소리가 고막을 다 찔렀다.

"타요. 응? 타고 싶은데."

팔짱을 낀 은우의 발길은 이미 선착장으로 향하고 있었다. 재진은 놀이공원 갔을 때가 생각나 벌써 멀미가 나는 것 같았지만, 내색할 수는 없었다.

"괜찮아요. 이건 별로 안 무서워요."

어쩐지 속내를 들킨 것 같아 민망해진 재진은 포커페이스를 유지하며 아무렇지 않게 표를 끊었다. 모터보트에 탑승하자 망망대해와도 같은 드넓은 강이 눈앞에 펼쳐졌다. 서서히 보트가 움직이기 시작하자 은우는 벌써 흥분을 하며 손을 번쩍 치켜들었지만, 재진은 팔짱을 낀 제 팔뚝을 꽉 잡았다.

"꺄아아! 야호! 더 빨리요! 더 빨리!"

속력이 붙은 모터보트는 그야말로 전광석화처럼 튀어나갔다. 물살과 바람을 가르며 파도가 출렁일 때마다 재진은 죽을 맛인데, 은우는 마치 허파에 바람이라도 들어간 사람처럼 까르르 웃어젖히느라 정신이 없었다.

"와하하!"

가만히 직진으로 가도 물이 튀고 난리인데, 회전을 할 때마다 엄청난 양의 물이 튀어 올라 멋스럽게 드라이한 재진의 머리칼을 엉망으로 만들었다. 이미 바람에 산발이 된 머리칼을 매만지던 재진은 모든 걸 내려놓은 듯한 얼굴로 이 시간이 빨리 지나가기를 기다렸다.

"아, 너무 아쉽다. 벌써 끝나다니."

10여 분의 시간이 마치 한 시간처럼 느껴졌던 재진은 서둘러 보트에서 내렸다. 은우는 여전히 쌩쌩한데, 얼굴이 다 창백해진 재진은 곧장 벤치를 찾았다.

"별로 안 무섭죠? 너무 재밌죠?"

신이 나서 떠들던 은우는 급작스럽게 말수가 적어진 재진의 안색을 살피며 짓궂게 웃었다.

"무서웠구나아?"

재진은 그런 게 아니라며 손사래를 쳤다.

"에이, 그런 거 같은데에?"

"아니라니까 그러네."

"그럼 한 번 더 탈까요?"

"그건 별로 좋은 생각이 아닌 거 같은……."

벤치에 앉아 있는 재진 앞에 서 있던 은우가 손을 뒷짐 지며 허리를 숙였다. 쪽 소리가 나게 입을 맞춘 은우가 싱그럽게 웃었다.

"너무 행복해요. 그건 아마 재진 씨와 함께여서 그런 거 같아요."

가만히 바라보던 재진은 그녀의 뒷머리를 감싸 끌어당겼다. 마약처럼 중독성이 강한 그녀에게서 헤어 나올 수가 없다.

아니, 굳이 헤어 나오고 싶지 않다.

"아고, 다리야."

은우는 지친 다리를 두드리며 소파에 털썩 주저앉았다.

발길을 돌리기 아쉬웠던 남이섬에서 다시 배를 타고 나오니 어느새 시간이 훌쩍 흘러가 있었다. 여기저기 돌아다니며 군

것질을 해서인지 그다지 배는 고프지 않았다. 아침고요수목원은 내일 올라가면서 들러 보기로 하고 일단 펜션으로 돌아왔는데, 뒤늦게 노곤함이 몰려왔다.

"배 안 고파?"

"나는 아직 괜찮은데, 재진 씨는요?"

저 역시 같은 생각이라며 몸을 일으킨 재진이 제트 스파가 있는 실외 바비큐장을 쳐다보며 말을 이었다.

"그럼 스파를 좀 먼저 할까? 어차피 술 마시고 나면 할 정신도 없을 텐데. 피로감도 좀 풀어 줄 겸."

"스, 스파요?"

은우는 그제야 그와의 1박이 피부로 느껴져 마른침을 꿀꺽 삼켰다. 그가 펜션을 예약하고 나서 스파가 있으니 간편한 옷을 한 벌 준비해 오라고 했었다. 친구에게 물어보니 수영복을 가져가라고 했지만 차마 그럴 수가 없어 잠옷 외에 반팔 티와 반바지를 따로 가져오긴 했었다.

"밖에서 한참 돌아다녔으니 샤워 좀 하고. 먼저 씻……."

"아뇨, 먼저 씻으세요. 아하하."

재진이 욕실로 들어가고 혼자 소파에 덩그러니 남은 은우는 TV 볼륨을 크게 높였다. 샤워기 소리 하나에도 심장이 벌렁거려 듣고 있을 수가 없었다.

"나 어떻게 해야 해? 후우, 후우."

긴장으로 호흡이 가빠져 쿠션을 끌어안고 고개를 처박은 은우는 도저히 이대로는 안 되겠다고 생각을 하며 휴대폰을 들었다. 1박 2일 여행을 앞두고 그와의 첫날밤을 어찌 보내야 할지 무던히도 고민을 해 봤지만 답은 없었다.

답답한 마음에 기훈의 만화책을 봐 볼까도 생각해 봤지만, 그 무시무시한 장면들과 마주칠 자신은 더 없었다. 한데 지금은 뭐라도 참고하지 않으면 안 될 것 같았다. 그렇지 않으면 정말 나무토막처럼 뻣뻣하게 가만히 누워만 있을 것 같으니까.

은우는 기훈이 연재하는 웹툰 〈타깃〉의 첫 회를 클릭했다.

"허억."

첫 신부터 적나라한 여자의 나체가 나왔다. 은우는 벌벌 떨리는 손으로 마음의 준비를 하며 서서히 읽어 내려갔다.

"어머, 어머머."

기훈의 만화 〈타깃〉은 자신이 생각했던 그냥 단순히 무조건 야한 만화는 아니었다. 물론 여주인공의 나체 묘사가 너무도 노골적이어서 깜짝깜짝 놀라고는 했지만, 스토리 자체의 퀄리티는 굉장해 보였다. 야한 것만 뺀다면 그대로 옮겨 영화로 제작해도 될 만큼.

실제로 킬러들이 존재할까 싶을 정도로 구체적으로 묘사된 남자 주인공의 직업에 대한 자료조사도 디테일했다. 한 번 보기 시작하면 끊을 수 없다는 수많은 독자들의 댓글이 이해가 되었다.

"어머머."

순식간에 무료 몇 편을 쭉 이어 읽은 은우는 성인만화이니만큼 빠질 수 없는 야한 장면을 보며 호들갑을 떨었다. 무슨 여자 가슴이 얼굴보다 더 크고, 허리는 개미만 하고, 정말이지 비현실적인 몸매도 몸매이지만 여자 주인공이 내뱉는 신음 소리가 더 압권이었다.

"하아앙, 더 깊게, 하으웃, 하아아앗……."

"뭐 해?"

저도 모르게 작은 소리로 따라 읽으며 흉내를 내던 은우가 화들짝 놀라며 휴대폰을 놓쳤다. 너무 깊이 빠져 있다 보니 재진이 욕실에서 나오는 것도 모르고 있었다.

"뭘 그렇게 열심히 보고……."

재진이 바닥에 떨어진 은우의 휴대폰을 먼저 집어 들었다.

"아, 안 돼요!"

은우가 잽싸게 몸을 날려 보았지만 이미 늦은 후였다. 휴대폰으로 향한 재진의 눈이 커지더니 이내 알 수 없는 묘한 웃음을 지었다.

"호오."

"오해 말아요. 그러니까 그건……."

"그러고 보니 이 만화 언젠가 본 적이 있는 거 같은데. 아, 우리 회사 마케팅팀 직원들이 보던 거다. 작가 닉네임이 독특해서 기억이 나. 대물."

은우는 재진이 고개를 들어 입매를 올리자 터질 듯이 벌게진 얼굴로 어쩔 줄을 몰라 했다.

망했다. 완전 망했다. 쪽팔려서 고개를 들 수가 없다.

이게 다 강기훈 때문이야.

암울한 오로라를 뿜어내고 있는 그녀에게 슥 다가간 재진이 휴대폰을 내주었다.

"취향이 이런 쪽인지 몰랐네."

은우는 아무 말도 못 하고 목석처럼 굳어 있었다.

"진즉 말을 하지 그랬어. 기대에 부응했을 텐데. 난 또 그것도 모르고."

"아니에요!"

용수철처럼 튀어 오른 은우는 욕실로 뛰어 들어갔다. 일단 피해 들어오긴 했는데 정말이지 난감했다. 재진이 얼마나 저를 음흉스러운 여자로 보겠는가.

"아아."

밀려오는 두통에 이마를 짚은 은우는 일단 씻긴 씻어야 할 것 같아 옷을 벗어 욕실 유리문에 걸쳐 두었다. 여전히 긴장되는 마음으로 샤워를 끝내고 다시 옷을 주워 입는데, 욕실 문을 열고 나가기가 너무 떨렸다.

"괜찮아. 후우, 후우. 아무렇지 않은 척, 태연하게."

젖은 머리칼을 털어 내며 문을 열고 나온 은우는 이미 제트 스파에 물을 받고 있는 재진을 흘깃 쳐다보았다. 바비큐 테이블엔 캔 맥주 두 개가 놓여 있었다.

스파를 하며 시원한 맥주 한 잔을 할 생각을 하니 금세 또 기분이 좋아진 은우는 옷가방에서 반팔과 반바지를 꺼내 갈아입고는 쪼르르 그의 곁으로 향했다. 그 역시 자신과 같은 옷차림이었다.

"들어가 봐."

은우는 고개를 끄덕이며 슬쩍 발을 담갔다. 처음엔 좀 뜨겁지 않나 싶었는데, 이내 온몸을 따뜻하게 감싸는 물의 온도는 딱 좋았다.

"오오, 오오오."

재진이 버튼 하나를 누르자 물이 보글보글 끓어오르며 제법 세차게 몸을 때렸다. 마치 안마를 받는 것처럼 기분 좋은 느낌에 그녀가 슬며시 눈을 감으려는데, 불쑥 캔 맥주 하나가 내밀어졌다.

"아, 고마워요."

캔 뚜껑을 따서 한 모금 넘긴 재진이 안으로 들어왔다. 은우는 옷을 다 입고 있는데도 그가 옆에 있다는 사실 하나만으로도 긴장이 되어 맥주를 막 들이켰다.

"더 갖다 줘?"

"아니에요. 괜찮아요. 이따 고기 많이 먹어야죠."

"하아, 좋네."

그가 편하게 몸을 기대며 해가 져서 어둑해진 하늘을 바라보았다. 은우 역시 마음을 좀 가라앉히며 그를 따라 밤하늘을 올려다보았다.

"진짜 좋네요."

행복했다. 이렇게 행복해도 되나 싶을 정도로 행복했다.

은우는 어느새 다 비워 버린 캔을 바닥에 내려놓은 뒤, 분위기에 취해서인지 평소 잘 꺼내지 않는 이야기를 늘어놓았다.

"어렴풋이 기억이 나요. 엄마 아빠와 함께 수영장을 갔을 때가요. 오빠가 자꾸 물장구치며 장난을 쳐서 울었던 기억도 나고, 그런 오빠를 혼내던 아빠 얼굴도, 그저 웃기만 하던 엄마 얼굴도. 영원할 줄 알았죠. 누구에게나 엄마, 아빠는 존재하는 거니까, 당연하다 여겼죠. 곁에 있는 게 당연하다고."

재진은 말없이 은우의 이야기에 귀를 기울였다.

"여섯 살 어린 눈에도 엄마는 몸이 늘 약했다는 걸 알 수 있었어요. 자주 누워 있고는 했던 게 기억이 나요. 어느 정도 크고 나서야 엄마가 왜 돌아가셨는지 알게 됐어요. 무심코 그럴 거라 생각했던 그런 이유가 아니었어요. 엄마는 몸이 아파서 병으로 돌아가신 게 아니었어요. 사고가 있었더라고요. 엄마가 일하시던 회사 건물에서 화재 사고가 났었는데 엄마가 미처 빠져나오지 못한 거였더라고요. 아픈 몸을 이끌고도 어린 자식들 먹여 살리려고 아등바등 살았던 건데, 그렇게 한순간에 목숨을 잃었던 거였더라고요. 여섯 살에 갑자기 엄마를 잃고, 아빠와 오빠 셋이서 참 힘든 시간을 보냈어요."

"……!"

"그러던 어느 날 내가 아홉 살이 되었을 때, 지금의 엄마를 만나게 된 거예요. 어린 남매에게 엄마가 필요하다고 여겼겠죠. 우리 정순정 여사 역시 한 번의 아픔을 가지고 우리를 만난 건데, 정말 참 많이 속 썩이고, 말도 안 듣고, 매일 밤 눈물 찍게 만든 남매였는데도 우리 정 여사는 단 한 번도 화를 내지 않았어요. '이해해. 너희들의 마음을 이해해. 얼마나 힘들겠니.' 그렇게 다독이며 우리를 뒷바라지해 주셨어요. 2년 후 열한 살이 되었을 때 아빠마저 일하시던 건설 현장에서 사고로 돌아가신 이후에도, 우리를 버리지 않았어요. 뭐가 예쁘다고, 나 같으면 그렇게 말 안 듣는 남의 자식들 뒤도 안 돌아보고 도망갔을 거 같은데, 우리 정 여사는 오빠와 내 곁에 남아줬어요. 이만큼 잘 키워 주셨어요. 그래서 나는 엄마에게 잘해야 해요. 지금의 내 엄마에게 잘해야 해요."

재진은 전혀 예상하지도 못했던 그녀의 과거에 입이 다 벌어졌다. 그게 가능한 일인가 싶었다. 어린 나이에 부모 모두를 잃은 것도 그렇지만, 지금의 새어머니가 정말 위대하다는 생각이 들었다. 그런 아픈 과거에도 이렇게 밝게 자란 그녀 역시도 대단하기 짝이 없었다.

은우는 분명 행복한 가정 안에서 아픔 같은 거 모르고 자랐을 거라 여겼었다. 이런 엄청난 아픔을 간직하고 있는지는 정말 꿈에도 몰랐다.

"오빠는 우리 정 여사가 일 다니는 걸 끔찍이 싫어해요. 이제는 돈도 제법 버는데 왜 자꾸 일 다니느냐고 싫어하는데, 나도 사실 오빠 마음이 뭔지 알아요. 친엄마도, 친아빠도 결국은 우리 남매 먹여 살리려고 열심히 일하다가 불의의 사고로 다 돌아가신 거잖아요. 그래서 무서운 거예요. 우리 정 여사도 혹시나, 남의 새끼 키운다고 고생만 하면서 세월 다 보낸 우리 정 여사도 혹시나……."

재진은 눈시울이 붉어지는 은우의 손을 꼭 잡아 주었다. 감히 뭐라고 위로를 전할 수도 없었다.

"오빠는 매일 밤 우는 나를 달래며 같이 있어 줬어요. 괜찮다고 토닥여 줬어요. 오빠가 있지 않느냐고. 우리 정 여사가 있지 않느냐고. 내가 이렇게 밝게 자랄 수 있었던 건, 모두 다 지금의 엄마와 오빠 때문이에요. 사랑으로 지극 정성으로 보살펴 준 정 여사와, 매일매일 나를 웃게 만들어 줬던 우리 오빠. 지금 생각해 보면 엄마가 얼마나 많은 세월을 홀로 눈물로 보내셨을까 싶고, 오빠가 얼마나 많은 세월을 속으로 눈물을 삼키며 웃기만 했을까 싶어서, 나는 이 감사한 마음을 어떻게 다 보답해야 할지 모르겠어요. 그런데 어느 날 엄마가 그러더라고요. 좋은 사람 만나면 그걸로 된 거라고. 좋은 사람 만나서 많은 사랑받고 행복하면, 엄마는 더 바랄 게 없다고. 그게 효도라고."

은우는 슥 눈물을 훔치며 쑥스러운 얼굴로 재진을 응시했다.

"그런데 나, 엄마한테 효도하고 있는 거 같아요. ……재진 씨를 만났으니까."

물끄러미 그녀를 바라보던 재진은 하아, 길게 숨을 내뱉으며 미소를 짓고 말았다.

이렇게 진지한 이야기를 들을 때는 같이 눈물을 흘려주는 것이 가장 큰 위로이건만, 그녀는 이렇게 또 느닷없이 감동을 전하며 가슴을 두근거리게 한다.

"아, 나 주책이다. 이렇게 좋은 날 왜 갑자기 우울한 얘기를 꺼내서……. 이제 그만 고기 구워 먹을까요?"

재진은 그만 일어나려는 은우의 손을 놔주지 않으며 바짝 끌어당겼다. 코가 닿을 듯이 가까운 거리에서 시선이 마주쳤다. 그는 젖은 손으로 그녀의 뺨을 감싸며 속삭였다.

"이렇게 바르게, 곱게, 예쁘게 자란 너를 내가 과연 사랑해도 될는지, 자격은 있는지 의문이 들지만."

서로를 향해 뛰는 심장 소리가 전해지는 것 같았다.

"내가, 효도하게 해 줄게. 그런 게 효도라면, 얼마든지 하게 해 줄게."

재진은 그새 또 눈시울이 붉어지는 그녀의 눈가를 슥 닦아주었다.

"내가 더 많이 사랑하고, 내가 더 많이 아껴 주고, 내가 더 많이 위해 주고, 무엇이든 내가 더 많이 해 줄 테니까, 넌 지금처럼 곁에만 있어 줘. 나는 그거면 돼. 그냥 아무것도 하지 않고 곁에만 있어 줘도 돼. 그냥 받기만 하면 돼. 그럴 자격이 충분하니까."

그는 슬며시 고개를 틀어 입술이 닿기 직전 속닥거렸다.

"내게는 강은우가 정답이고 진리야. 대체 불가능한 존재야, 내겐."

그는 살며시 벌어진 그녀의 아랫입술을 빨아 물며 혀를 슬며시 집어넣었다. 말캉한 그녀의 혀끝과 인사를 나누듯 살며시 쓸며 할짝거리던 그는 이내 깊숙이 혀를 밀어 넣었다. 젖은 티셔츠 위로 봉긋하게 솟은 젖가슴을 움켜쥐자 그녀가 간헐적인 숨을 내뱉으며 몸을 떨었다.

"하아……."

뜨거운 숨결이 서로의 코끝에 맴돌고, 그녀의 입안 구석구석을 헤매며 혓바닥과 뒹굴던 그가 입술에서 잠시 떨어져 귓불을 살짝 깨물었다.

"하웃."

온몸에 전율이 일며 닭살이 다 돋은 그녀가 어깨를 움츠렸다. 귓바퀴를 따라 혓바닥으로 훑던 그가 젖은 셔츠를 잡아 들어 올렸다. 열에 달뜬 그녀가 잠시 움찔거리다 팔을 들어 수월하게 셔츠를 벗겨 낸 그는 물에 잠겨 있는 바지도 벗겨 냈다.

눈이 부시게 흰 뽀얀 속살이 드러났다. 그녀의 몸에 남아 있는 건 브래지어와 팬티뿐이었다. 매끈한 목선 아래 달걀을 얹어 놓아도 될 만큼 도드라진 쇄골은 매혹적이기까지 했다. 그가 부드럽게 쇄골을 쓸다 고개를 어깨에 묻었다. 혀로 할짝거리며 애무하던 그는 가는 쇄골 선을 따라 키스하며 젖가슴을 가리고 있는 천 조각 아래로 손을 넣었다.

"하읏."

그녀의 몸이 바르르 떨렸다. 난생처음 겪어 보는 낯선 감촉에 몸이 떨렸다. 브래지어 아래로 적당히 팽팽하게 솟은 젖가슴이 고개를 내밀었다. 말랑한 젖가슴을 움켜쥔 그가 고개를 숙여 정점을 혀로 핥았다. 부드럽게 천천히 할짝거리다 이로 지분거리기도 하고 강하게 빨아 물자, 금세 발갛게 달아오르며 단단해졌다.

"하아."

그는 제게 입혀진 거추장스러운 옷 또한 벗어 버렸다. 속옷만 남긴 채 그녀를 바짝 끌어당겨 허리를 맞대자, 그녀가 떨리는 손으로 그의 가슴팍을 더듬으며 입을 맞췄다. 물에 젖은 입술로 천천히 입을 맞추며 그의 목덜미까지 올라가던 그녀가 그가 했던 것처럼 귓불을 살며시 깨물며 혀로 핥았다.

짜릿함에 몸을 떨던 그는 이미 묵직해진 남성을 느끼며 그녀를 안아 몸을 일으켰다. 이러다가는 이대로 실외에서 그녀와 사랑을 나누게 될 것만 같았다.

미리 가져다 놓았던 타월을 그녀에게 걸쳐 준 그는 실내로 들어왔다. 수줍음에 고개도 못 드는 그녀의 몸을 닦아 주고 젖은 브래지어 끈을 풀었다.

"내가 할게요. 내가 마저 닦을게요. 그리고 불이 너무 환한 거 같은데."

그는 실내등을 끄고 주방에 있는 등만 하나 켜 놓았다. 젖은 속옷을 벗어 버린 뒤 몸을 닦고 허리에 타월을 두른 그는 중요한 뭔가를 챙겨 쥐고 그녀에게 향했다. 은우 역시 타월을 두르고 침대 이불 속으로 홀랑 들어가 앉아 있었는데 그리 귀여울 수 없었다.

"허억. 잠깐만요."

은우는 가까이 다가온 그의 중심부로 시선을 꽂았다. 타월이 감겨져 있음에도 그 부분이 남다르게 솟아 있었다.

"후우, 후우."

그는 잔뜩 긴장해 있는 그녀를 마주 보며 젖은 머리칼을 쓸었다.

"긴장 풀어. 무서운 거 아니야."

"그냥 가만히만 있으면 될까요? 후우, 후우. 여자가 너무 뻣뻣해도 남자들이 안 좋아한다고 하던데. 후우, 후우."

재진은 결국 웃음을 터트리며 그녀의 볼을 잡아당겼다.

"누가 그런 소리를 해?"

"친구들이."

"남자 하기 나름이지. 부드럽게 만들면 되지."

아아. 은우는 어찔한 현기증을 느끼며 이러다 심장이 밖으로 튀어나가는 거 아닌지 염려가 되었다. 젖어 있는 검은 머리칼과 지그시 바라보는 시선 하나까지도, 그 무엇 하나 섹시하지 않은 것이 없었다. 기훈이 늘 자랑하던 근사한 배랫나루가 그에게도 있었다. 기훈이 얘기할 때는 허튼 소리로 치부했는데, 그의 것을 보고 있으니 기훈이 왜 그렇게 자랑스러워했는지 알 것도 같았다.

은우는 그가 슥 손을 뻗자 다시금 목청을 높였다.

"잠깐만요! 후우, 후우. 그건 준비했어요?"

재진이 무슨 뜻이냐는 듯 눈썹을 치올렸다.

"그거 있잖아요. 사랑 나눌 때 필요한 거."

은우는 어쩐지 자신이 먼저 콘돔을 준비해 왔다고 하는 게 영 쑥스러웠다. 그래서 이왕이면 재진이 알아서 준비했기를 바랐다. 기훈이 했던 말도 그렇고, 그는 어떤지 궁금하기도 했다.

"이거?"

은우는 그가 왼손에 쥐고 있던 콘돔을 내보이자 격하게 고개를 끄덕였다. 역시 그는 기훈이 말하는 개새끼에 속하지 않았다.

"네, 그거."

은우는 그제야 안심을 하며 두 눈을 꼭 감고 몸을 뉘였다. 가슴팍에 손을 모으고 긴장된 마음으로 떨고 있는데, 그의 나직한 음성이 귓가를 맴돌았다.

"눈 떠."

"너무 떨려서 눈을 못 뜨겠어요."

"내 얼굴 안 보고 싶나? 나는 다 보고 싶은데. 이렇게 하면 어떤 표정을 짓는지."

그가 그녀의 목덜미에 대고 입을 맞추었다.

"이렇게 하면 또 어떤 표정을 짓는지."

가슴 앞에 모아진 손을 잡아 내린 그가 젖가슴을 쥐었다.

"모두 모두 궁금한데."

은은하게 비추는 불빛에 바르르 떨고 있는 그녀의 얼굴이 드러났다. 그의 말에 용기를 내어 슬며시 눈을 뜬 그녀는 제 몸 위에서 내려다보고 있는 그와 눈을 맞추었다.

"긴장하지 마. 사랑을 나누는 것뿐이니까. 음?"

그가 이마를 가리며 흘러내린 은우의 머리칼을 부드럽게 넘겼다. 은우는 고개를 끄덕이며 최대한 몸에 힘을 뺐다. 턱을 살짝 눌러 입술이 벌어지게 만든 그가 천천히 부드럽게 키스부터 시작했다. 왼손으로는 머리칼을 계속 쓸어 주었고, 오른손은 타월을 헤쳐 말캉한 젖가슴을 그러쥐었다. 검지로 앙증맞은 정점을 문지르고 비틀기를 반복하자 서서히 붉어지며 꼿꼿해졌다.

거추장스러운 타월을 아예 빼내 버린 그는 젖가슴을 양쪽 손으로 움켜쥐었다. 마른 체형에 비해 제법 봉긋하고 어여쁜 가슴이 알맞게 잡혔다. 꼿꼿이 선 정점을 강하게 빨아 물며 혓바닥으로 빠르게 위아래로 할짝거리다 뱅글뱅글 돌리기를 반복하자 그녀의 체온이 점차 상승하기 시작했다.

"하읏……."

그녀의 다리가 오므려지며 엉덩이가 들썩여졌다. 한참을 가슴을 물고 괴롭히던 그는 긴장으로 떨리는 납작한 배를 지나 은밀한 곳까지 키스하며 도달했다.

도톰한 살점을 슥 건드리자 그녀의 다리가 자동으로 움츠러들었다.

"아앗."

그는 괜찮다며 긴장을 풀라고 속삭인 뒤 허벅지를 잡아 벌렸다. 실내등을 꺼 놓아서 훤히 들여다보이지는 않았지만 그녀의 은밀한 곳은 그의 중심부가 더욱 고개를 들게 하기에 부족함이 없었다. 자꾸만 오므려지는 다리를 좀 더 힘주어 벌린 그는 혀의 움직임을 더욱 세심하고 빠르게 했다.

"아으읏."

야릇한 긴장으로 눈을 질끈 감아 버린 그녀는 시트를 말아쥐었다. 그의 머리가 다리 사이에 있다는 게 너무 창피했지만 이 야릇한 기분이 나쁘지 않았다.

"아읏."

바르르 몸을 떠는 그녀를 보며 제 몸에 감겨진 타월 역시 풀어 던져 버린 그는, 가녀린 발목을 잡아 올려 부드럽게 정성들여 키스를 해 나갔다. 매끈한 종아리를 지나 허벅지 안쪽, 엉덩이 골짜기는 물론 곧게 뻗은 척추를 따라 혀로 핥으며 목덜미까지 키스를 했다.

"하으읏."

닭살이 돋는 전율에 몸을 떠는 그녀를 다시 바로 뉘인 그는 이미 팽창할 대로 팽창한 남성을 꽃잎에 대고 위아래로 움직였다. 충분한 양의 샘물이 흘러나오는 걸 확인한 그는 더 이상은 못 참겠다는 듯 머리맡에 놓인 콘돔을 집어 이로 비닐을 뜯었다. 힘겹게 눈을 뜬 그녀가 혀로 마른 입술을 축이며 속닥거렸다.

"하아, 나도 뭔가를 해야 할 거 같은데. 하아."

애무를 받았으니 애무를 해 주겠다는 뜻인 것 같았지만 그는 설핏 입매를 올리며 잔뜩 성이 난 남성에 콘돔을 씌웠다. 그녀의 다리 사이에 제대로 자리를 잡은 그는 이마에 땀이 송골송골 맺힌 그녀의 머리칼을 쓸어 주었다.

"그런 건 나중에 천천히."

낮게 속삭인 그가 그녀의 위에 몸을 겹치며 천천히 좁은 통로로 삽입을 시도했다.

"아읏!"

본능적으로 그녀의 다리가 오므라들며 미간이 찌푸려졌다. 그는 그녀의 손을 깍지 껴잡으며 최대한 천천히 조금씩 그녀의 안으로 들어섰다. 그럼에도 불구하고 그녀가 느끼는 통증은 상당할 테지만 멈출 수가 없었다.

허리를 천천히 뒤로 내뺐다 넣었다 하기를 수차례 반복하던 그는 어느 순간 깊숙이 빨아들이는 그녀에게 몸을 바짝 밀착

시켰다.

"으읏!"

누가 먼저랄 것도 없이 동시에 신열이 터져 나왔다. 한 번 끝까지 뚫고 들어가기를 허락한 그녀의 내부는 엄청난 쾌감을 선사하며 조여 왔다.

"하읔."

그녀의 허벅지를 팔 위에 걸치고 천천히 피스톤 운동을 하던 그가 점차 스피드를 올렸다. 통증으로 미간이 찌푸려진 그녀의 이마에 입을 맞추고 이내 입술을 벌려 그녀의 혀와 뒤엉켰다.

"하아, 하아."

검은 수풀이 서로 맞닿으며 단단한 남성이 그녀의 안으로 들어갔다 나왔다 했다. 정확하게 포인트를 찔러 올리며 가슴을 주무르자 그녀가 처음으로 먼저 혀를 날름거리며 입술을 찾았다.

짜릿하게 혀끝이 맞닿으며 뿌리째 뽑힐 정도로 노골적인 키스가 이어졌다. 서로의 숨결이 고스란히 느껴지고 방 안의 열기 또한 절정으로 치솟았다.

타악, 타악, 피부마찰음이 거세지고 그의 엉덩이 근육에 힘이 들어갈수록 뽀얗던 그녀의 피부가 점차 울긋불긋해졌다.

오랜 시간 지속되는 사랑에 그녀의 몸에 서서히 힘이 빠지며 늘어졌다. 아직도 더 그녀를 탐하고 싶었지만 처음인 그녀를 배려한다면 더 이상 끌면 안 되겠다는 생각에, 그가 마지막 피치를 올렸다. 그녀 역시 뜨거운 열기를 토해 내며 그의 목을 끌어당겨 눈을 질끈 감았고, 그 역시 그녀의 어깨를 짚으며 깊숙이 찔러 넣었다.

"하앗!"

몸을 부르르 떨며 그녀 위에 몸을 포갠 그가 거친 숨을 몰아쉬었다. 아직도 열기가 가시지 않은 방 안의 공기는 열대야처럼 뜨거웠고, 서로의 가쁜 숨소리만이 고막을 자극했다.

"하아, 하아."

어느 정도 숨이 잦아들었을 때쯤 고개를 든 그는 아직도 눈을 감은 채 숨을 고르는 그녀에게 입을 맞췄다. 생각보다 잘 견뎌 준 그녀가 너무 사랑스럽고, 미안하기도 했다.

그는 천천히 남성을 빼내 얇은 막을 벗겨 낸 뒤 그녀의 은밀한 곳을 아프지 않게 살살 닦아 주었다. 이제야 겨우 눈꺼풀을 들어 올리는 그녀의 옆에 다시 누운 그는 땀에 젖어 이마에 붙은 머리칼을 떼어 냈다.

발그스름해진 얼굴로 품으로 파고드는 그녀가 그리 사랑스러울 수 없었다.

"······창피해."

가슴팍에 얼굴을 묻고 투정을 부리듯 중얼거리는 그녀의 어깨를 감싼 그가 얄궂게 속삭였다.

"이제 와서 뭐가?"

"놀리지 마요."

여전히 얼굴을 처박은 채 눈도 못 마주치는 그녀의 고개를 억지로 들어 올린 그가 시선을 맞추었다.

"그렇게 쳐다보지 마요. 나 진짜 너무 창피하단 말이야."

"다음엔 더 창피한 것도 할 생각인데 그땐 어쩌려고? 오늘은 그다지 창피할 것도 없었는데."

"더, 더 창피한 게 남아 있어요?"

그녀가 진심으로 놀랍다는 얼굴로 그를 응시했다.

"당연하지. 오늘은 처음이라 많이 자제한 건데?"

"정말이요?"

"하아."

짧게 숨을 내쉰 그는 내려올 줄 모르는 입매를 간신히 다스리며 뺨을 감쌌다.

"은우야."

"으, 응?"

그녀는 나직이 불린 이름 하나에 또 가슴이 두근거려 그를 힐끔거렸다.

"혹시 친구들이 이런 건 말 안 해 줬나?"

"어떤 거요?"

"사랑을 나눈 후엔 같이 씻는다는 거."

"네에?"

진정 처음 들어본 말인지 그녀의 동공이 다 확장되었다.

"못 들었으면 지금부터 알아둬. 사랑을 나눈 후엔 언제나 함께 씻는다는 거."

"어맛!"

순식간에 번쩍 안아든 그는 바둥거리는 그녀와 함께 욕실로 향했다.

"안 돼요! 욕실은 너무 환하잖아요!"

"언제까지 불 다 끄고 할 셈이야. 서서히 적응을 해야지."

"아, 그러니까 서서히 하겠다고요! 오늘은 처음이잖아요!"

"원래 처음부터 강하게 키워야 하는 법이지."

"왜 자꾸 말이 달라져요! 그런 게 어디 있어요! 까아!"

욕실 불을 켜려 하자 그녀의 비명 아닌 비명 소리가 울려 퍼졌다.

"안 된다니까요! 아하하! 간지러워요! 까아!"

불을 켜기 전에 잽싸게 욕실 문을 박차고 나온 그녀가 타월을 몸에 두르며 소리 내어 웃었다. 허리춤에 타월을 두른 그 역시 의미심장하게 웃으며 벽을 짚고 섰다.

"나는 아직도 건강해."

그의 말에 그녀의 시선이 중심부로 향했다.

"선택 하나, 같이 씻는다. 선택 둘, 이 녀석을 해결해 준다."

"뭐라고요? 또요? 난 못 해요, 절대 못 해요!"

"그럼 같이 씻는 걸로."

쓰라림을 무릅쓰고 폴짝거리고 도망 다녀봤자 그에게 금세 잡힌 그녀가 수줍게 웃었다. 뒤에서 그녀를 끌어안은 그가 어깨에 고개를 묻으며 입술을 달싹였다.

"아직 못 다한 말이 있어."

그녀의 귓가에 입술을 댄 그가 낮게 속삭였다.

"사랑해."

"……."

"사랑해. 이래도 되나 싶을 만큼."

"……."

"다른 그 어떤 말로도 설명이 안 돼. 그냥 사랑이야."

그녀는 코를 훌쩍이며 고개를 끄덕였다.

누군가에게 마음을 내어 주고, 가슴 두근거리며 설레고, 때로는 수많은 난관에 부딪친대도 그의 손을 놓고 싶지는 않다.

은우는 뒤를 돌아 그를 보며 수줍게 고백했다.

"사랑해요."

~16~

 사랑은 알면 알수록 참 신비로웠다. 타인과 타인이 만나 어떻게 이렇게 한순간에 서로에게 없으면 안 되는 존재로 자리매김할 수 있게 되는지 마냥 신비로웠다.
 그와 몸으로 사랑을 나누고 나서부터 뭔가 그에 대한 감정이 미묘하게 달라졌다. 우리 둘만의 은밀한 비밀이 생긴 것 같은, 그래서 더 가까워진 것 같은 그런 느낌.
 "아아, 정말 세상은 살 만해."
 은우는 마치 꿈만 같았던 그와의 여행을 떠올리며 헤벌쭉 웃었다. 돌아오는 길에 아침고요수목원에 들러 사진도 많이 찍고 즐겁고 알찬 시간을 보냈다. 서울에 돌아오니 저녁 7시가 다 되었는데, 마침 진건이 역시 비슷한 시간에 서울로 돌아와 넷이서 저녁을 함께했다.

뭔가 다 알고 있는 듯 자꾸만 웃는 재성의 시선이 부끄럽기도 했지만, 어찌 보면 이런 시간을 가질 수 있었던 건 그의 덕분이라 고맙기도 했다.

재진은 저녁 식사 자리에서 넷이 함께 여행을 한 번 다녀오자고 제안했다. 재성 역시 흔쾌히 수락을 했고, 무엇보다 진건이 뛸 듯이 기뻐해 마음이 다 뿌듯했다.

넷이 함께하는 여행은 여름휴가 성수기가 지나면 다녀오는 걸로 합의를 보았다. 차민석과 스즈키 아사카 주연의 한일 합작 영화가 한국에서 8월 성수기에 맞춰 개봉이 확정되어 홍보 활동부터 시작해 바빠지기 때문이었다.

차민석과의 식사 자리에서 살짝 거론되었던 일본에서의 열애설 기사는 금세 내려졌고, 차민석의 연예 활동에는 다행히 아무런 지장을 끼치지 않았다. 그는 여전히 독보적인 톱스타였고, 잡음 하나 없는 깨끗한 연예인으로 소문이 자자했다.

은우는 휴대폰 바탕화면을 차민석 대신 재진의 독사진으로 바꿔 놓은 뒤 한참 들여다보았다. 그가 벤치에 앉아 있을 때 몰래 찍은 사진인데, 마치 영화의 한 장면처럼 멋있음이 줄줄 흘렀다.

은우는 재진의 사진을 바라보고 있자니 첫 정을 나눈 밤이 생각나 괜히 볼을 붉혔다. 실오라기 하나 걸치지 않고 몸을 맞댄 채 사랑을 나누다니, 정말 너무도 야하다는 생각이 들었다.

그로 인한 후유증으로 며칠 고생을 했지만 이제 컨디션이 온전히 돌아왔다. 그는 배려가 부족했다며 미안해했지만 사실 그럴 필요는 없었다. 정말 너무 아프기만 했다면 아무리 사랑하는 그였어도 다 받아주지는 못했을 테니까. 결국은 같이 좋아 나눈 사랑인데 그가 혼자 미안해할 이유는 없었다.

"내가 이렇게 야한 여자였다니."

생각할수록 민망해서 다시 이불을 뒤집어 쓴 은우는 여행을 다녀오고 나서 그 어떤 질문도 꺼내지 않았던 기훈을 가만히 떠올렸다.

네 연애는 네가 알아서 하라는 말을 지키려고 그러는 건지, 잘 다녀왔냐는 말만 했을 뿐 더 이상의 어떤 말도 하지 않았다. 엄마 역시 잘 다녀왔으면 다행이라며, 요새 우리 딸이 너무 행복해 보여서 엄마도 좋다는 말만 해 주셨다.

"하아. 모두 다 날 이렇게 믿어 주고 있는데, 정말 예쁘게 사랑해야지. 뭐……, 효도하게 해 준다니까. 그만큼 날 예뻐해 주겠다는 뜻이니까. 으흥흥."

은우는 슬슬 진건이 만나러 갈 준비를 하기 위해 벌떡 몸을 일으켰다. 하루가 다르게 점점 더 근사해지기만 하는 그를 볼 생각에 벌써부터 가슴이 설렌다.

**

재진은 흥미로운 얼굴로 휴대폰 액정을 집중해서 쳐다보았다. 회사 직원들부터 은우까지, 도대체 그 아시시한 만화가 가진 매력이 뭐기에 사람들이 너도나도 난리인지 궁금해졌다.

그저 벗어 대는 만화겠지 생각하며 무료 몇 편까지만 한 번 읽어 보기로 했는데, 어느새 유료 결제까지 하며 보고 있는 중이었다.

"흡인력이 상당하네."

별다른 내용 없이 무조건 벗어 대는 성인만화와 같은 부류로 치부하기에는 스토리텔링이 뛰어났다. 작가의 내공이 느껴진달까.

"류 실장, 잠깐 나 좀 봅시다."

인터폰으로 재성을 호출한 그는 잠시 후 집무실 소파에 마주 앉기가 무섭게 휴대폰을 내밀었다.

"그 작품 한 번 검토해 봐."

휴대폰을 들어 웹툰을 슥 훑어보던 재성이 의아한 얼굴로 고개를 들었다.

"형, 요새 이런 것도 봐? 그 정도로 감각이 떨어진 거야?"

재진은 무슨 소리냐며 피식 웃었다.

"그림체만 보지 말고 스토리를 봐. 성인만화라는 선입견 때문에 별다른 기대치가 없었는데, 소재가 아주 흥미로워. 좀 잔인하고 많이 야하긴 한데, 스토리가 꽤 탄탄해. 기획팀에서 진지하게 한 번 검토해 보면 어떨까 하는데. 나보다는 네가 그쪽으로 더 전문가니까."

"유명한 작가야?"

"나도 이제 막 관심을 갖고 찾아봤는데, 나름 그쪽 세계에서는 명성이 있는 작가 같던데."

"그런데 작가 닉네임이 대물이야? 아무리 성인만화라지만 너무 노골적인데."

재성 역시 작가 닉네임이 눈에 띄는지 당황스럽다는 얼굴로 웃었다.

"왜, 난 센스 있던데. 시간 날 때 한 번 검토해 봐."

"그래, 어려운 일은 아니니까. 참, 하영이 재계약 어떡할 거야? 이제 몇 달 안 남았어. 벌써 여기저기서 물밑 작업 들어오는 거 같던데, 붙잡아야 하지 않아? 애가 근본이 나쁜 애는 아니잖아. 그 정도 인기 있으면 스타병 정도는 누구나 있어. 하영이 놓치면 우리가 손해야. 걔 이제 스물여섯이야. 앞으로 무궁무진해. 기껏 키워서 몸값 올려놓고 뺏기면 되겠어? 형도 그 고집 좀 죽여. 은우 씨한테만 무장해제하지 말고."

재진은 뭔가 여전히 썩 내키지 않는 얼굴로 다리를 꼬며 손가락을 팔걸이 위에 대고 톡톡 두드렸다. 돈으로만 보자면 하영을 잡아야 하는 건 당연했다. 차민석 다음으로 가장 높은 수익률을 올리는 배우니까.

"······생각 좀 해 보자."

"답은 나와 있어. 형이 자존심을 좀 죽이느냐, 아니냐의 문제일 뿐. 사고 좀 치는 거 귀엽게 봐줘. 그래도 좋다고 쫓아다니는 남성 팬들이 얼마나 많은데 그래. 하영이한테 인상 쓰고 딱딱하게 구는 사람, 아마 남자 중에는 형밖에 없을 거야. 요새 밤샘 촬영하느라 고생하는데 전화 한 통이라도 해 주고 그래. 밥이라도 한 끼 사 주든지. 하영이도 여자야. 부드럽게 비위 좀 맞추면서 재계약 얘기도 꺼내 보란 말이야. 내가 백날 얘기해 봤자 형한테 불만이 있는 걸 말해 뭐해."

재성이 나가고 집무실에 혼자 남은 재진은 관자놀이를 꾹 눌렀다. 재성의 말이 다 맞다. 하영의 인성이 문제라며 논하지만, 저 역시 자존심을 굽히지 않는 건 똑같았다.

사업가가 돈이 되는 배우를 눈앞에서 버젓이 놓치는 건 바보 같은 짓이라는 걸 안다. 1년 동안 하영이 혼자서 회사에 벌어다 주는 돈이 그야말로 우습게 억 소리가 나니까. 그만큼 대우를 해 주며 하영의 든든한 백그라운드가 되어 주고는 있지만, 어쩌면 배부른 건 하영이 아니라 저일지도 몰랐다.

소파에서 몸을 일으킨 재진은 하영의 스케줄을 확인했다. 지서연 작가의 50부작 주말극 촬영에 임하느라 요새 쪽잠을 잘 거였다. 현장에서 얼마나 툴툴거리면서 입을 내밀고 다닐지 안 봐도 훤했다.

지난번 회사에서 하영을 본 이후에 통화한 적이 한 번도 없었다. 민석과 비교하자면 하영이 서운하다 할만도 했다. 민석과는 일주일에 두세 번은 통화를 하니까.

[왜 민석이랑 나랑 차별해요? 내가 민석이보다 못한 게 뭔

데요!]

앙앙거리는 하영의 목소리가 바로 옆에서 들리는 것 같다.

"하여튼 너무 피곤해."

비단 하영뿐만이 아니다. 누구한테 조금만 더 관심을 보이는 것 같으면 나이 60 먹은 여배우도 서운함을 토로하니, 그냥 아예 사무적으로만 대하는 게 편했다. 그래서 소속 배우들과도 되도록 사석에서 자리를 갖지 않았는데, 민석은 예외였다. 예외일 수밖에 없었다. 처음부터 지금까지, 힘든 시절을 함께 견뎌 낸 유일한 녀석이었다.

여자들은 왜 이렇게 피곤할까 생각하며 마뜩잖게 미간을 좁히던 그는 휴대폰 액정 화면에 뜨는 발신인을 보고는 다른 사람처럼 표정이 온화해졌다.

"밥은?"

-먹었죠, 시간이 몇 신데. 이제 진건이 데리러 집에서 나가면서 전화한 거예요. 많이 바빠요?

"음, 아니."

-오늘은 몇 시쯤 들어와요?

데스크 모서리에 걸터앉아 창밖을 바라보던 그가 입매를 말아 올렸다.

"글쎄, 언제쯤 들어가면 좋을까."

-늦는다는 거예요, 일찍 들어온다는 거예요?

"원하시는 대로."

수줍게 몸을 배배 꼬고 있을 은우의 모습을 상상하던 재진이 고른 치열을 드러내며 웃음을 터트렸다. 은우를 생각하는 것만으로도 기분이 좋아진다.

-흠흠. 나야 일찍 오면 좋죠. 알면서 괜히 그래.

"몰랐던 사실인데?"

-아, 놀리지 마요.

"삐친 건 아니지? 좋아서 그러는 건데."

-아, 몰라요. 너무 막 나한테, 그렇게 노골적으로 막 그런 말 하지 마요. 부끄러우니까. 뭐라고 대답해야 할지 모르겠단 말이에요.

"좋은 걸 좋다고 하지, 뭐라고 하나? 그럼 뭐라고 해야 하는지 가르쳐 주든지."

-나 버스 왔다! 끊어요!

재진은 통화가 끊긴 휴대폰을 바라보며 웃음을 토해 냈다.

민망하거나 난감하면 꼭 버스가 왔다면서 전화를 끊는데 그게 얼마나 귀여운지 몰랐다. 어떤 날은 방금 전에 버스를 탔다고 했으면서도 버스가 왔다며 전화를 끊기도 했다.

기분 좋게 웃고 있던 재진은 다시금 하영의 스케줄표로 시선을 돌렸다. 언제 하영을 한 번 만나기는 해야 할 것 같다.

재진은 집으로 가기 전 순정이 다니는 식당에 먼저 들러 차를 대고는 시간을 확인했다. 은우를 데려다 주며 종종 이곳에서 내려줄 때가 있어서 순정이 일 끝나는 시간을 알고 있었다.

그날 은우에게 아픈 과거 이야기를 들으며 며칠 내내 줄곧 그녀의 어머니가 마음에 걸렸었다. 이렇게나 곱고 예쁘게 잘 키워 주신 대단하신 어머니를 찾아뵙고 인사를 드리고 싶었는데, 은우에게 얘기를 하면 부담스러워할까 봐 따로 몰래 찾아온 거였다.

이 또한 잘하는 짓인지는 잘 모르겠지만, 그녀의 어머니 또한 불편해 하시는 건 아닌지 모르겠지만, 적어도 애지중지 키워온 어여쁜 딸이 만나는 남자가 이런 사람이다, 하고 인사를 드려야 할 것 같았다. 걱정 마시라고, 많이 사랑해 주겠다고 안심을 시켜 드려야 하지 않나 싶었다.

재진은 차에서 내려 유리문으로 식당 안을 살펴보았다. 은우의 어머니가 주인에게 인사를 하며 가방을 들고 나오고 있었다.

그는 가게 문을 열고 나오는 순정을 향해 다가가며 숨을 한 번 골랐다. 눈이 마주치고, 재진이 미처 인사를 하기도 전에 그를 알아본 순정이 먼저 말을 건네 왔다. 은우가 남이섬에서 그와 함께 찍은 사진을 보여 주어서 그의 얼굴을 알고 있었다.

"한번 만나보고 싶었는데, 어떻게 여기까지 왔어요? 은우랑…… 같이 온 건가요?"

순정이 그의 어깨너머를 살폈다. 재진은 아니라며 멋쩍게 웃고는 정중하게 인사를 드렸다.

"진즉 찾아뵀어야 했는데 인사가 늦었습니다. 처음 뵙겠습니다. 류재진이라고 합니다."

꾸벅 허리를 숙인 그가 천천히 고개를 들자, 순정이 인자한 얼굴로 웃으며 반겨 주었다.

"얘기 많이 들었어요. 우리 은우가 어찌나 칭찬을 하든지."

"아닙니다. 제가 더 잘해야죠."

"실제로 보니까 정말 잘생겼구나. 그러고 보니 우리 은우가 남자 외모를 중히 여기나 보네."

순정이 어색한 분위기를 깨려는 듯 가벼운 농을 던졌다. 재진은 한결 부드러워진 얼굴로 조금은 편하게 순정에게 말을 건넸다.

"이렇게 갑작스럽게 찾아봬서 죄송합니다. 귀한 따님 만나게 해 주셔서 감사 인사를 좀 드리고 싶었는데, 은우가 어떻게 생각할지 몰라서 부득이하게 저 혼자 이렇게 찾아뵙게 됐습니다."

순정은 재진의 양손에 들려 있는 묵직한 선물을 쳐다보았다. 한우갈비 세트와 커다란 과일바구니가 들려져 있었다.

"허락해 주신다면 제가 저녁 식사라도……."

순정은 그가 민망하지 않도록 부드럽게 고개를 가로저으며 웃었다.

"나는 그냥 좀 걷고 싶은데. 이렇게 잘생긴 남자랑 함께 걷는 건 어떤 기분일까요?"

가게에서 집까지 가까운 거리라는 건 은우에게 익히 들어 알고 있었다. 재진은 아마도 둘이 식사를 하는 건 불편하신가 보다 생각하며 그녀의 뜻에 따랐다.

"그럼 제가 집 앞까지 모셔다 드릴게요."

고개를 끄덕인 순정이 재진과 함께 나란히 서서 걸음을 옮겼다. 186센티미터인 그에 반해 160센티미터도 채 되지 않는 순정은 무척이나 작고 여려 보였다. 그래서 재진은 그녀가 더 대단해 보였다. 저렇게 작은 손으로, 작은 몸으로 어떻게 아들과 딸을 이렇게나 잘 키워 놓으셨을까.

"사실 은우가 처음 연애를 한다고 했을 때, 걱정이 많이 됐어요. 내 눈에는 마냥 어린애인데 연애를 한다고 하니까 기분이 이상하기도 하고, 벌써 다 컸구나 싶어서 짠하기도 하고……. 이런 말 혹시 실례가 되지 않을까 모르겠지만, 나이 차이도 좀 걱정되기도 했고……."

"괜찮습니다. 당연한 걱정이시죠."

"우리 은우가 무조건 밝게만 보여도 꼭 그렇지만은 않아요. 마음도 여리고, 눈물도 참 많고……, 나는 그저 우리 은우가 행복했으면 좋겠어요. 많은 사랑 받으면서, 그렇게 행복하게. 요새 은우 보니까 이미 너무 많이 사랑받고 있는 것 같아서 따로 부탁하지 않아도 될 것 같긴 하지만요."

"제가…… 효도하게 해 드리겠습니다."

나직이 내뱉는 그의 말에 순정이 잠시 멈칫거렸다.

"은우가 어머님께 효도할 수 있도록, 제가 그렇게 해 주겠습니다. 정성껏 키워 주신 어머님 마음에야 비할 바가 못 되겠지만, 예쁘게 사랑하고 아껴 주면서 행복하게 해 주겠습니다."

순정은 눈시울이 시큰해져 고개를 숙였다.

"은우 어여쁘게 키워 주셔서 진심으로 감사드립니다."

재진은 걸음을 잠시 멈추고 머리를 깊게 숙였다. 순정은 결국 눈물을 찍으며 코를 훌쩍였다.

"나도 참, 주책이다. 왜 눈물이……. 나이 들면 원래 다 이래요. 너무 좋아서 그런가 보다 해요."

재진은 그런 순정의 모습에서 어쩐지 은우가 오버랩되어 가슴이 뭉클해졌다. 친자식이 아니고 친어머니가 아님에도 참 많이 닮았다는 느낌이 들었다. 아무래도 은우의 어여쁜 심성은 어머니를 보고 배우고 자라 그런 것 같았다. 그래서 이렇게 많이 닮았구나.

"나는 이제 은우는 걱정이 없어요. 걱정 안 할래요. 안 해도 될 거 같아."

입가에 미소가 번진 재진은 다시 한 번 인사를 드렸다.

"감사합니다. 예쁘게 잘 만나겠습니다."

**

"형 오는 거 보고 가지 그래요."

은우는 생각보다 늦어지는 재진의 퇴근에 그만 가방을 들고 일어섰다. 재성이 먼저 들어와서 그만 돌아가 봐도 되는데, 어쩐지 기다리고 있으려니 민망하기도 했다.

"아니에요. 일이 있나 보죠."

재성은 분명 재진이 따로 저녁 스케줄이 없는데 왜 늦어지나 싶어 이상했지만 입을 다물었다. 행여 별생각 없이 내뱉은 말로 은우가 다르게 오해를 할 수도 있지 않을까 싶어서였다.

"누나, 큰아빠 안 보고 가게? 괜찮겠어?"

"응? 아하하. 괜찮아. 내일 보면 되지."

진건이조차 제 연애 걱정을 해 주는 것 같아 더욱 멋쩍어진 은우는 서둘러 신발을 신었다.

"참, 이거 기훈 삼촌 전해 줘."

은우는 진건이 주머니에서 꺼내 내미는 쪽지를 건네받았.

기훈과 진건은 병원에서 만난 이후 아직도 만나지 못하고 있었다. 재성에게 집에 데려가도 된다는 허락은 받았지만 기훈이 시간이 없어 못 만나는 중이었다. 요새 연재하느라 바빠 통 잠을 못 자서 그런지, 수술하고 나서 무리를 해서인지 컨디션이 썩 좋지 않아 빌빌대는 중이었다.

"응, 알았어. 꼭 전해 줄게. 그럼 저, 가 볼게요. 진건아, 내일 보자?"

막 현관문을 열려는데 밖에서 먼저 문이 열리며 재진이 모습을 드러냈다.

"엇? 큰아빠다!"

진건이 더 좋아 방방 뛰며 은우의 옆구리를 쿡 찔렀다.

"큰아빠 왔네."

어쩐지 창피했지만 은우는 애써 아무렇지 않게 입을 열었다.

"흠흠. 왔어요? 늦는 거 같아서 막 가려던 참이었는데."

"아, 어디 좀 잠깐 들렀다 오느라. 저녁은?"

"우린 먹었어요. 아직이에요?"

"어쩌다 보니."

"그럼 어서 밥부터 먹어요. 시간이 몇 시인데."

말은 그렇게 하면서도 은우가 신발을 벗지 않고 계속 그대로 서 있자, 재진이 들어오라고 고개를 까딱이며 물었다.

"설마 그냥 가려고?"

"응?"

"나 밥도 안 먹었는데?"

"아……."

"진짜 매정한 연인이네."

어느새 은우의 발은 신발에서 자유로워져 있었다.

재성은 아직도 적응이 되지 않는 형의 애정행각에 진건의 귀를 슬쩍 막으며 자리를 피했다. 새삼 사랑은 참 위대하다는 생각이 든다. 그 까칠하던 재진을 저리 흐물흐물 녹여 놨으니 말이다.

"큰아빠가 변했어."

진건이 소파로 자리를 옮기며 속닥거렸다.

"은우 누나가 진짜 좋은가 봐. 그치, 아빠?"

"응, 그런가 봐."

"그런데 나는 큰아빠가 변한 게 좋아. 많이 웃어서."

"응, 아빠도 그래."

머리를 맞대고 키득거리는 두 사람은 아랑곳하지 않고 재진은 주방으로 향했다. 은우가 부랴부랴 상을 차려 밥을 떠 주고 맞은편에 앉았다.

"어서 먹어요."

"좋네."

"응?"

"밥 먹을 때 옆에 있으니까."

"흠흠."

"그러고 보니 머리가 많이 길었네."

"아, 그렇죠? 좀 지저분하죠? 기르려고 하다 보니까. 미용실에서 펌을 해 보라고 자꾸 권하던데, 어떨지 모르겠어서……."

"음, 그것도 괜찮은 방법이지. 아, 그러면 이번 주말에 나랑 헤어숍 같이 가면 되겠네. 이하영 다니는 헤어숍이 머리를 잘하는 거 같던데."

은우는 배우 이하영이 다니는 헤어숍 소리에 눈을 동그랗게 떴다. 연예인들이 다니는 고급 헤어숍은 당연히 한 번도 가 본 적이 없었다.

"예쁘겠네."

펌을 한 그녀를 상상하듯 바라보는 그의 시선에 은우의 입술이 또 속수무책으로 벌어졌다.

"어서 밥이나 먹어요."

"컨디션은 이제 많이 좋아졌나?"

"응, 많이 좋아졌…… 왜, 왜요?"

갑자기 은우의 얼굴이 빨개졌다. 재진은 또 얄궂게 웃었다.

"그냥 걱정돼서 물어본 건데, 무슨 상상을 하는 거지?"

"흠흠."

"아, 맞다. 취향이 그런 쪽이었지."

"응?"

"어떻게, 기대에 또 부응을 해야 하나?"

"그런 거 아니라고요!"

은우를 바라보는 그의 시선은 사랑, 그 자체였다.

"와아, 이게 다 뭐야?"

은우는 집에 들어오자마자 눈에 띈 한우갈비 세트와 과일바구니를 보며 입을 크게 벌렸다. 며칠 사이 얼굴이 좀 해쓱해진 기훈이 방에서 나왔다.

"정 여사, 애인 생겼단다."

"뭐? 진짜?"

은우는 그게 정말인가 싶은 얼굴로 순정을 응시했다. 순정은 기훈이 눈을 찡긋거리자 슬그머니 입을 다물었다.
"굳이 싫다는데도 저렇게 선물을 갖다 바치더란다."
"정말이야?"
"어머니도 남자 친구 좀 만나도 되지, 뭘……."
"하아, 다행이다."
장난을 치던 기훈은 은우가 갑자기 진지한 얼굴로 순정의 손을 채가자 가만히 지켜보았다.
"정말 다행이야. 엄마한테도 남자 친구가 생겼다니."
"은우야. 그게 실은……."
"아, 나 왜 눈물이 나지? 엄마가 늘 혼자인 게 마음에 걸렸었는데, 엄마도 여자인데 우리 때문에 여자이기 포기하고 사는 게 늘 미안했었는데, 우리 이만큼 키워 놨으니 이제라도 엄마 인생 즐기면서 살아도 된다고 말해 주고 싶었는데……."
은우는 차마 말을 끝까지 잇지 못했다.
엄마가 좋은 분을 만났으면 싶다가도, 한편으로는 그러다 멀리 떠나면 어쩌나 하는 염려가 동시에 드는 게 사실이었다.
'이제 너희도 다 컸고 내 할 일은 끝났으니, 나도 이제 좀 쉴게. 엄마도 이제 좀 여자처럼 살게.' 하고 말하며 떠날까 봐. 설사 그런 날이 온대도 진심으로 축하해 주며 보내 줘야 할 텐데 어찌된 일인지 눈물이 나왔다.
"아, 난 진짜 나쁜 애인가 보다. 축하해 준다면서 왜 눈물이 나나 몰라."

기훈은 어쩔 줄 몰라 하는 순정을 보며 은우의 머리칼을 풀썩였다.

"너는 왜 항상 코미디를 다큐로 만드냐. 사람 무안하게."

"응?"

"이거 다 너의 그분이 보내셨단다. 엄마 가게 앞으로 찾아왔었대. 플러스 1점."

기훈은 눈시울이 붉어져 있는 순정의 어깨를 감싸며 토닥였다.

"저거 철들려면 아직 멀었어. 정 여사, 은우 말 신경 쓰지 마. 정 여사도 연애해야지. 아직도 이렇게 곱기만 한데 말이야. 좋은 분 계시면 연애도 하고 그래. 아들은 찬성이야."

듬직한 아들 기훈과, 사랑스럽고 어여쁜 딸 은우와, 그리고 아마도 한 식구가 될 것 같은 또 한 명의 듬직한 사람을 생각하던 순정은 행복하게 입매를 올렸다.

"엄마가 아마 전생에 나라를 구했나 봐. 우리 기훈이, 은우를 아들딸로 주신 것을 보면."

순정은 괜히 또 눈물이 나오려는 걸 억지로 참았다.

"있잖아, 엄마. 나중에라도 진짜 좋은 분 생기면 꼭 말해 줘야 돼? 울 엄마 행복하게 해 주실 분인지 어떤지 내가 꼭 확인해야 돼."

"그래, 알았어. 우리 딸한테 꼭 얘기할게."

"다큐 다 찍었으면 얼른 씻고 자라."

기훈은 머리를 긁적이며 방으로 들어가려다 은우가 황급히 불러 세우자 뒤를 돌았다. 은우가 주머니에서 웬 쪽지 하나를 내밀었다.

"진건이가 전해 달랬어. 오빠 많이 보고 싶은가 보던데."

쪽지를 건네받은 기훈은 방으로 들어와 펼쳐보았다. 곱게 접힌 쪽지 안에는 오백 원짜리 동전 하나가 들어 있었다.

『방구삼촌이라고 안 하께요. 진건이 만나 줘요.』

기훈은 삐뚤빼뚤한 글씨이지만 정성들여 쓴 진건의 쪽지를 보고는 그냥 웃고 말았다.

"이 녀석은 대체……."

뭔가 마음이 또 뭉클해진 기훈은 바로 메모지 한 장을 뜯어 답장을 썼다.

『너는 공짜로 만나 준다고 했잖아. 두 밤 자고 만나.』

오백 원을 다시 넣어 쪽지를 접은 기훈은 잊기 전에 바로 은우를 찾아 다시 건넸다.

"이놈의 인기는 남녀노소 가리지를 않아."

자화자찬하는 기훈의 입매가 멋들어지게 올라갔다.

**

"김현뿐이야?"

주희는 신문사 연예부장의 물음에 아무런 망설임 없이 고개를 끄덕였다. 그의 데스크 위에는 주희가 올려놓은 김현의 특종과 관련된 자료들만이 늘어져 있었다.

"그때 나한테 그러지 않았어? 대어 하나가 얻어 걸릴 거 같다고."

"제가 헛다리짚은 거였어요. 죄송합니다."

"그 대어가 누구였는데?"

"아니에요. 완전 잘못 짚은 거였어요."

그가 손에 쥐고 있던 펜을 놓으며 까끌한 턱을 매만졌다.

"송 기자, 요새 차민석 쫓고 다녔던 거 다 알아."

"……."

"뭐였어? 그게?"

"정말 별거 아니었어요."

"혹시 민석이도 호스트바 출신이야?"

주희는 단호하게 고개를 내저었다.

"그건 아니에요, 절대. 차민석은 정말 잘못 짚은 거였어요. X파일 하나 존재하지 않는 깨끗한 사람인데 나올 게 뭐가 있겠어요. 잘못된 정보였어요."

"……그래? 아무튼 수고했다."

그만 나가 보라는 손짓에 자리로 돌아온 주희는 한숨을 푹 내쉬며 물끄러미 카메라를 쳐다보았다.

어려서부터 연예계에 관심이 많았다. 늘 화려해 보이는 연예인들을 보고 있노라면 문득 그들의 카메라 밖의 모습은 어떤 게 숨겨져 있을까 궁금하기도 했다.

그렇게 시작된 관심이 결국은 직업으로까지 이어졌고, 처음 신문사에 입사해 수습기자일 때 열애설 한 건을 물어왔었다. 그로 인해 부장님의 신임을 한 몸에 받았고, 더 열의가 샘솟아 잠도 마다하며 스타들의 뒤를 쫓고 또 쫓았다.

주희는 카메라에 담긴 여러 장의 사진 주인공인 차민석을 물끄러미 쳐다보았다. 김현의 동창생으로부터 우연찮게 듣게 된 차민석의 정보는 정말 상상도 하지 못한 것이었다.

[솔직히 김현이고, 차민석이고, 같은 학교 출신 동창생들이 입 한 번 열면 다 끝장이죠. 털어서 과거 없는 놈이 어디 있겠어요?]

[차민석이요?]

[차민석이 우리랑 같은 고등학교 다녔던 거 모르세요? 친하지는 않았어도 안면 정도는 트고 지낸 사이였어요. 그런데 그때 좀 이상한 얘기를 들었었어요. 우리 반에 멀쩡히 잘생긴 녀석이 하나 있었는데 걔가 남자를 사귄다는 거예요. 상대가 차민석이고. 그때는 말도 안 된다고 허투루 흘려듣고 넘어갔는데, 최근 그 녀석 소식을 들으니 이태원 게이 바에서 일한

다지 뭐예요? 흥미롭지 않아요? 그때 정말 민석이랑 사귀었나 싶은 게.]

 처음엔 말도 안 된다고 생각했다. 아닐 걸 알면서도 정말 혹시나 하는 마음에 파기 시작했는데, 이렇다 할 확실한 증거를 찾아내지는 못했다. 그의 영화 촬영장부터 광고 촬영, 팬 사인회 할 것 없이 그의 스케줄 대부분을 쫓아다녔지만 원하던 장면은 전혀 담지 못했다. 역시나 잘못된 정보였다고 생각하며 그동안 찍었던 차민석의 사진을 모두 자세히 살펴보는데, 그와 함께 렌즈에 가장 많이 담긴 한 사람이 있었다.

 차민석의 소속사인 제이엔터테인먼트 류재성 기획실장.

 이 역시 처음엔 별다르게 여기지 않았다. 차민석이 워낙 톱스타이고, 소속사에서도 수익률 1위를 찍어 주는 장본인이니 기획실장이 직접 챙기는 게 이상하게 여겨지지는 않았다.

 차민석의 영화 촬영장, 팬 사인회 등등 종종 모습을 드러낼 때마다 그저 다른 스태프들이나 매니저처럼 대화를 나누는 게 전부였지만, 순간 기자로서 촉이 왔다.

 뭔가 있다.

 재성은 결혼도 했었고, 아이도 있었다. 그 촉이라는 것에 전혀 부합되지는 않았지만 확인해서 나쁠 건 없다고 생각했었다. 그래서 이번엔 재성의 뒤를 캤다. 수소문 끝에 전처가 사는 곳을 찾아냈다. 이혼의 사유가 갑자기 궁금해졌다.

 예상은 했었지만 그녀는 만나 주지 않았다. 하룻밤을 꼬박

차 안에서 잠복을 했다. 다음 날 아침 집에서 나오는 오승연을 만났다. 따귀 맞을 각오를 하고 단도직입적으로 물었다.

[류재성 씨가 성 소수자여서 이혼하신 건가요?]

그 어떤 대답을 하지 않아도 알 수 있었다. 정곡이 찔려 당황하면서도 불쾌감이 역력한 그 얼굴은 너무도 솔직했다.

[나는 더 이상 그 사람과 엮이고 싶지 않아요. 내 앞에서 그 사람 이름 꺼내지 마요.]

[차민석인가요? 헤어진 이유에 차민석이 있나요?]

넘겨짚기로 무턱대고 찔러 보았다. 유심히 표정을 살피는데 기대했던 표정이 나오지 않았다. 승연은 차민석이 성 소수자라는 건 전혀 모르는 듯했다.

[정말 더럽기 짝이 없는 세상이네요. 이놈도 저놈도 죄다 비정상인가 보죠? 연예계가 더럽다는 소문은 익히 들어 알고 있었지만, 정말 더럽네요. 그런 인간들이 티브이에 나오고, 아무것도 모르는 여자들은 그저 좋아 꺅꺅거리고. 내 말 잘 들으세요. 나는 조용히 살고 싶어서 자식도 버린 여자예요. 그 사람과 엮이고 싶지 않아서. 자식을 핑계로 찾아오는 것조차도 싫어서. 그러니 다시는 찾아오지 마세요. 아무것도 들추지도 마세요.]

차민석과 류재성이 성 소수자라는 사실은 확인했지만, 그렇다고 해서 둘 사이가 남다르다는 그 어떤 증거는 없었다. 사석에서 함께 밥을 먹고 술을 한잔하는 것도 목격하긴 했었지만, 그것을 가지고 증거라고 할 수는 없었다.

항상 각자 차를 타고 헤어졌고, 특이할 만한 행동은 절대 하지 않았다. 가벼운 포옹이라도 한 번 한다면 이때다 싶어 물고 늘어지겠지만, 스킨십 같은 건 전혀 없었다. 겉으로 드러난 그들의 사이는 소속사 실장과 소속 배우, 그 이상도 이하도 아니었다.

하지만 기사라는 건 꼭 사실이 밑바탕이 되어야 쓰는 건 아니듯이, 이 정도 정보만으로도 충분한 특종은 되었다. 차민석이 성 소수자라는 것 하나만으로도, 차민석의 소속사 기획실장이라는 사람도 같은 부류라는 것 하나만으로도, 그에겐 하물며 여섯 살 아들이 있다는 것 하나만으로도 사람들의 가십거리가 되기에는 충분히 넘치니까.

슬쩍 미끼를 던져주면 네티즌들은 너나 할 것 없이 덥석 물고 엄청난 상상을 더해 소설을 쓸 테니까.

더러운 새끼들. 역겨운 놈들.

아무런 사실도 확인된 바는 없지만 무턱대고 날을 세우고 이를 갈며 할퀴어 대겠지. 심장이 너덜너덜해질 만큼 입을 나불거리고, 손가락을 바쁘게 움직이며 자판을 두드리겠지.

사람 하나 말로 글로 죽이는 건 그들에게 일도 아니니까. 자신들과는 그저 '다를 뿐'이라고 생각하기보다는 '비정상'이라고 생각하겠지. 다른 게 아닌 틀렸다고 떠들어 대겠지.

그래서 접을 수밖에 없었다. 특종보다는 은우를 선택할 수밖에 없었다. 이런 모든 사실들이 세상에 드러난다면, 은우의 얼굴에 그늘이 드리워질 테니까. 모두 다 무너져 버릴 테니까.

"미련을 두지 말자."

주희는 아직 처분하지 않고 가지고 있던 차민석에 관한 자료들을 모두 삭제했다. 사진은 물론 승연의 목소리가 녹음된 파일까지 모두 다 깨끗하게 없애 버렸다.

"은우야, 나야. 연애 사업은 잘 하고 있고? 그냥 생각나서 전화했어. 언제 술이나 한잔할까?"

전화를 하는 주희의 얼굴은 후련해 보였다.

~17~

"여어."

욕실에서 막 씻고 나오던 기훈은 반가운 얼굴로 진건을 반겼다. 수건으로 젖은 머리칼을 털어 내며 다가간 기훈이 주먹을 내밀자, 진건이 익숙하게 맞대었다.

"빠샤."

"빠샤."

"잘 지냈냐, 꼬맹아?"

기훈이 진건의 머리를 쓰다듬으며 물었다.

진건은 고개를 끄덕이며 윗옷을 벗고 있는 기훈의 배를 손가락으로 가리켰다.

"삼촌, 이제 안 아파요?"

"멀쩡해. 하나도 안 아파."

"다행이다."

"너는 아픈 데 없고?"

배시시 웃은 진건이 그렇다고 대답을 했다.

"다행이네."

피식 웃은 기훈이 티셔츠를 입고 나오기 위해 잠시 방으로 들어갔다.

은우는 잠을 얼마 못 자 피곤할 텐데도 웃는 얼굴로 진건을 반겨 준 기훈에게 고마운 마음이 들어 흐뭇하게 방문을 바라보았다. 진건이가 온다고 나름 목욕재계하고 기다린 모양이다. 평소엔 이 시간에 꿈나라에 있을 시간이라 씻고 있을 리 없을 텐데.

기훈에게 쪽지를 전해 받은 진건은 몹시 좋아하며 아이답게 헤헤거렸었다. 두 밤을 자면 기훈을 만난다며 매일 손꼽아 기다렸다. 그리고 오늘 하원 시간에 만나자마자 기훈을 보러 가자며 채근을 했었다.

"누나 방 구경할래?"

은우는 진건이 방보다도 작고 아늑한 제 방문을 열며 진건을 데리고 들어왔다. 특별히 구경이랄 것도 없는 작은 방을 두리번거리던 진건은 컴퓨터 책상 위에 놓인 액자를 집어 들었다.

"누구야?"

진건이 손에 든 액자 속에는 여섯 살 은우와, 열 살 기훈과,

이제는 하늘에 계신 아버지가 손을 꼭 잡고 있었다. 친엄마 사진 역시 가지고는 있었지만 꺼내놓지는 않았다. 순정은 괜찮다고 했지만 예의가 아닌 것 같아 서랍 깊이 넣어 두고 이따금씩 꺼내 보기만 했다.

"누나하고, 기훈 삼촌하고, 누나 아빠하고."

은우가 친절하게 한 사람씩 짚어가며 설명을 해 주었다. 진건은 은우의 어릴 때 모습이 신기한지 연방 번갈아 쳐다보았다.

"와아, 누나 어릴 때는 머리가 길었네?"

"응, 길었어."

"예쁘다."

진건이 여섯 살 은우를 보며 손가락으로 쓰다듬었다.

"그런데 왜 엄마는 없어?"

"응?"

"왜 엄마 사진은 없어? 누나는 엄마가 있는데, 왜 진건이처럼 엄마 사진이 없어?"

"아……."

"진건이 집에는 엄마 사진이 하나도 없어. 전에는 있었던 거 같은데 아빠가 어디다 숨겼나 봐."

은우는 지난번 앨범을 볼 때 정말이지 여자 사진이라고는 단 한 장도 보이지 않았던 걸 기억해 내며 진건을 토닥였다.

이제 여섯 살일 뿐인데, 표현은 안 해도 얼마나 엄마가 보고 싶을까. 이 어린 녀석의 가슴이 이미 얼마나 곪아 있을까.

"그런데 진건인 괜찮아. 아빠가 있으니까. 물어보지 않을 거야. 엄마가 왜 안 오는 거냐고 절대 물어보지 않을 거야. 궁금하지만 안 물어볼 거야. 진건이가 알게 돼서 아빠가 슬퍼하는 거 싫어. 그래서 진건인 절대로 안 물어볼 거야."

오빠에게 매일 물었더랬다. 아빠에게 매일 물었더랬다.

엄마는 왜 안 오느냐고, 보고 싶다고. 그때마다 아빠와 오빠의 얼굴이 슬픔으로 일그러지는 걸 알면서도 매번 물었다. 한데 저 어린 녀석은 벌써 어른 흉내를 낸다.

궁금해도 참아야 하는 게 있다는 걸 벌써 안다는 듯이, 입 밖으로 꺼내면 안 되는 이야기들이 있다는 걸 벌써 안다는 듯이. 실은 엄마가 너무 보고 싶고, 왜 안 오는지 너무 궁금할 텐데도 저 작은 입술을 앙다문 채 열지 않는다.

"너는 이제 애 데리고도 다큐 찍냐."

은우는 등 뒤에서 날아오는 기훈의 음성에 서둘러 눈물을 훔치며 돌아섰다. 기훈이 씩 웃으며 진건에게 다가섰다.

"꼬맹아, 네가 그리도 날 만나고 싶어 했으니 뭐든 말만 하렴. 다 들어줄 테니."

"정말요?"

"정말이지, 그럼."

"기훈 삼촌 축구 잘해요?"

"응? 축구?"

"아빠하고 큰아빠하고 축구하는데, 기훈 삼촌도 같이하면 안 돼요? 그럼 진건이랑 기훈 삼촌이랑 또 볼 수 있잖아요. 일요일 날 되면 만날 수 있잖아요."

기훈은 전혀 생각지도 못했던 제안에 잠시 난감한 얼굴을 했다. 동생의 남자 친구란 사람도 겨우 잠깐 두세 번 보았을 뿐이고, 진건의 아빠라는 사람은 한 번도 보지 못했다. 한데 같이 축구라니. 서로 얼마나 불편할지 안 봐도 훤했다.

"음, 그건 조금 생각해 보자. 네 아빠가 불편해 할 수도……."
"아빠는 걱정 마요. 진건이가 얘기하면 다 들어줄 거예요. 그리고 큰아빠는……."

진건의 시선이 은우에게 향했다.

"우리 큰아빠가 누나를 진짜 좋아해서요. 누나 말이라면 다 들을 거예요."

딱히 틀린 말은 아닌 것 같긴 했다. 기훈은 어쩌면 좋으냐는 얼굴로 은우를 힐끔거렸다. 은우 역시 난처한 표정을 지으며 어깨를 으쓱였다.

"진건이 넌, 나를 너무 당황케 해."

기훈이 난감하다는 듯 진건의 뒷머리를 쓰다듬었다.

"내 이상형이 말이야, 뻔하지 않은 여자야. 너처럼."
"어떡해요. 진건인 남잔데."

기훈은 진지한 얼굴로 고민하는 진건을 보며 귀여워 죽겠다는 듯이 볼을 쭉 잡아당겼다.

"푸후후. 그러게, 어쩌냐. 나이 서른에 이상형을 만났는데 남자네. 그것도 스물네 살이나 어린. 윽, 가슴 아파라."

기훈이 가슴을 움켜쥐며 쓰러지는 시늉을 했다. 그런 기훈이 재미있는지 진건이 입매를 늘어뜨리며 웃었다.

"진건이가 그렇게 좋아요?"

"그런가 봐."

"나는 진건이만 기훈 삼촌 좋아하는 줄 알았는데."

"눈이 발가락에 달려 있지 않고서야 그럴 리가 있겠어."

"그럼 축구해요. 일요일 날이면 만날 수 있잖아요. 진건이가 만나 줄게요."

순식간에 뭔가 상황이 역전된 것 같았다. 저 만나고 싶다고 오백 원 넣어서 쪽지 보냈던 녀석이 이젠 만나 주겠다고 선심을 쓰고 있으니 말이다.

기훈은 이거 졸지에 불편한 사람들과 팔자에도 없던 축구를 하게 생겼다며 고개를 흔들었다.

"네 아빠가 싫어할 거다, 분명."

"좋아할 거예요. 진건이가 좋아하니까. 진건이가 기훈 삼촌 좋아하니까, 아빠도 분명 좋아할 거예요."

진건의 눈매가 재성과 똑같이 매끈하게 휘었다.

"그래. 네 아빠가 좋다고 하면 까짓 거 하지, 뭐."

속으로 쓴웃음을 삼킨 기훈은 몸을 일으키며 은우에게 낮게 속삭였다.

"이 사태를 어쩌면 좋으냐. 내가 너의 그분과 축구를 해야겠냐?"

 은우는 벌써 신이 나 있는 진건을 보며 기훈을 위로했다. 상상만으로도 서로 얼마나 불편해 할지가 눈에 선했지만 별수 없었다.

 "운명이려니 해."

 "녀석, 참 잘도 생기긴 했다."

 한참을 종알거리며 놀다가 곤히 잠들어 있는 진건을 은우와 나란히 앉아 내려다보고 있던 기훈이 입매를 올렸다. 나중에 결혼을 해서 자식이 생긴다면 꼭 저런 아들놈 하나 낳았음 싶었다.

 "정말 너무 예쁘지? 아이들은 다 천사야."

 "어떤 일이든 다 사정이라는 게 있겠지만 이런 아들을 떼놓고 보러 오지도 않는다니, 엄마란 사람이 너무 독하네."

 기훈은 짧게 숨을 내쉬며 진건의 이마에 붙어 있는 머리칼을 살며시 쓸어 넘겼다.

 "원래 남의 가정사 같은 건 별로 관심 없다만, 너도 이유를 모르냐? 애 아빠가 왜 이혼을 했는지?"

 "……응, 몰라."

 "설마 애 아빠가 바람을 피웠다거나 그런 건 아니겠지? 아니어야 할 텐데. 그럼 좀 곤란하니까. 내가 세상에서 제일 싫어하는 유형의 사람이 네가 만나는 사람의 동생이라면, 그건 좀 곤란하니까."

"잘은 모르겠지만, 그런 건 아닐 거야. 재성 씨는 절대 그럴 사람 아니야."

"어쨌든 애 엄마가 애를 보러 안 온다는 건 뭔가 큰 사연이 있다는 건데, 사별도 아닌 이혼인데 몇 년 동안 코빼기 한 번 비친 적이 없다는 건 말이 안 된다는 거야. 혹여 애 엄마가 몸이 안 좋은 거라든지, 멀리 산다든지 갖은 이유를 다 대 보아도 그 역시 이해가 안 돼. 제 배 아파 낳은 자식을 그런 이유로 몇 년씩이나 안 보고 살 수 있는 엄마는 없다고 생각하니까. 그렇다면 남는 건 애 엄마가 뭔가 애 아빠한테 가슴에 피맺힌 원한이 있다는 것밖엔 없는데, 얼마나 큰 잘못을 했으면 금쪽같은 제 새끼도 마다하겠냐 이거지."

"……."

"진건이가 제 아빠랑 똑 닮았다며. 제 남편이랑 닮았다는 이유로 제 자식 거들떠도 안 본다는 희귀한 여인을 내 언젠가 아침 방송에서 본 적도 있는 거 같아서 그래. 선천적으로 모성애가 결여된 그런 여인들이 간혹 있더라고. 아무리 남편이 미워도 자식은 별개인 법인데, 도대체 얼마나 치 떨리게 싫으면 자식을 마다하냐 이 말이야. 도대체 남편이 얼마나 엄청난 잘못을 하면 애 엄마가 그럴 수 있느냐 말이지."

은우는 딱히 반박할 말이 떠오르지 않아 가만히 듣고만 있었다. 재성은 정말 좋은 사람인데, 뭔가 이혼의 사유가 그에게 있는 것 같아 마음이 무거워졌다.

"하아, 골치 아픈 가정사가 있는 집안은 아니었음 싶은데."

"뭔가 이유가 있겠지. 섣불리 판단하지 말자, 오빠. 내가 아는 재성 씨는 정말 좋은 사람이야. 아무 내막도 모르면서 이러쿵저러쿵 논하고 싶지는 않아."

은우의 말에 더 이상 입을 열지 않은 기훈은 물끄러미 진건을 바라보며 생각에 잠겼다. 진건이가 좋아하니 축구 같이하는 것쯤이야 사실 크게 문제되지 않는다. 불편하긴 하겠지만 같이 운동을 하다 보면 오히려 더 빨리 가까워질 수도 있는 거니까. 실은 그래서 썩 내키지가 않았다. 가까워질까 봐. 그 집 사람들과 너무 빨리 가까워질까 봐.

한 번도 얼굴을 보지 않은 진건의 아빠라는 사람의 느낌이 썩 좋지 않았다. 은우가 그리 좋은 사람이라고 칭찬을 하는데도, 뭔가 거리감이 느껴졌다.

그 어떤 사정이 있다 해도 어린 아들에게 상처를 입히면서까지 이혼을 했다는 것 자체가 마음의 거리를 두게 한다. 이 또한 선입견일 수도 있겠지만 사실 그렇다.

"재진 씨 왔나 보다."

휴대폰 벨소리에 은우가 벌떡 몸을 일으키자 기훈이 조심스럽게 진건을 안아들었다.

"아냐, 오빠. 내가……."

"나가. 내가 옮겨 줄 테니까. 아이라도 잠들어 축 늘어지면 네가 안기 버거워."

앞장서는 은우를 따라 대문 밖으로 나온 기훈은 서둘러 넘겨받으려는 재진에게 차 문이나 열어 달라 말하고 뒷좌석에 뉘였다.

"애 혼자 저렇게 뉘여 가면 위험해. 네가 같이 다녀와. 내 동생 다시 집까지 데려다 주는 거 어려운 일 아니죠?"

"당연한 말씀을요. 오늘 정말 죄송하고, 감사합니다."

"감사는요, 뭘. 아, 진건이가 아마 이상한 제안을 하나 할 겁니다. 부디 충분히 심사숙고하여 결정해 주세요. 그럼."

기훈이 먼저 들어가자 재진이 의아한 얼굴을 했지만, 은우 역시 난감한 듯 말을 아끼며 일단 차에 올랐다.

"무슨 일인지 정말 안 가르쳐 줄 건가?"

재진이 상당히 궁금해 하며 참지 못하고 룸미러로 눈을 맞추며 물었다.

"음, 그게 그러니까, 진건이가 우리 오빠를 정말 좋아하나 봐요. 축구를…… 같이했으면 하더라고요."

"축구?"

"응, 축구요. 조기축구회에 우리 오빠도 같이 나갔으면 하더라고요. 그러면 일요일마다 만날 수 있지 않겠냐면서요. 표현은 안 해도 사람의 정이 많이 그리웠구나 싶어서 짠하기도 하고……."

잠시 침묵을 고수하던 재진이 다시 말문을 열었다.

"우리보다도 오빠가 불편할 텐데."

"그렇긴 하겠지만, 우리 오빠가 워낙 친화력이 뛰어나요. 아마 한 번 나가면 동네 주민분들이랑 다 말 틀걸요?"

"음, 그럴 거 같긴 하네. 그럼 우리야 뭐 나쁠 이유가 없는데. 이 기회에 나도 오빠와 더 친해질 수도 있고."

"혹시 재성 씨가 불편해 하지 않을까요? 형 여자 친구의 오빠랑 같이 축구를 한다는 게 흔한 일은 아니잖아요. 재진 씨보다도 재성 씨가 얼마나 더 조심스럽고 불편하겠어요. 게다가 우리 오빠가 나이가 더 어린데도 말을 편하게 할 수도 없을 거고요. 그렇지 않아도 진건이가 자꾸 오빠한테 민폐 끼치는 거 아니냐며 신경 쓰던데, 괜히 걱정거리 하나 던져 주는 건 아닌지 모르겠어요. 오빠가 오늘 괜히 진건이한테 뭐든 다 들어준다고 약속을 하는 바람에 사태가 이렇게 된 거거든요. 진건이가 축구 얘기를 할 줄이야 나도 몰랐고요."

"아이들 보는 눈이 더 정확하다더니, 맞나 보네."

"응?"

"좋은 사람들은 먼저 알아보니까. 그래서 오빠도 좋아하는 거고."

재진이 은우를 응시하며 미소를 머금었다.

"이걸 어쩌나. 우리 집 식구들 모두 강 남매의 마성의 매력에 푹 빠져 버린 것 같은데. 재성이라고 다를 리 없으니."

"에이, 뭘 또 그렇게까지."

기분 좋게 웃은 은우는 잠든 진건의 얼굴을 가만히 내려다보다, 정말이지 재성은 왜 이혼을 한 걸까 너무도 궁금했지만 입을 다물었다. 그런 지극히 개인적인 부분을 물어본다는 것 자체가 예의도 아니겠지만, 물어본다한들 아무리 형이라 해도 동생의 일을 마음대로 떠벌릴 수는 없을 거였다.

 괜히 아픈 곳을 건드리는 것밖에는 되지 않을 거다. 이유가 무엇이었든 간에 이미 일은 벌어졌고, 진건은 상처를 받았다. 그렇다면 지금 할 수 있는 유일한 최선은 아이의 상처를 보듬어 주는 것. 엄마 자리를 대신할 수는 없겠지만, 너는 사랑받고 있다는 걸 충분히 느낄 수 있게 해 주는 것.

 은우는 무릎 위에 누인 진건을 감싸 안아 살포시 토닥였다.

 '잘 자렴, 내 아가. 나쁜 꿈꾸지 말고 잘 자렴.'

 순정이 그녀에게 그랬던 것처럼, 그렇게 다정하게 토닥여 주는 은우의 얼굴은 햇살처럼 따사로웠다.

**

 "너무 딱 붙어서 밥도 제대로 못 먹겠다. 정말 살쪘나?"

 재진이 사 준 하얀색 원피스를 골라 입은 은우는 평소 잘 하지 않던 액세서리까지 풀 장착을 한 뒤 거울을 빤히 들여다보았다.

 "사랑을 하면 예뻐진다더니, 진짜인가 봐. 까아! 나도 주책이야, 진짜! 으흥흥."

자꾸만 벌어지는 입매를 간신히 바로 잡으며 시간을 확인한 은우는 그가 사 준 힐까지 챙겨 신고 집을 나섰다.

아직 도착 전인 재진을 기다리며 콧노래를 흥얼거리던 은우는 문득 머리를 싸매며 드러눕던 기훈이 떠오르자 웃음이 터져 나왔다.

[아이가 하자는 걸 너무 다 들어주는 거 아니냐.]

기훈도 같이 축구를 하면 좋겠다는 진건의 돌발 발언에 잠시 당황해 하던 재성은 이내 자식 이기는 부모 없다고 손을 들었다. 오히려 기훈이 불편하지 않겠냐고 걱정을 하며 자기는 괜찮다고 말을 해서 진건이 방방 뛰며 좋아했다. 해서 이 사실을 바로 기훈에게 알려주었는데, 생각보다 너무 빨리 쉽게 결정이 나서인지 막막한 얼굴로 드러누웠다.

'내가 도대체 왜 네 그분과, 그분의 동생과 같이 축구를 해야 하는 거냐?'며 신세한탄을 했지만, 사실 이 모든 일의 원인은 오빠가 제공한 것 아니냐는 핀잔에 결국은 입 다물고 운명을 받아들였다.

[축구복은 재진 씨가 선물로 준비한다니까 걱정 마.]

[참으로 고맙구나.]

[오빠도 이참에 운동도 하고 좋지, 뭘. 매일 방구석에만 처박혀 있다가.]

[그래, 참으로 고맙구나. 눈물이 다 날 지경이다.]

[다 좋은 사람들이니까 너무 걱정 안 해도 돼. 그런데 오빠, 축구 할 줄은 알지?]

[참나. 너 기억 안 나나 본데, 나 어릴 적 우리 동네에서 축구 제일 잘했었거든?]

[진짜? 왜 난 기억이 안 나지?]

[네 그분의 포지션은 뭐냐?]

[최전방 공격수, 스트라이커.]

[그거 재미있겠네. 오빠가 더 잘한다고 삐치지나 마라.]

마침 재진 외에 최전방 공격수가 더 필요했던 조기축구회 회원들 역시 모두 새로운 회원 소식을 반겼고, 기훈과 함께하는 첫 시합은 다음 주말에 잡혀 있었다.

"공이나 제대로 찰지 몰라. 설마 팀에 치명적인 구멍이 되는 불명예를 안는 건 아니겠지?"

혼잣말을 하며 걱정을 하던 은우는 어느새 골목으로 진입하는 재진의 세단을 발견하고는 손을 흔들었다.

오늘은 그와 함께 청담동에 있는 헤어숍을 가기로 한 날이라 그런지 괜히 더 떨려왔다. 여러 연예인들의 단골 헤어숍이라니 혹시 오늘 누군가를 만날 수도 있단 생각에 긴장이 되기도 했다.

재성은 조기축구회 회원들 중 진건과 또래인 아이가 있는 회원들과 모임을 갖고 있을 거였다. 진건이 역시 새로 사귄 친구들과 즐거운 시간을 보내고 있을 거라 생각하니 한결 마음이 가벼워졌다.

"차 안 밀렸어요?"

냉큼 조수석에 올라탄 은우가 안전벨트부터 매며 그를 향해 고개를 돌렸다.

"아……, 옷이 너무 작은 거 같죠?"

재진의 시선이 노골적으로 제 몸을 훑고 있다는 생각에 민망해진 은우가 원피스를 잡아 내렸다. 그렇지 않아도 앞트임이 있는 옷인데, 앉으니 허벅지가 더 많이 드러났다.

"너무 잘 먹고 다녀서 그새 살이 쪘나 봐요. 아하하, 숨 쉬기도 힘드네."

백을 다리 위에 올려놓고 허리를 곧게 편 은우는 옷이 붙어서인지 어쩐지 오늘따라 가슴도 도드라져 보인다고 생각하며 슬며시 팔을 올려 앞을 가렸다. 그리 파지지 않았음에도 불구하고 라인이 드러나서인지 무척이나 야해 보이는 것도 같았다.

"그러니까 옷을 왜 다 이런 걸 사 줘 가지고……."

"하아, 곤란한데."

"응?"

운전대를 톡톡 두드리며 난처하다는 듯 웃은 그가 차를 출발하지 않고 가만히 앉아 있었다.

"안 가요?"

"누구 때문에 잠시 시간이 필요할 듯한데."

"왜요?"

"글쎄, 왜일까."

눈을 끔뻑거리며 그를 바라보던 은우의 시선이 슬쩍 아래로 향했다.

"어머."

그의 중심부가 슬며시 부풀어 올라 있었다.

"어머머. 얘, 왜, 왜 이래요?"

"왜겠어."

남세스럽다는 듯 손으로 얼굴을 가린 은우가 발을 동동 굴렀다.

"이상한 생각 하지 마요. 지금은 대낮이고, 여긴 차 안이고……."

"그게 왜 이상한 생각이야?"

"응? 아니, 그게 아니라, 그러니까 내 말은……."

"사랑하는 연인끼리 그게 뭐 잘못된 거라고 말을 더듬고 그러나. 사랑하면 안고 싶고, 만지고 싶은 건 당연한 건데. 나는 하루에도 몇 번씩 그러고 싶은데, 강은우는 아닌가 보지?"

"흠흠."

귀까지 빨개진 은우를 보며 피식 웃은 재진은 간신히 마음을 추스르며 차바퀴를 굴렸다. 서른넷 먹도록 자신이 이렇게 음흉스러운 놈인지는 처음 알았다. 여자들에게 그다지 관심이 없다고만 생각했었는데 은우만 보면 그 생각이 완전히 산산조각 나 버린다.

잠시도 떨어져 있고 싶지 않다. 온종일 침대에서만 뒹굴라 해도 충분히 가능할 것 같다.

은우만 생각하면 그 녀석이 건강하게 고개를 쳐드니까.

저 뽀얀 속살이 얼마나 보드라운지 알고 있기에, 달뜬 그녀의 표정이 얼마나 사랑스러운지 알고 있기에.

"하아. 난감하네, 정말."

재진은 라디오에서 신 나는 음악이 흘러나오자 볼륨을 높였다. 오늘 하루 무사히 잘 버틸지가 걱정이 된다.

"어머, 류 대표님 아니세요?"

은우는 재진이 헤어숍으로 들어서자 한 걸음에 달려 나와 반기는 여자를 조심스럽게 힐끗거렸다. TV에서도 가끔 보았던 유명한 헤어디자이너를 코앞에서 보다니 신기하기만 했다.

"여기까지 어쩐 일이세요? 집에서 멀다고 여기서 헤어 안 하시면서. 아니면 하영이 보러 왔나? 하영이 방금 전에 머리 하고 갔는데."

그녀의 시선이 재진의 뒤에 가려져 있던 은우에게 향했다.

"어머, 이 어여쁜 아가씨는 누구예요? 내가 모르는 얼굴인 걸 보면 신인?"

아니라며 손사래를 치던 은우는 갑자기 걸려온 전화에 그가 잠시 자리를 비우자 어정쩡하게 서 있었다.

"류 대표가 안목이 있다니까. 가만 보니 자기도 곧 뜨겠다."

"네? 아, 저는 정말 그런 게 아닌……."

"류 대표가 정말 신경 많이 쓰는 신인인가 보네. 직접 여기까지 데리고 온 걸 보면."

"아, 그게 그러니까……."

"앉아 있어요."

어떻게 정정할 새도 없이 제 할 말만 하고 가 버리는 그녀를 보며 난감해 하던 은우는 머리를 하고 있는 몇몇의 사람들을 슬쩍 쳐다보았다.

TV에서 익히 보았던 낯익은 얼굴을 발견하고 신기해하는데, 까랑까랑한 여자 목소리가 가까이 들렸다.

"너, 인사할 줄 모르니?"

깜짝 놀란 은우가 고개를 돌리며 움찔했다. 눈에 익은 원로 여배우인데 아주 마뜩잖은 얼굴로 자신을 흘겨보고 있었다.

"너, 소속이 어디니?"

"네? 아, 저는 그런 게 아니고요."

"묻는 말에 대답이나 하면 될 걸, 말이 많구나. 너, 어디 소속이니? 어디서 애들을 이따위로 교육을……."

"무슨 문제 있습니까?"

타이밍도 기막히게 재진이 들어서며 은우의 옆에 섰다. 원로 여배우의 표정이 방금 전과는 사뭇 다르게 부드럽게 펴졌다.

"류 대표 식구였어?"

"제 애인인데, 무슨 문제 있습니까?"

"응? 애인? 류 대표, 싱글 아니었어?"

은우의 손을 잡아챈 재진이 정중하면서도 단호하게 입을 열었다.

"현재는 보시다시피 혼자가 아니라서 말입니다."

"아, 미, 미안. 외모가 출중하기에 난 또 신인인 줄 알았지. 요즘 애들이 워낙 예의가 없다 보니까. 초면에 미안하게 됐어요. 류 대표, 마음 풀어."

은우에게 사과를 한 그녀가 멋쩍은지 슬그머니 자리를 피했다. 은우는 잠시였지만 살벌했던 순간에 몸서리를 치며 재진의 손을 꼭 잡고 기대섰다. 연예계가 어마무시하다는 소문은 들었지만, 만약 저가 실제 신인 연기자였다면 이 자리에서 바로 울었을 것 같았다.

"괜히 여기로 왔나 봐요."

잔뜩 기가 죽은 은우가 속닥거리자 재진이 괜찮다며 어깨를 토닥였다.

"내가 김 원장한테 직접 부탁했으니까 다른 거 신경 쓸 거 없고, 그냥 편하게 가만히 앉아만 있으면 돼."

"괜히 재진 씨 이상한 소문나는 거 아니에요? 말 많은 곳일 텐데 나랑 여기 같이 와서……."

"소문이 나면 또 어때. 거짓말을 한 것도 아닌데."

은우의 머리칼을 풀썩인 그가 근사하게 입매를 올렸다.

"내가 열애설 나면 몸값 떨어지는 배우도 아닌데, 그게 뭐 어때서. 설사 그렇다 해도 애인을 애인이라고 하지, 그럼 뭐라고 하나. 애인 맞잖아. 아닌가?"

꼭 잡은 손을 들어 올린 그를 보며 은우는 그제야 웃음을 되찾았다.

"그런데 나, 정말 펌 해도 어울릴까요?"

다소 걱정스런 얼굴을 하고 있는 그녀에게 슥 고개를 숙인 그가 귀엣말을 했다.

"너무 예쁠까 봐 걱정인데, 난."

아아. 은우는 몸이 또 배배 꼬여 애꿎은 머리칼만 매만졌다.

그의 노골적인 애정표현에 어쩔 줄을 모르겠다가도, 한편으로는 가슴이 설레 죽을 것만 같았다.

김 원장이 직접 펌을 해 주는 동안 거울에 비치는 재진을 물끄러미 바라보던 은우는, 가만히 앉아 있는 그의 주변으로 하나둘씩 모여드는 여자들을 심기 불편한 얼굴로 쳐다보았다. 헤어숍 디자이너들부터 시작해 낯익은 배우들까지, 하나같이 입가에 미소를 띠며 재진에게 말을 건넸다.

'어머, 쟤 뭐야? 왜 저렇게 눈웃음을 치는데? 어머, 웃기지도 않아, 진짜. 어머머, 왜 괜히 웃으면서 어깨를 건드려? 아니, 가만히 있는 사람을 왜 저렇게 귀찮게 하면서 툭툭 건드려? 어머머, 그렇게 안 봤더니 별꼴이야, 진짜.'

저도 모르게 울분을 토해 내고 있던 은우는 뒤늦게 낯선 제 모습을 발견하고는 심신을 다스렸다. 누군가를 이렇게 별 이유도 없이 미워한 적은 없었던 것 같았다.

사실 사람이 말을 건네면서 웃지, 울겠어?

'내가 이렇게 질투가 많은 애였던가? 난 정말 못된 애인 거야? 아아, 사랑에 눈이 멀어 재수 없는 애가 돼 버렸어. 어쩌면 좋아.'

은우는 질투의 화신이 돼 버린 것 같은 스스로를 자책하며 눈을 질끈 감았다.

차라리 보지 말자.

"호호호. 정말이요? 류 대표님 말씀도 참 잘하시지."

차라리 듣지도 말자. 가나다라마바사…….

인고의 시간을 보내며 어렵사리 펌을 끝낸 은우는 변한 헤어스타일을 만족스러운 얼굴로 보고 있는 재진을 힐끔거렸다.

어느새 곁으로 다가온 그가 엄지를 들어 올리는데 괜한 심술이 났다.

"난 잘 어울리는 거 같은데, 마음에 안 드나?"

어딘지 모르게 불만스러워 보이는 은우를 의아하게 바라보던 그가 어깨를 짚으며 살며시 속삭였다.

"아니에요. 마음에 들어요. 뿌리 볼륨은 살려 주고, 지저분해 보이던 머리칼 끝에만 살짝 컬이 들어가니까 이전보다 훨씬 여성스러워진 것도 같고, 좋아요."

"그런데 왜 그래?"

의자에서 몸을 일으킨 은우가 새침하게 되물었다.

"뭐가요?"

"흐음, 이상한데."

헤어숍을 나온 후에도 은우가 계속 뾰로통한 얼굴로 말을 않자, 재진이 기어이 방향을 틀어 낯선 골목으로 들어가 잠시 차를 세웠다.

"이유를 좀 들어볼까?"

은우는 재진이 아예 몸을 제 쪽으로 틀고 쳐다보자 마른침을 꿀꺽 삼켰다. 물어본다한들 절대 애기할 수 없었다. 이렇게 유치찬란하고 재수 없는 애였다는 걸 들킬 수는 없었다.

"뭘요?"

"그러니까 뭘까, 그게."

"흠흠, 뭐가요?"

"그러니까 뭐냐고, 그게."

재진의 시선을 고스란히 받아내던 은우는 결국 먼저 고개를 들었다. 그의 눈을 보고 있자니 거짓말을 할 수가 없었다.

"무슨 말을 하는 건지 모르겠어요. 얼른 밥이나 먹으러……."

은우는 그가 부드럽게 턱을 잡아 돌려세우자 입을 꾹 다물었다. 재진의 얼굴이 너무 가까이 다가와 있었다.

"대낮이에요."

"그게 왜."

"사람들도 지나 다녀요."

"그게 왜."

"여기서 이러면 안 돼요."

"뭘?"

"지금 하려고 하는 거."

"내가 뭘 하려고 하는데?"

은우의 시선이 저도 모르게 그의 입술로 향했다.

"엉큼한 아가씨네. 나 그거 하려고 했던 거 아닌데."

"흠흠. 아, 왜 또 놀리고 그래요. 이거 놔줘요."

은우가 그의 손목을 붙잡고 고개를 빼내려 했지만, 그가 뒷머리를 감싸 안으며 시선을 피하지 못하게 했다.

"그러니까 빨리 얘기해. 안 그러면 계속 이러고 있을 참이야. 나한테 뭐 서운한 거 있어? 그런 거 있으면 바로바로 얘기해, 담아 두지 말고."

"없어요, 그런 거."

"흐음."

은우는 한 풀 꺾인 그의 표정을 보며 잽싸게 말을 이었다. 절대로 속내를 들킬 수는 없었다. 그저 여자들과 대화를 했을 뿐인데 그게 질투가 났다는 말은 창피해서 절대 할 수 없었다.

"배고파요."

은우는 눈매를 새끼 강아지처럼 늘어뜨리며 화제를 바꾸었다.

"배가 다 홀쭉해."

"흐음."

"나 진짜 뭐 아무것도 서운한 거 없어요. 이렇게 잘해 주는데 서운할 게 뭐 있어. 응? 밥 먹으러 가요. 배고파."

은우를 빤히 바라보던 재진은 이내 놓아주며 다시 세단을 움직였다. 분명 뭔가 있는 것 같기는 한데, 저 얼굴을 보며 더 이상 채근은 못 하겠다.

그녀는 정말 밀당의 고수인지도 모르겠다.

"진건이 늦는대요?"

은우는 재진과 함께 차에서 내리며 아쉬운 얼굴로 물었다. 일부러 저녁은 진건이와 함께 먹기 위해 재진과 장을 봐서 오는 길인데, 진건이 같은 아파트 단지 또래 친구들과 친해져서 좀처럼 집에 갈 생각을 않는다는 재성의 전화가 온 것이었다.

"그래도 다행이네요. 또래들하고 어울리는 게 사실 굉장히 중요한 건데. 그렇지 못한 거 같아서 걱정했는데 다행이에요. 그럼 이걸 다 어쩌죠?"

은우의 시선이 재진이 들고 있는 박스로 향했다. 재성과 함께 술도 한잔하려고 이것저것 사다 보니 한 아름이었다.

"어쩌긴. 둘이 한잔하면 되지."

"그래도 괜찮을까요?"

"뭐가 문제인가?"

"응? 아니."

은우는 매일 그렇게 들락거리던 집인데도 어쩐지 그와 단둘이라 생각하니 기분이 묘해졌다. 짐을 들고 있는 그를 대신해 익숙하게 도어록을 해제한 은우는 드디어 높다란 힐에서 벗어난 다리를 두드렸다. 힐을 잘 안 신어서인지 이따금씩 신은 날엔 종아리가 당기곤 했다.

재진이 주방으로 옮겨 놓은 짐을 냉장고에 정리해서 넣고 일어서던 은우는 바로 뒤에 서 있는 재진을 발견하고는 흠칫 놀랐다.

"왜요?"

"지금 배고픈가?"

"점심을 늦게 먹어서 그다지……."

은우는 그가 계속 한 걸음씩 다가오자 본능적으로 한 걸음씩 물러났다.

"다리 아픈 거 같은데 좀 쉬라고."

"응? 아니, 괜찮은데."

그를 피해 물러나다 보니 어느새 그의 방문 앞이었다. 은우는 더 이상 뒷걸음질 칠 공간을 찾지 못한 채 괜히 긴장하는데, 그가 슥 손을 뻗어 방문을 열었다.

"어맛!"

문이 열림과 동시에 뒤로 휘청거리는 은우의 허리를 끌어안은 재진은 순식간에 방문을 밀고 안으로 들어섰다. 닫힌 방문에 등을 기댄 은우는 콩닥거리는 심장을 진정시키며 그를 올려다보았다.

"아직도 말할 생각이 없나?"

팔을 뻗어 방문을 짚고 선 그가 나직이 물었다.

"뭘요?"

"난 궁금한 건 못 참는 성격이라. 분명 아까 나한테 뭔가 화나 있었던 거 같은데, 나는 그게 뭔지 너무 궁금해."

"아무것도 아니라고 했잖아요."

"말할 때까지 방에서 안 내보내 줄 생각인데. 이 긴 시간을 뭘 하면서 보내면 좋을까."

그가 은우의 가는 손목을 한 손에 쥐어 만세를 하듯 잡아 올려 눌렀다. 방문을 짚고 있던 손으로 그녀의 턱을 쥐어 입술을 벌린 그가 살며시 고개를 틀었다.

"잠깐만요!"

다급한 은우의 외침에 그가 멈칫했다. 입술이 닿을 듯 가까운 거리에서 그녀가 수줍게 볼을 붉히며 시선을 피했다.

"막 웃었잖아요."

"음?"

"아, 그러니까, 나 말고 다른 여자들이랑 얘기하면서 막 웃었잖아요."

잠시 그가 아무런 말이 없었다.

"그렇게 쳐다보지 마요. 나도 내가 이럴 줄은 몰랐으니까."

"……."

"하아, 나 너무 이상한 애가 되어 버린 거 같아. 나 원래 이런 애 아니었는데……."

"나도 내가 이럴 줄은 몰랐는데."

은우가 슬쩍 고개를 돌려 그를 응시했다.

"오늘 널 처음 만났을 때부터 지금까지 줄곧 머릿속에 한 가지 생각뿐이야."

가까이서 느껴지는 그의 숨결이 뜨거웠다.

"참으려고 했었는데, 결국 마지막 이성의 끈을 놓게 만든 건 너야. 여자의 질투 같은 게 이렇게 기분 좋은 거였다면 매일 그래도 좋아."

여전히 그녀의 손목을 옭아맨 그는 벌어진 입술 사이로 혀를 밀어 넣었다. 턱을 쥐고 있던 오른손이 아래로 내려와 매끄러운 그녀의 허벅지를 쓸며 원피스를 걷어 올렸다.

"하읏."

손목이 꽉 잡혀 옴짝달싹도 못하는 그녀가 꿈틀거리자 그가 더욱 바싹 몸을 밀착시키며 엉덩이를 움켜쥐었다. 이미 단단해진 남성이 그녀의 음부에 와 닿기가 무섭게 더욱 욕망으로 물들며 고개를 쳐들었다.

"잠깐만요. 이건 약속이랑 다르잖아요. 창피함을 무릅쓰고 얘기했는데 왜 약속을 안 지켜요."

거친 키스로 그새 도톰하게 붇어진 그녀의 입술이 불만스럽게 달싹였다.

"내보내 줘요. 여기서 이러면 안 돼요. 재성 씨랑 진건이 언제 올지도 모를……."

지그시 바라보던 그가 엉덩이를 움켜쥐고 있던 손을 팬티 안으로 슥 넣어 다리 사이를 더듬었다.

"아웃."

보드라운 꽃잎 사이를 갈라 은밀한 길목으로 손가락을 살짝 집어넣어 문지른 그가 속삭였다.

"진심인가?"

"으읏"

"여기서 그만두길 원하는 게 진심이냐고 묻는 거야."

여전히 손가락을 움직이며 그녀를 자극하던 손끝이 점차 미끈해졌다. 당혹스런 얼굴로 가쁜 호흡을 내뱉는 그녀를 바라보며 그가 막 윗옷을 벗으려는데, 요란하게 휴대폰 벨소리가 울려 댔다. 무시하고 마저 그녀를 탐하려는 그와는 다르게, 그제야 이성의 끈을 다시 붙잡은 그녀가 정신을 차리며 그를 밀쳐냈다.

"전화…… 하아, 전화 받아야죠. 진건일 수도 있어요."

은우는 아직도 욕망으로 탁해져 있는 그의 눈을 보며 제지를 했다.

"여긴 재진 씨 혼자 사는 집이 아니잖아요. 서로 민망한 상황은 피해야 하잖아요. 어디 멀리 있는 것도 아니고 같은 아파트 단지 내에 있는 건데, 언제 올지 모르잖아요."

다소 불만스런 얼굴로 휴대폰을 찾아든 재진은 가쁜 숨을 가다듬었다.

"어, 나야. 그래? 저녁 먹고 온다더니, 왜? 우리는 이제 막 집에 왔어. 10분?"

재성과 통화를 끝낸 재진이 실소를 머금으며 어깨를 으쓱였다. 10분이면 성난 이 녀석을 잠재우기도 모자란 시간이다.

"망할."

진심이 느껴지는 그의 말에 웃음이 터져 나온 은우가 서둘러 옷매무새를 바로잡는데, 그가 아쉬운 얼굴로 속삭였다.

"못 다한 건 조만간 이어 하는 걸로."

쑥스러워 대답도 못 한 은우는 거울을 한 번 보며 헝클어진 머리를 정돈했다.

"나 멀쩡하죠? 아무 일도 없었던 사람 같죠?"

고개를 끄덕인 그가 설핏 입매를 올렸다.

"내가 문제지."

은우가 시선을 슥 내리자 아직도 부풀어 있는 남성이 눈에 띄었다.

"흠흠. 나 먼저 나가 있을 테니까 알아서 원상복귀 시키고 나와요. 절대 재성 씨가 눈치채지 못하게 완벽하게."

엄청난 미션을 던져 주고 은우는 매정하게 나가 버렸다. 혼자 남은 재진은 침대 위에 벌러덩 누워 이마를 짚었다.

오피스텔이라도 따로 하나 얻든지 해야 할 판이다.

~18~

"오, 제법 잘 어울리네."

은우는 축구복으로 갈아입고 방에서 나오는 기훈을 보며 칭찬을 남발했다. 여전히 떨떠름한 얼굴을 한 기훈의 비위를 맞추려면 이깟 칭찬쯤 천 번도 더 할 수 있었다.

"이 오라비가 안 어울리는 게 뭐가 있겠냐."

"그래, 그래. 다 잘 어울려. 얼른 출발하자. 오빠 차 있으니까 오늘은 바로 축구장에서 보기로 했어."

오랜만에 기훈의 차에 몸을 실은 은우는 재진의 세단을 탔을 때와는 확연히 차이가 나는 승차감에 기분이 묘해졌다. 사람이란 게 참 간사해서 그새 재진의 차에 익숙해지다 보니 기훈의 차가 허름하게 느껴졌다. 기훈의 차가 중고라서 그렇지, 나름 중형차에 멀끔한데 말이다.

"승차감 개떡 같지?"

"응?"

"네 그분의 비싼 외제차만 타다가 중고 국산차 타니까 승차감이 확 차이 날 텐데."

"아니야."

"그럴 리가 있냐. 돈이 얼마나 차이 나는데."

"아니래도."

"조금만 기다려라. 이 오라버니가 꼭 성공해서 멋들어진 차로 바꾸면, 널 제일 먼저 태우고 자유로 한번 시원하게 밟아 줄 테니."

"말이라도 고맙네. 설사 그런 날이 온대도 여자 친구 생기면 마음이 바뀔걸?"

"나는 빈말은 안 한다. 아직도 이 오라비를 그리 몰라 그래. 나는 네가 아니거든."

씩 웃는 기훈을 힐끗 쳐다본 은우는 어쩐지 설레는 마음으로 손을 만지작거렸다. 아무리 진건의 부탁이라도 어지간해서는 불편해서 수락을 안 했을 텐데, 기훈이 참 대단한 것 같기는 했다.

"고마워, 오빠."

"뭘?"

"진건이 위해서 큰 용기 내 줘서. 사실 어찌 보면 굉장히 불편한 관계인데……."

"오빠가 늘 얘기하지? 다큐는 그만 찍자고. 간만에 나도 몸 좀 풀어 보지, 뭐."

"수술한 데는 괜찮을까? 무리하지 말고 적당히 뛰어다녀."

"네, 그럼죠."

가볍게 웃으며 말을 건네는 기훈 덕분에 마음이 편해진 은우는, 얼마 지나지 않아 축구장에 도착해 재진에게 전화를 걸었다.

"어디에요? 나 지금 왔는데……."

"누나야!"

익숙한 목소리에 은우가 고개를 돌리자 진건이 팔을 벌리며 전력질주로 달려오고 있었다.

"어, 진건아……."

분명 부르기는 은우를 불렀는데 옆에 있는 기훈에게 안겨 들며 진건이 까르르 웃었다.

"와아, 기훈 삼촌 축구복 짱 잘 어울린다."

"너도 짱 잘 어울려."

죽이 척척 맞는 두 사람을 보던 은우는 뭔가 소외감을 느끼며 진건에게 알은척을 했다.

"진건아?"

"응, 큰아빠 저기 있어."

재진의 위치를 가르쳐 준 진건은 기훈과 머리를 맞대고 속닥거리며 키득거렸다. 둘이 사이가 좋아 다행이라며 피식 웃은 은우는 재진을 향해 손을 흔들었다.

"오셨어요."

마주선 재진이 기훈을 향해 살짝 고개를 숙였다. 기훈 역시 진건을 내려놓으며 재진과 인사를 나누고, 옆에 있는 재성에게 시선을 옮겼다.

"이쪽은 제 동생입니다."

기훈은 재성의 얼굴을 뚫어져라 쳐다보았다. 씨도둑은 못 한다더니 은우의 말대로 정말 진건이와 판박이였다. 게다가 인상 자체가 웃는 상이라 그런지 자신이 생각했던 이미지와는 굉장히 달랐다. 절대 나쁜 짓은 못 할 것 같은 선한 인상이었다.

"강기훈입니다."

기훈이 먼저 손을 내밀며 악수를 청하자 재성이 두 손으로 맞잡으며 머리를 숙였다.

"류재성이라고 합니다. 진건이한테 신경 많이 써 주신다는 거 알고 있습니다. 어려운 걸음 해 주셔서 감사합니다."

"별말씀을요."

"아빠, 내 말이 맞지? 기훈 삼촌 키도 크고 잘생겼지?"

느닷없는 진건의 칭찬에 보통 사람 같으면 민망하기도 할 텐데, 기훈은 늘 그렇듯 당당한 자태로 이 순간을 즐겼다.

"어린 녀석이 보는 눈이 어찌나 정확한지."

은우는 난감함에 입술을 깨무는데 재성은 사람 좋게 웃으며 고개를 끄덕였다.

"제 아들이 원래 좀 그렇습니다."

"잘 키우셨어요, 아주."

전혀 어울릴 것 같지 않았던 두 사람이 의외로 잘 맞아 보였다. 나이 차도 재진보다 덜 나서 그런지 자연스럽게 축구 이야기로 전환하며 진건과 셋이서 먼저 걸음을 옮겼다.

"하아, 다행이다."

은우는 생각했던 것보다 훨씬 빨리 친해진 두 사람을 보며 가슴을 쓸어내렸다. 재진보다도 재성이 불편해 할까 봐 얼마나 신경을 썼는지 모른다.

"재성 씨도 성격 자체가 참 살갑다 보니까, 사람들하고 금세 친해지는 거 같아요."

"나 뭔가 지금 따 당한 거 같은데, 기분 탓이겠지?"

은우는 이 기회를 틈타 기훈과 친해지려 했던 재진의 의도를 알기에 웃음을 꾹 참았다. 워낙 친화력이 좋은 두 사람이다 보니, 서로 더 편하게 느끼는 건 어쩔 수 없는 듯했다.

"왜 따를 당해, 내가 있는데. 으흥."

은우가 그의 팔짱을 끼며 눈이 안 보이게 웃었다.

"그런 애교, 위험한데. 오늘 경기 망칠 생각 아니라면 자제하는 게 좋아."

재진의 말에 화들짝 놀란 은우가 팔짱을 빼내며 떨어졌다.

"이겨야죠. 암요, 꼭 이겨야죠."

은우가 뭘 하든 마냥 사랑스러운 재진은 크게 심호흡을 한 번 했다. 그날 재성이 오기까지 10분 동안 녀석을 잠재우느라 진땀을 뺐던 탓에 얼굴이 다 퀭해져 있자, 재성이 슬그머니 다가왔었다.

[미안해, 형. 내가 어떻게든 시간을 좀 벌어 보려고 했는데, 진건이가 잘 놀다가 은우 씨 집에 와 있을지도 모른다면서 갑자기 집에 가자고 난리를 치잖아. 내가 그리 눈치 없지는 않은데 미안하게 됐어. 형 얼굴을 보니 혹시나 싶어 전화라도 미리 하길 잘했지 뭐야.]

"큰아빠! 누나야! 빨리 와!"

멀리 진건이 방방 뛰며 손을 흔들었다. 은우가 냉큼 달려가며 진건의 손을 맞잡았다.

'그래. 너한테 뺏기는 거라면 얼마든지 양보를 해야지.'

진건을 바라보는 재진의 눈빛이 다정했다.

"정말 축구할 줄은 아나 몰라."

은우는 경기 시작 휘슬과 함께 주먹을 꽉 쥐며 기훈을 집중해서 쳐다보았다. 일단 첫 경기, 기훈의 포지션은 왼쪽 윙포워드였다. 한사코 자신은 스트라이커라는 주장에도 불구하고 재진에게 밀려난 기훈은 실력으로 보여 주겠다며 자신만만해 했고, 중앙 공격형 미드필더인 재성에게 되도록 많은 패스를 해 줄 것을 은밀히 부탁하는 현장까지 목격했다.

"저렇게 떠들어 대고 공은 차 보지도 못하면 이 창피를 어쩌려고."

 은우는 조기축구회 회원들께도 면이 없는 일은 발생하지 않도록 두 손을 꼭 모으고 기훈을 응원했다. 골은 둘째치더라도 제발 패스라도 제대로 하길 바라는 마음이었다.

 같은 팀 동료에게 패스를 받은 재성이 공을 몰며 달려 나갔다. 오른쪽 윙포워드에게 패스를 하는 척하던 그가 몸을 돌며, 제게 공을 달라며 열심히 손을 흔드는 기훈에게 단 한 번에 찍어 올렸다.

 은우는 입술이 다 바싹 말라 자리에서 벌떡 일어나며 목을 뺐다. 출랑거릴 줄 알았던 기훈이 의외로 진지한 모습으로 수비수를 제치며 골대를 향해 질주했다.

 "그렇지! 그렇지! 오빠 지금이야! 지금 재진 씨한테 패스를 해야지!"

 기훈이 몰고 가는 쪽으로 수비수가 쏠리며 재진이 기다리고 있는 골대 가운데가 텅 비어 있었다. 공을 잘만 빼내어 어시스트해 주면 골로 이어질 수도 있는 중요한 순간이었다.

 "아!"

 한 번에 세 명의 수비수에게 둘러싸인 기훈이 결국은 공을 빼앗겼다. 아쉬움에 여기저기서 탄식이 새어 나오고 은우 역시 안타까워하는데, 그 누구보다도 기훈이 제일 아쉬워하며 미안하다는 듯 재진을 향해 손을 들어 보였다.

 "그래도 거짓말은 아니었나 보네. 축구할 줄은 아네."

"기훈 삼촌, 파이팅!"

진건이 손을 번쩍 들어 흔들며 목청을 높였다. 그새 땀에 젖은 머리칼을 쓸어 올리던 기훈이 엄지를 척 들며 씩 웃었다.

"오빠, 파이팅! 와아아!"

은우는 진건을 따라 폴짝거리며 기훈을 열심히 응원했다. 기훈을 응원해야 팀에 면이 서기 때문인데, 그 모습을 물끄러미 바라보고 있던 재진의 표정은 그리 썩 좋지 못했다.

기훈만 쳐다보느라 재진의 표정을 미처 발견하지 못한 은우는 오로지 일방적으로 한 사람만 응원했다. 그 응원에 힘입어 결국 기훈의 그림 같은 어시스트로 재진의 발끝에서 골이 나왔다.

"와아아!"

처음 맞춰 보는 거라고는 믿을 수 없는 환상적인 팀플레이에 한시도 눈을 뗄 수가 없었다.

두 시간이 어떻게 흐른 지도 모르게 경기에 몰입한 은우는 결국 2:0의 승리로 끝난 게임 결과에 흡족해 하며 수건을 들고 기훈에게 달려갔다.

"오빠, 짱! 완전 멋있었어."

"이제 알았냐? 내가 얘기했잖아. 난 빈말은 안 한다고. 최전방에 있었으면 오늘 내가 골대 흔들었을 수도 있었다."

"응, 믿어. 완전 믿어."

기훈이 으스대며 큰 소리로 웃어젖혔다. 마치 강기훈 신봉

자처럼 진건과 함께 기훈의 곁을 떠나지 않던 은우는, 그제야 혼자 땀을 닦고 있는 재진을 보고는 쪼르르 달려갔다.

"잘했어요."

은우가 작게 속닥거리며 물병을 내밀었다.

"내가 뭐 한 게 있다고."

"한 게 왜 없어요. 골을 넣었는데."

"도움을 준 오빠가 잘한 거지. 어서 가서 더 축하해 주지 그래. 경기 내내 아주 그놈의 오빠, 오빠 목청이 닳도록 외쳐 대던데."

은우는 물병을 채가 벌컥벌컥 들이켜는 재진을 빤히 바라보다 주위를 슥 둘러보았다. 다행히 기훈은 사람들과 어울려 수다를 떨고 있었다.

"혹시 화났어요? 내가 오빠만 응원해서?"

은우는 재진에게 가까이 다가가 눈꺼풀을 빠르게 깜빡였다. 슥 쳐다본 재진이 아무런 말도 하지 않자 그녀가 아예 마주서며 생글거렸다.

"오빠가 팀에 민폐 끼칠까 봐 그런 거죠. 내 마음을 그렇게 몰라요? 인상 풀어요. 응? 이러기 있기, 없기? 응?"

은우가 재진의 가슴팍을 콕콕 찌르며 눈을 찡긋거렸다. 만병통치약인 그녀의 애교에 사르르 녹아내린 그가 그녀의 뺨을 감싸 어루만졌다.

"내가 진짜 강은우 때문에……."

"사람 많은 데서 이러기 있기, 없기?"

"엄마야."

등 뒤에서 날아든 낯익은 음성에 두 사람 다 깜짝 놀라 뒤를 돌았다. 기훈이 닭살이라는 듯 팔뚝을 비벼대며 짓궂게 웃었다.

"신고 들어가야겠어요. 풍기문란 죄로."

"아, 오빠!"

"은우야. 나는 네가 그럴 줄 몰랐다. 이러기 있기, 없기? 아아, 닭살이야."

기훈이 은우가 했던 제스처를 흉내 내며 약을 올리고는 지나쳐 갔다. 아마 한동안 기훈에게 계속 놀림을 받을 거라 생각하니 골이 다 지끈거린 은우는 울상을 했다.

"아무래도 오빠를 가입시킨 건 엄청난 실수인 거 같아요."

"흐음. 오빠가 애인이 없다고 했지?"

"응. 제발 애인 좀 생겼으면 좋겠어요."

턱을 매만지는 재진의 머릿속이 빠르게 돌아갔다. 기훈에게 소개시켜 줄 만한 여자가 있는지 생각하는 머릿속은 전쟁터가 따로 없었다.

"자, 건배!"

축구가 끝나고 회비를 거둬 근처 돼지갈비 집으로 자리를 옮긴 회원들이 즐겁게 축배를 들었다. 몇 차례 경기를 함께

치르며 친해진 탓에 재진과 은우 사이는 공공연하게 다 알고 있었고, 진건에게 엄마가 없다는 건 누가 봐도 티가 났지만 그 어느 누구 하나 눈치 없이 엄마의 부재를 묻지는 않았다.

"사람들이 너무나 다 좋은 거 같아요."

재진의 옆에 앉아 맥주를 한 모금 마신 은우는 사람들과 어울려 행복해 하는 재성과 진건을 바라보며 흐뭇하게 웃었다. 회원들이 얼마나 다 좋은지 진건을 제 자식처럼 어여삐 여기고, 그 사랑받음을 알고 있는 진건 역시 아이답게 응석도 부리며 즐거워했다.

"이게 다 누구 덕분인데. 축구하면서 재성이나 진건이나 정말 많이 밝아진 거 같아서 늘 고맙게 생각하고 있어."

재진이 진심이 담긴 얼굴로 은우를 응시하며 손을 끌어다 잡았다.

"어서 먹어, 좀."

"재진 씨도 어서 먹어요. 운전 때문에 술을 못 해서 어떡해요?"

"술이야 언제든 먹을 수 있는걸. 강은우 안전하게 모셔다주는 게 더 중요하지."

재진이 알맞게 구워진 갈비를 은우의 접시에 놓아 주었다.

"어서 먹기나 해."

살뜰히 그녀를 챙기는 재진을 물끄러미 바라보고 있던 기훈은, 저 역시 운전 때문에 마시지 않으려 했던 맥주를 기분 좋게 쭉 들이켰다.

"많이 먹어라."

기훈은 옆에 앉은 진건의 엉덩이를 두드리며 재성을 슥 쳐다보았다. 진건을 먼저 먹이느라 고기는 통 입에도 못 대고 있었다. 엄마가 해야 할 역할을 혼자 다 하다 보니 몸에 밴 습관인 듯 자연스러웠지만, 어쩐지 짠하기도 했다. 서른둘이면 아직도 한창인 나이인데, 애를 생각하면 새로운 사람을 만난다는 것 역시 쉽지는 않겠다는 생각이 들기도 했다.

"아, 저 밥맛없는 자식 또 나오네."

시끌벅적하던 사람들의 시선이 TV로 집중됐다. 진건을 의식한 듯 소리를 낮춘 사람들이 소곤거렸다.

"난 쟤 너무 싫더라고. 저 또라이 나오는 프로그램은 다 안 보는데, 요새 왜 저렇게 많이 나오나 몰라. 티브이 볼 게 없을 정도야."

"그러게 말이에요. 나도 쟤는 싫더라고요. 아무리 세상이 좋아졌다지만 저런 게이 새끼가 티브이에 나온다는 게 말이 돼요? 남자가 남자를 좋아한다니, 정신병이지."

"앗, 차거."

순간 재성이 들고 있던 잔을 놓치며 진건의 바지에 맥주를 쏟자, 기훈이 황급히 아이를 먼저 일으켜 세웠다. 젖은 바지를 물수건으로 닦아 주는 재성의 손이 눈에 띄게 바르르 떨렸다.

"아빠 손이 미끄러졌어. 미안해."

"재성아, 괜찮아?"

기훈은 역시나 어두워진 얼굴로 진건이 아닌 재성을 먼저 걱정하는 재진의 행동에 의아해하며 눈을 가늘게 떴다.

"언젠가 모 프로그램을 보는데, 한 개그맨이 그러는 거야. 연예계에 게이가 꽤 많다고. 게이인 걸 숨기고 결혼해서 아이 낳고 잘 사는 사람들도 더러 있다고."

"정말요? 아우, 소름끼쳐. 그런데 그런 놈들이 여자랑도 그게 되나?"

"되나 보지. 저런 새끼들이 당당하게 커밍아웃하고 티브이에 나와 돈을 벌고 있는 세상이니, 나라꼴이 어떻게 제대로 돌아가겠어."

금기와도 같던 이야기가 한 번 토해지기 시작하자 너나 할 것 없이 입술이 열렸다.

"진짜 더럽긴 하다. 닭살 돋은 거 봐."

"징그럽게 남자끼리 좋아한다니. 으으, 나도 모르게 누군가 내 주위에 그런 사람이 있다고 생각해 봐요. 그게 얼마나 소름끼치는 일인지. 그놈들은 남자를 이성으로 보는 거 아니에요. 갑자기 사우나 가기도 무서워지네. 그런 정신 나간 놈들 만날까 봐."

기훈은 창백해진 얼굴로 잠시 화장실을 다녀오겠다며 자리를 비우는 재성을 유심히 바라보았다. 재진 역시 바로 재성의 뒤를 따랐고, 기훈은 골똘히 생각에 잠겨 있다 자리에서 일어났다.

"오빠 어디 가?"

"담배 한 대 피우고 올게."

남자 셋이 모조리 다 자리를 비워 진건과 둘이 남은 은우는 어쩐지 그들의 이야기를 듣고 있기가 불편해서 비어 있는 다른 테이블로 옮겨왔다.

분명 방금 전까지 모두 좋은 사람들로 보이던 분들이었는데 뭔가 갑자기 씁쓸한 느낌을 지울 수가 없었다. 연예인이라는 이유로 이렇듯 수많은 사람들의 도마 위에 올라가야 한다는 사실이 안타깝기도 했다.

"누나, 게이가 뭐야?"

"응?"

"나쁜 거야? 나는 저 형아 좋은데 왜 아저씨들이 욕해?"

진건이 듣지 못하게 귀를 막았음에도 불구하고 일부 이야기를 들은 모양이었다. 하지만 여섯 살 아이에게 게이가 뭔지 설명할 방도가 없었다.

"진건이는 몰라도 되는 거야."

은우는 진건이의 관심을 다른 데로 돌리기 위해 휴대폰으로 진건이 좋아하는 만화 동영상을 틀어 주었다.

즐거웠던 회식 자리가 갑자기 불편해지고 있었다.

"당장 탈퇴해야겠어."

재진은 가게 주차장에 아무도 없는 걸 재차 확인하고는 구석에서 불안하게 왔다 갔다 하며 떨고 있는 재성의 어깨를 잡아 안심시켰다. 갑작스럽게 튀어 나온 이야기에 저조차도 몸이 경직되었는데, 재성은 얼마나 초조하고 불안할지 짐작이 되었다.

"진정해. 아무 일도 일어나지 않아."

"형도 들었잖아."

"재성아."

"형도 들었잖아!"

흥분한 재성의 언성이 높아졌다.

"아무렇지 않게 떠들어 대는 거 형도 들었잖아. 정작 당사자들은 얼마나 혼자서 끙끙 대며 괴로워하고 있는지 아무것도 모르면서 떠들어 대고 있잖아."

"재성아."

"나도 알아. 나 병신인 거."

"재성아, 왜 이래."

"그런데 그러고 싶어서 그러는 거 아니잖아. 그런데 왜 매번 사람들 눈치를 보며 숨죽여야 하는데. 나는 왜! 평생 혼자여야 하는데."

재성의 눈시울이 붉어졌다. 재진은 짙은 한숨만 내쉴 뿐, 아무것도 해 줄 수 있는 게 없었다.

"더럽고 역겨운 새끼라고 손가락질해 대겠지. 이미 그런 거 승연이와 이혼할 때 골백번도 더 들었지만, 여전히 매번 똑같이 상처를 받아. 나도 내가 차라리 그 연예인처럼 이른 나이에 성 정체성을 깨달았다면 결혼 같은 거 안 했을 거야. 승연이가 아무리 목을 매고 쫓아다녔어도 그렇게 무책임하게 결혼 안 했을 거라고. 내가 유독 남자 친구들과 사이가 좋은 건 정말 단지 내가 사람을 좋아해서인지 알았어. 누가 감히 생각이나 했겠어? 내가 그런 미친놈일 거라고 누가 감히 생각이나 했겠냐고."

"……."

"그날 나가지 말았어야 했는데. 차라리 영원히 깨닫지 못하고 지나갔어야 했는데."

자책하듯 까칠한 얼굴을 감싸 쥔 재성이 고개를 푹 숙였다.

"이미 임신 중이었던 승연이와 결혼을 앞두고 친구들이 총각 파티를 해 준다며 불러냈어. 술이 많이 취해 있었고……, 하아, 말도 안 되는 일이라고 생각했어. 윤수가 너무 친한 친구이다 보니 그냥 장난이 좀 지나치다고 치부해 버렸어. 그때 이미 승연이 뱃속엔 진건이가 있었어. 결혼은 한 달도 채 남아 있지 않았지. 성 정체성을 의심하기엔 너무도 턱없이 부족한 시간이었어. 홑몸이 아닌 승연에게 시간을 좀 갖자고 얘기를 할 수 있는 기회 같은 건 존재하지 않았어."

"……."

"빌어먹을 그 새끼가 내게 키스하며 고백을 해왔던 건 그저 취기에 의한 해프닝이라고, 그 때문에 몇 날 며칠 밤잠을 설쳤던 것 역시 처음 있는 일에 당황해서일 뿐이라고 넘어갈 수밖에 없었어. 내가 어떤 놈인지 스스로 인지조차 못한 상황에서 승연일 무작정 병원으로 끌고 갈 수는 없는 거잖아. 그런 거잖아."

재진 역시 가슴이 답답해져 얼굴을 문질렀다.

사랑이든 뭐든 타이밍이란 게 참 중요한 법인데, 재성에게 있어 타이밍이란 정말 엿 같았다. 하필이면 결혼을 앞두고, 하필이면 진건이가 이미 생겼을 때, 어차피 피해 가지 못할 일이었다면 조금만 더 일찍 깨닫게 해 주지. 조금만 더 일찍.

그랬다면 지금의 어여쁜 조카와는 만날 수 없었겠지만, 적어도 많은 이가 불행해지진 않았겠지.

"지금까지 잘 살아왔고, 잘 살 수 있을 거라 생각했어. 나도 남들과 다를 바 없는 평범한 놈이라고 여기며 그렇게 살아왔어. 찰나의 혼란으로 내 인생을, 승연이 인생을, 내 미래의 아이 인생을 송두리째 흔들고 싶지 않아서 더 가정에 충실했어. 나도 평범하게 살고 싶었어. 그럴 수 있을 줄 알았어. 그렇게 살아왔었어. 빌어먹을 개자식이 다시 나타나기 전까지는."

남자 화장실에 살짝 열린 창문 틈으로 주차장을 보고 있던 기훈은 떨리는 손을 슬며시 쥐었다. 화장실에 간 줄 알고 뒤를 따르다 없는 걸 확인하고는 다시 나가려는데, 창문 틈으로 말소리가 들려왔다. 숨소리마저 가늘게 내쉰 기훈은 화장실에

저 혼자인 게 다행이라 여기며 담뱃갑을 꺼내들었다.
"후우······."
무릎을 굽히고 앉아 은우가 선물한 지프라이터를 만지작거리던 그가 이내 이마를 짚으며 눈꺼풀을 내려뜨렸다.
두통이 밀려온다.

은우는 체한 것 같다며 먼저 들어간다는 기훈을 배웅하기 위해 따라 나왔다. 맥주를 몇 잔 마신 터라 대리를 불렀고, 기사는 이미 운전석에 오른 상태였다.
"오빠 안색이 많이 안 좋아. 병원 가야 하는 거 아니야?"
"아니야. 좀 누워 있으면 나을 거야."
함께 따라 나온 세 남자를 쳐다보던 기훈은 해맑게 웃고 있는 진건에게 시선이 머물렀다 이내 말없이 차에 올랐다.
"급체한 거 같은데 병원 안 가 봐도 되려나?"
재진이 걱정스런 얼굴로 차 뒤꽁무니가 사라질 때까지 쳐다보았다.
"오빠랑 같이 갈 걸 그랬나 봐요. 아무래도 오늘은 일찍 들어가 보는 게 좋을 거 같아요."
헤어짐을 아쉬워하는 진건을 뒤로하고 재진의 차에 오른 은우는 도착하자마자 서둘러 대문 안으로 들어섰다. 혹시 병원을 가야 할 상황이면 데려다 준다며 재진이 가지 않고 기다리고 있었다.

"오빠."

은우는 기훈이 현관 앞 계단에 걸터앉아 담배를 피우고 있자 가까이 다가갔다.

"체했다며 괜찮아? 웬 담배를 그렇게 피워, 아까부터."

"별거 아니라니까."

그가 먼저 집 안으로 들어가자 고개를 갸웃거린 은우는 재진을 돌려보낸 뒤 기훈의 방문을 두드렸다.

"오빠, 약 안 사왔지? 증상이 어때? 그냥 체한 거야?"

"약 안 먹어도 돼."

"오빠."

은우가 문손잡이를 잡아당기자 기훈의 목소리가 다시 새어 나왔다.

"들어오지 마. 좀 쉬고 싶으니까."

짧게 숨을 내쉬며 지갑을 들고 나가 소화제를 사온 은우는 기훈의 방문 앞에 놓아두었다. 늘 유들유들하던 기훈이 정말 아주 가끔씩 예민해질 때가 있긴 했지만, 그건 모두 가족에 관련된 일일 때뿐이었다. 아빠가 없는 집안에서 남자가 나서야 할 때, 가족들이 누군가에게 부당한 대우를 받았을 때, 그때를 제외하고는 기훈은 늘 웃는 얼굴이었다.

"하아, 정말 많이 아픈가?"

꼭 닫힌 기훈의 방문을 바라보는 은우의 한숨이 짙어졌다.

 재성은 곤히 잠든 진건을 확인하고는 조용히 방문을 닫고 나왔다. 제 방으로 들어와 불도 켜지 않고 주저앉은 그는 숨죽여 몸을 웅크리고 앉았다.

 도대체 언제까지 이렇게 가슴 졸이며 살아야 할까. 평생 이렇게 살아야 하는 걸까.

 재성은 승연을 처음 만났을 때부터 지금까지 파노라마처럼 스쳐 지나는 옛 생각에 눈을 감았다. 남에게 싫은 소리 못 하는 그와는 달리, 그녀는 딱 부러지고 야무지게 제 밥그릇을 챙겼다.

 대학 동기로 만나 친구로 몇 년을 알고 지내던 어느 날, 술에 취한 승연이 먼저 그에게 고백을 했다. 그가 바로 대답을 하지 않자 승연은 더 적극적으로 끊임없이 대시를 했다.

 [망설이는 이유가 그거야? 나를 보고 가슴이 뛰지 않아서?]

 [승연아, 나는 네가 좋아. 그런데 그게 사랑인지는 사실 잘 모르겠어.]

 [친구로 지내 와서 그래. 친구에서 연인이 된다는 게 어색해서 그런 거야. 그러니까 일단 만나봐. 내가 싫은 게 아니라면 만나보자.]

 그는 승연을 잃고 싶지 않았다. 그렇게 승연과 연인이 되고 얼마 지나지 않아 둘이 여행을 가게 됐고, 승연이 먼저 과감하게 터치를 했다. 그의 남성을 세우기 위해 갖은 노력을 하는 그녀를 보며 결국 그날 밤 처음으로 사랑을 나눴고, 사정하기 위해 그가 피치를 올리는데 그녀가 바로 누워 허리에 다리를 감아 꽉 붙들어 매며 질내 사정을 하게 했다.

애초 그녀가 싫다며 콘돔을 사용하지 않았기 때문에 그가 불안해하자, 승연은 배란일이 아니라며 걱정 말라 했었다. 그러나 결국 그 한 번의 사랑으로 승연이 임신을 했고, 그는 더 고민할 필요도 없이 결혼을 서둘렀다.

그는 꼭 가슴이 뛰어야만 사랑은 아니라고 생각했다. 이 사람과 함께이고 싶다면 그게 사랑이라고 생각했다. 그렇게 승연과 함께 남들처럼 예쁘게 살리라 다짐을 했다. 결혼해서 아이 낳고 살아가며 더 많이 사랑해 주리라.

급하게 예식장을 잡고 결혼을 앞둔 어느 날, 친구들이 총각 파티를 해 주겠다며 그를 불러냈다. 술에 취해 잠이 들었다가 눈을 떠보니 절친 윤수의 집이었다. 그는 여전히 취기가 남아 있었고, 새벽 2시가 넘은 시간을 확인하며 집으로 가기 위해 몸을 일으켰다.

한데 그 순간 윤수에게 손목이 잡혔고, 눈 깜짝할 사이에 키스를 당해 버렸다. 티셔츠를 걷어 올려 몸을 더듬는 윤수의 손길이 분주했다. 그가 너무 당황스러워 윤수를 밀쳐내고 방불을 켜려는데, 윤수가 소리쳤다.

[너는 진짜 아니야? 너도 나 좋아하잖아. 결혼하지 마.]

그는 순간 오묘한 기분에 휩싸였다. 단순히 불쾌한 그런 느낌이 아니었다. 이 모든 상황이 당황스러워 그대로 집을 뛰쳐나온 이후 며칠을 잠을 설쳤지만, 결혼식은 코앞으로 다가와 있었다. 그가 성 정체성을 의심하기엔 턱없이 부족한 시간이었다. 그날의 일은 그저 해프닝이라고, 술이 문제라고 넘어갈 수밖에 없었다.

그의 제일 친한 친구였음에도 결혼식에 오지 않고 잠수를 탔던 윤수가 다시 나타난 건 진건이 네 살 때였다. 재진을 비롯해 소속사 관계자들과 술을 한잔하고 집으로 들어가던 길이었다.

[재성아. ……성 소수자임을 숨기고 결혼해서 애 낳고 잘 사는 사람들이 생각보다 많아, 너처럼.]

[무슨 소리를 하는 거야. 난 아니야.]

[그럴 리가 없어. 우리 같은 놈들끼리는 서로를 알아볼 수 있다고. 넌 분명히 나랑 같은 과야. 그날 그렇게 도망쳤다는 것 자체가 그 증거야. 네가 정말 평범한 놈이었다면 내 멱살을 쥐고 한 대 후려갈겼어야 했어. 네게 키스하고 몸을 더듬는 내게, 그렇게 했어야 했어. 도망을 칠 게 아니라.]

그가 당혹감에 아무 말도 하지 못하고 서 있는데, 윤수가 양쪽 어깨를 잡았다.

[너와 내가 함께한 시간이 자그마치 10년이야. 우리 함께일 때 행복했잖아. 네 인생에 나를 빼놓을 수 없고, 내 인생에 너

를 빼놓을 수 없을 만큼 모든 걸 함께했어. 네가 결혼하며 지난 4년을 떨어져 있으면 잊을 수 있을 줄 알았는데, 도저히 안 되겠어. 결혼을 했어도 괜찮아. 아이가 있어도 상관없어. 네 결혼생활에 전혀 문제되게 하지 않을게. 나만 봐 달라고 안 해. 그냥 한 번씩 날 만나 주기만 해.]

간절한 얼굴로 슥 뺨을 감싼 윤수가 고개를 숙였다. 뿌리쳐야 한다는 생각과는 다르게 몸이 굳어 버려 그대로 서 있는데, 입술이 맞닿을 찰나 비명에 가까운 여자 목소리가 등 뒤에서 들려왔다.

[더러운 새끼.]

그는 분노에 떠는 승연의 다리를 붙잡고 사정을 했다. 대화의 말미만 들은 그녀는 결혼 전부터 그가 오랜 시간 윤수와 만나고 있었다고 오해를 하고 있었다.

[오해야. 내가 다 설명할게. 그러니까 내 말을 좀 끝까지 들어봐, 승연아.]

[오해? 내가 다 보고 들었는데, 오해?]

[놀랐을 거라는 거 알아. 하지만 그건 오해야. 어떻게 된 건지 설명할게. 제발 내 말 좀 들어 줘.]

[내 몸에 손대지 마, 불결하니까. 이제 보니 그래서 그랬던 거야. 섹스를 즐겨 하지 않았던 이유가 그래서 그랬던 거야.]

[승연아, 그런 게 아니야.]

[네 가장 친한 친구인 윤수와 그렇고 그런 사이였어? 하!

둘이 그동안 얼마나 날 비웃었어? 아무것도 모르고 네가 좋다고 쫓아다닌 나를 보면서 얼마나 비웃었냐고!]

한밤중의 소란에 잠이 깬 진건이 눈을 비비며 나왔다.

엄마, 하며 안겨오는 진건을 빤히 쳐다보던 승연은 분노를 가라앉히지 못하고 아이를 외면했다. 그 길로 짐을 싼 그녀는 아예 친정으로 가 버렸고, 승연의 말만 들은 그녀의 부모님들 역시 분에 떨며 저주를 퍼부었다.

[이 쓰레기 같은 새끼. 뻔뻔하게 얼굴 쳐들고 다니면서 우리 집안에 먹칠하지 말고 조용히 찌그러져 있어. 어디 가서 뒈지든지.]

승연으로 인해 순식간에 그의 가족들의 귀에도 이 사실이 들어갔고, 그로 인해 아버지는 충격으로 쓰러지셨다. 아무도 그의 말을 들어 주려 하지 않았다. 가족들조차도 그의 말을 믿어 주지 않았다.

어느새 류재성은 인간망종 더러운 쓰레기가 되어 있었다.

승연과 그렇게 이혼을 하고 수없이 성 정체성에 대해 고민하고 또 고민하던 그는 상담센터를 찾아갔다.

성 소수자들만을 전문으로 상담해 온 선생님은 나이 60이 다 되어서 성 정체성을 깨닫고 혼란스러워하는 사람도 있다면서, 결혼 3개월 신혼인 20대 남자가 그러는 적도 있다면서, 30대 평범한 주부가 어느 날 갑자기 성 정체성을 깨닫는 그런 일도 있다면서 위로 아닌 위로를 전했다.

윤수로 인해 몰랐던 성 정체성을 깨닫게 된 후 보통 사람들과 자신이 확실히 다르다는 걸 뒤늦게 인지한 그는 몇 날 며칠을 폐인처럼 생활했다. 그날 집 앞에서의 그 사건 이후 그는 윤수를 딱 한 번 만났다.

[이제 속 시원해? 그냥 좀 모르고 살게 놔두지, 왜 그랬어? 모르고 살 수 있었을 거 같은데 왜 그랬어? 하아, 내가 이제와 성 정체성을 깨달았다고 해서 널 만날 거라는 착각은 하지 마. 너와 친구로 함께한 10년? 그거 다 필요 없어. 나는 네 살배기 아들이 있어. 내 아들에게 내가 이런 미친놈이라는 걸 알게 하고 싶지 않아. 그러니까 내 눈에 띄지 마. 그땐 널 죽여 버릴지도 몰라.]

재성이 연예계에 종사하다 보니 자연스레 같은 부류의 성소수자들을 몇몇 알게 되었다. 윤수가 말하던 서로 알아볼 수 있다는 게 뭔지 알게 되었다.

차민석 역시 성 소수자라는 건 그만 아는 사실이었다. 재진은 몰랐다. 이미 학창 시절부터 성 정체성을 깨달은 민석은 이 혼란을 미리 다 겪어 초연했고, 그와 술 한 잔 기울이며 서로 같은 처지라는 걸 알게 된 지 이제 1년이 되었다.

서로의 비밀을 알고 있다 보니 서로의 고충을 토로할 수 있었다. 남들에게 말 못 하는 속사정을 서로에게는 털어놓을 수 있었다. 그래서 재성은 민석과 함께이면 편안했다. 거짓 없이 본모습을 드러낼 수 있어서 편안한 친구였다.

[징그럽게 남자끼리 좋아한다니. 으으, 나도 모르게 누군가 내 주위에 그런 사람이 있다고 생각해 봐요. 그게 얼마나 소름끼치는 일인지. 그놈들은 남자를 이성으로 보는 거 아니에요. 갑자기 사우나 가기도 무서워지네. 그런 정신 나간 놈들 만날까 봐.]

심장에 가시처럼 박힌 말이 자꾸 떠올라 가슴이 답답해진 재성은 조용히 몸을 일으켜 방을 나왔다. 도통 잠이 오지 않아 캔 맥주라도 하나 먹고 누우려는데, 재진의 방문 역시 슬그머니 열렸다.

재성은 냉장고에서 캔 맥주 두 개를 꺼내 재진의 방으로 향했다. 지난번 거실에서 하던 이야기를 진건이 들은 이후엔 말하는 게 조심스러웠다.

"형도 잠이 안 오나 봐."

캔 뚜껑을 따 말없이 꿀꺽꿀꺽 마셔 대던 재성은 한숨을 푹 내쉬며 까칠한 얼굴을 문질렀다.

그나마 이런 속내를 꺼낼 수 있는 유일한 가족이 형이었다. 그 역시 저를 온전히 이해하지는 못하지만, 형뿐이었다. 이제 좋은 일만 가득해야 할 형에게 제 존재가 민폐가 될까 봐 두렵지만, 그래도 형뿐이었다.

"나도…… 그러고 싶어, 형."

재진은 괴로워하는 동생의 모습에 가슴이 저릿해짐을 느끼며 묵묵히 그의 하소연을 들어주었다.

"나도 진건이에게 은우 씨 같은 어여쁜 엄마를 만들어 주고 싶어. 승연이와는 절대 다시 이어질 수 없다는 걸 알기에, 진건이에게 좋은 새엄마라도 만들어 주고 싶어. 나도 간절해. 나도 제발 그런 날이 오기를 바라고 있어."

"……."

"손도 잡고 싶고, 뽀뽀도 하고 싶은 누나야가 생기면 얘기를 해 달라는 진건이의 말에……, 나는 아무런 대답도 해 주지 못했어."

얼굴을 감싸 쥔 재성의 어깨가 미세하게 흔들렸다.

"나도…… 그리고 싶어. 나도 남들처럼…… 형처럼……, 평범하게 살고 싶어. 나도 그리고 싶어."

울음소리가 새어 나갈까 봐 두 손으로 입을 꽉 틀어막은 재성의 눈에서 굵은 눈물방울이 뚝뚝 떨어졌다.

재진은 힘들어하는 동생에게 자신이 해 줄 수 있는 것이 아무것도 없다는 게 가슴이 아파 눈시울이 붉어졌다. 오롯이 혼자 감당해야 하는 재성의 슬픔이 고스란히 전해진 그 역시 눈꺼풀을 내려뜨리며 어깨를 감싸 안아 토닥였다.

해 줄 수 있는 게 이것뿐이었다. 이것뿐이었다.

~19~

"어쩐 일이세요? 밥을 다 사 준다고 하고."

재진은 쓰고 있던 선글라스를 벗으며 자리에 앉는 하영에게 최대한 부드럽게 인상을 폈다. 오늘 그녀가 모처럼 밤샘 촬영이 없어서 저녁을 사 주려고 연락을 한 터였다.

"비싼 거 시켜도 되죠?"

잠시 후 침샘을 자극하는 스테이크가 나오고, 와인 한 잔을 곁들인 하영이 흡족하게 입매를 올렸다.

"음, 맛있네."

"다행이네. 입맛에 맞다니."

"내가 대표님한테 스테이크를 얻어먹을 줄이야."

"요새 좀 힘들지?"

하영은 평소 그답지 않은 질문에 눈썹을 치켜 올리며 입술을 삐죽거렸다.

"대표님이 한 번 해 보세요. 힘든지, 안 힘든지."

얄밉게 얘기하는 하영을 보며 느긋하게 입매를 올린 재진은 말을 이었다.

"내가 원래 좀 멋대가리가 없어."

"알고 있어요."

"네게 이런저런 잔소리를 하는 건……."

"네, 네, 다 저 잘 되라고 하는 말씀이시죠. 그런데 설마 저한테 재계약 얘기 꺼내려고 이런 자리 만드신 거예요?"

재진이 잠시 침묵을 고수하다 고개를 끄덕였다.

"하긴, 우리가 용건 없이 만날 사이는 아니죠. 그런데 의외네요, 대표님? 나는 대표님이 절대 나랑 재계약 안 할 줄 알았는데. 말 안 듣는 천방지축이라고 저 싫어하시잖아요. 내가 착각한 건가?"

"착각 아니야."

콧노래를 흥얼거리며 약을 올리던 하영이 멈칫했다. 칼자루를 손에 쥐고 있는 건 저라, 재진이 저자세로 나올 줄 알았다. 그래서 이참에 재진을 좀 골려 주려고 했었다.

"우리가 서로 감정이 좋은 사이는 아니지."

"흠흠. 알고는 계시네요?"

"단도직입적으로 말할게. 나는 네가 필요해. 배우 이하영으로서. 그리고 너도 내가 필요해. 네 뒤치다꺼리를 나처럼 완벽하게 해 줄 사람 없을 거야, 아마."

하영이 뾰로통한 얼굴로 팔짱을 꼈다.

"내가 다 모르고 있을 거라고 생각하지? 네 사생활 말이야."

"흠흠."

"내가 일일이 다 얘기하지 않지만 너와 관련된 수많은 정보들이 내게 들어와. 그때마다 기사 다 터졌으면 지금의 네 청순가련 이미지는 진즉 없어졌겠지. 이 바닥에서야 네 성질머리 모르는 사람은 없겠다만."

"지금 나 협박해요?"

"협박이 아니라 사실을 말하고 있는 거야."

재진은 슥 상체를 당겨 낮게 속삭였다.

"재계약을 한다면 내가 확실하게 보장해 줄 수 있는 건 한 가지야."

"뭔데요?"

"네 성질머리 개조해 주는 거."

하영의 눈살이 찌푸려졌다.

"네 그 버릇없음을 내가 꼭 고쳐 줄게. 그러니까 재계약하자. 아빠 같은 마음으로 걱정되어서 하는 소리야. 내 새끼 어디 나가서 욕먹으면 마음 좋을 부모가 어디 있겠어?"

하영에겐 아버지가 없었다. 말이 없는 그녀를 물끄러미 바라보던 재진이 다시 입술을 달싹였다.

"자식이 자꾸 비뚤게 나가는 건 부모의 잘못도 크다는 거 알아. 가만 생각해 보니 하영이 넌, 관심을 받고 싶어서 투정을 부리는 어린아이 같아."

"……."

"내가 그걸 너무 몰라 준 거 같고. 그래서 앞으로 네게 관심을 좀 가져볼 생각이야. 네가 왜 민석이랑 차별하냐고 했지? 내가 민석이와 일주일에 두세 번은 통화를 해. 앞으로는 네게도 그렇게 할 거야. 당연히 잔소리가 더 심해지겠지. 이게 내가 제시하는 재계약 조건의 새로운 조항이야."

주사위는 던져졌다. 선택은 하영의 몫이었다.

재진은 집으로 들어서자마자 보이는 언제나 반가운 얼굴을 보며 피곤에 찌든 표정을 지웠다.

"오늘도 잘 지냈어?"

"응, 누나하고 멍멍이 보고 왔어."

환하게 웃는 진건을 보자니 재진은 가슴 한구석이 애잔해졌지만 일부러 더욱 입매를 올렸다. 그날, 목이 잠겨 말을 잇지 못할 정도로 오열하는 재성 때문에 마음이 계속 좋지 않았는데, 진건의 웃는 얼굴을 보니 이제야 좀 마음이 가벼워졌다.

재성 역시 지금은 마음을 많이 추슬러 탈퇴하겠다던 조기축구회도 계속하기로 마음을 고쳐먹었고, 진건을 위해서라도 강한 아빠가 되겠다며 마음을 다잡았다.

"아빠는 오늘 좀 늦을 거야."

"응, 전화 왔었어."

 진건의 볼에 입을 맞춘 재진은 얼굴만 보아도 기분이 좋아지는 은우에게 시선을 돌렸다. 그녀의 화장 솜씨가 나날이 느는 것 같았다. 그렇지 않고서야 어찌 이리 볼 때마다 더 예뻐지는지 모를 일이다.

"예쁘네."

"매일 똑같죠, 뭐. 으흥흥."

 큰아빠 또 시작이다, 며 중얼거린 진건은 멀리 소파로 도망을 갔다. 그런 진건을 귀엽게 바라보던 재진은 은우의 음성에 고개를 돌렸다.

"저녁은……. 아, 맞다. 오늘 먹고 들어온다고 했었죠?"

 누구를 만난 거냐고 물어보고 싶었지만 은우는 입을 다물었다. 연예기획사 대표인 그가 만나서 식사를 할 사람이 한둘이겠는가.

"하영이 만났어. 재계약 문제로."

"배우 이하영이요?"

 재진은 대수롭지 않게 고개를 끄덕이며 방으로 들어갔다.

"둘이?"

 은우가 저도 모르게 방으로 따라 들어가며 물었다. 큰 눈을 끔뻑거리는 은우를 빤히 바라보던 재진은 흥미로운 얼굴로 미소를 걸쳤다.

"어, 둘이."

"뭐 먹었는데요?"

"하영이가 스테이크를 좋아해."

"둘이 스테이크를?"

"소속사 대표가 밥 한 끼 사 준 건데, 뭘."

"그래도 둘이는 좀…… 그렇지 않나? 괜히 오해를 살 수도 있고. 또 그때 보니까 이하영 씨가 실물이 진짜 예쁘던데……."

침대 끝에 걸터앉은 재진이 손가락을 만지작거리며 웅얼거리는 은우의 손목을 채갔다.

"나는 지금 내가 보고 있는 여자가 더 예쁜데."

"응?"

"둘이 있으면 설레고, 자꾸 미소 짓게 만드는 사람은 한 명뿐인데. 강은우라고."

그가 살며시 허리를 끌어당겨 그녀의 품에 머릴 기댄 채 눈을 감았다.

"하아…… 좋다. 오늘 좀 피곤했는데."

"진건이……."

"이런 건 봐도 돼. 자연스러운 스킨십을 보여 주는 것은 어려서부터 배워야 할 아주 중요한 성교육이라고 할 수 있지."

은우는 어쩐지 오늘따라 지쳐 보이는 그를 안아 토닥였다. 일일이 말은 안 해도 그쪽 세계가 얼마나 치열할지 짐작은 되었다.

"은우야."

"……응?"

"이번 주말에 파주에 한번 다녀올 생각인데, ……같이 갈래?"

품에서 고개를 떼어 낸 그가 은우를 올려다보았다.

"헤이리 마을도 한 번 둘러보고, 프로방스에 가서 맛있는 것도 먹고, ……어머니, 아버지께 널 소개시켜 주고도 싶어. 서른넷 먹은 아들놈 여직 혼자라고 늘 걱정이신데, 이렇게 어여쁜 사람 만나고 있다고 소개해 주고 싶은데."

은우는 갑작스런 그의 제안에 잠시 머뭇거렸다.

"부담 갖지 마. 당장 결혼이라도 하자는 건 아니니까."

"응? 아니……."

"그런 거 있잖아. 막 자랑하고 싶은 거. 나는 은우 널, 자랑하고 싶거든."

은우의 얼굴에 이내 미소가 번졌다.

"나 마음에 안 들어 하시면 어떡해요?"

"그럴 리가 있나."

"그래도……."

"쓸데없는 걱정은 넣어 두는 게 좋아."

설핏 웃으며 그녀의 엉덩이를 툭 친 그가 몸을 일으켰다.

"참, 오빠는 좀 괜찮아지셨나? 그날 이후 며칠 계속 컨디션이 안 좋다고 했었잖아."

"아, 이제는 좀 좋아졌어요."

"다행이네. 신경 쓰였었는데. 우리 진건이는 뭐 하나?"

방을 나서는 그의 뒷모습을 물끄러미 바라보던 은우는 문득 이런 생각이 들었다.

결혼이라는 걸 진지하게 생각해 본 적은 없지만, 저런 남자라면 평생을 함께해도 좋지 않을까. 저렇게 믿음직스럽고 더없이 여자를 위해 주는 남자가 세상에 또 존재하기나 할까.

"하지마아! 간지러워, 큰아빠! 으하하!"

은우는 진건을 간지럼 태우며 놀아 주는 재진을 흐뭇하게 바라보았다.

미리 예행연습을 해 놔서 아이도 참 잘 돌봐주는 다정한 아빠가 될 것 같다.

"누나도 진건이 간지럼 태워야지~."

두 남자를 향해 달려가는 은우의 얼굴이 더없이 밝았다.

**

"나 괜찮아요?"

은우는 파주에 간다는 말에 순정이 선물해 준 투피스 정장을 단정하게 차려 입고 나왔다. 재진이 사 준 옷은 너무 붙어서 야해 보인다며 순정은 오피스룩을 연상시키는 연베이지 색상의 투피스를 선물해 주었다.

"물어보나 마나한걸."

"머리를 검은색으로 염색할 걸 그랬을까요? 아까 무심코 거울을 보는데 머리색이 너무 환한가 싶기도 하고……."

은우의 진지한 고민에 재진은 웃음을 터트렸다.

"우리 부모님 선도부 아니야."

"응?"

"있는 그대로 보여 주면 되는 거지, 뭘 그렇게 신경 써."

재진의 말에 걱정을 좀 덜어 낸 은우는 뭔가 잊은 게 있는 듯 다시 집으로 들어갔다.

잠시 후 은우가 양손에 무겁게 뭔가를 잔뜩 들고 나오자 재진이 서둘러 받았다.

"뭐야, 이게?"

"아, 우리 엄마가 음식 솜씨가 정말 좋아요. 재진 씨 부모님께 인사드리러 간다니까 뭐 사 가는 것보다는 정성을 보이는 게 낫지 않겠냐면서 이것저것 챙겨 주셨는데, 입맛에 맞으실지 모르겠어요. 갈비 직접 잰 거랑……."

재진은 가슴이 점차 따뜻해짐을 느끼며 다정하게 웃었다.

"어머니가 괜히 고생 많으셨네."

"……응. 엄마한테 너무 고맙고 그래요. 엊저녁에는 괜히 울지 뭐야. 나 지금 당장 시집가는 것도 아닌데 정 여사 때문에 눈물 나서 혼났어."

재진은 예쁘게 화장해 놓고 눈시울이 붉어지는 은우를 달래며 먼저 차에 태웠다.

"어머니, 저 재진입니다."

차에서 좀 떨어진 곳에서 순정에게 전화를 건 재진이 허공에 대고 넙죽 고개를 숙였다.

"감사합니다. 뭘 이렇게 많이 보내셨어요."

-많이 보내긴, 마음에 비하면 너무 부족한데. 조심히 잘 다녀와요.

"예, 너무 걱정 마시고요. 저녁에 뵙겠습니다. ……어머니. 제가…… 많이 미우시죠? 예쁜 따님 너무 일찍 데려가는 거 같아서요."

휴대폰 너머가 조용해졌다.

"이런 말씀 위로가 될지는 모르겠지만……, 따님을 잃는 게 아니라, 아들 하나 더 얻는다고 생각해 주십시오. 제가 효도하겠습니다."

잠시 코를 훌쩍이는 소리가 들리는가 싶더니 순정이 바쁘다며 서둘러 전화를 끊었다. 재진은 어쩐지 마음이 무거워져 옅은 한숨을 내쉬었다. 제 배 아파 낳지도 않은 자식을 친자식처럼 정성들여 키워왔는데, 어느 날 웬 놈이 나타나 순식간에 채가니 그 마음이 어떨까 감히 가늠도 할 수가 없었다.

은우를 파주에 데려간다는 건, 그만큼 딸을 떠나보내야 하는 날이 성큼 다가왔음을 순정은 알 거였다. 훗날 사위될 놈의 나이가 벌써 서른넷이니 이미 염두에 두고 계셨을 거다.

재진은 마음을 추스른 뒤 운전석에 올라 은우의 손을 잡아

다독였다. 그저 인사를 드리러 가는 것뿐인데도 이렇게 서로 아릿해 하는데, 정말 식장에 들어서는 날이 온다면 순정과 은우가 눈물범벅이 되어 눈이나 제대로 뜰 수 있을지 미리 걱정이 앞섰다.

"오빠는 집에 계셔?"

"아뇨. 친구 만난다고 나갔어요."

"오늘 파주 간다니까 오빠는…… 뭐라고 해?"

은우는 바로 대답을 하지 못하고 잠시 뜸을 들이다 이내 잘 다녀오라고 했다고 얘기했다.

[너무 빨리 인사드리러 가는 거 아니야?]

엊저녁 기훈은 제 방으로 불러 진지하게 마주 앉아 물었었다.

[당장 뭐 어떻게 하겠다는 게 아니야. 그냥 인사드리러 가는 거야. 재진 씨가 혼자인 줄 알고 부모님이 걱정하신다니까.]

[그다음은 결혼인 거야. 네 남자친구 나이가 서른넷이야.]

기훈은 뭔가 고민 가득한 얼굴로 한참을 말없이 바라보기만 했다.

[너, 그 사람이 얼마나 좋은 거냐? 없으면 죽을 거 같아? 그 정도로 좋아?]

[……상상해 본 적이 없어. 내 곁에 재진 씨가 없다는 걸.]

[어떤 상황에서든 그 사람만 있으면 다 견뎌 낼 자신이 있어? 세상 사람들이 모두 비난하는 그런 날이 온대도, 흔들림

없이 그 사람 곁을 지켜줄 수 있느냐고 묻는 거야. 그 사람 또한 어떤 시련에도 널 지켜 줄 수 있다고 믿고 있는지 묻는 거다. 그 정도의 사랑이 밑바탕 된 게 아니라면 그냥 여기서 접었으면 좋겠다, 오빠.]

기훈이 왜 갑자기 그런 말을 하는 건지 이해가 가지 않았지만, 그의 표정이 너무도 진지해 신중하게 생각을 해 보았다. 그러나 답은 하나였다.

[……응. 재진 씨만 곁에 있으면 뭐든 할 수 있을 거 같아. 뭐든 이겨 낼 수 있을 거 같아.]

기훈은 더 이상 아무 말도 하지 않았다.

"은우야."

"응?"

"무슨 생각을 그렇게 골똘히 해?"

"응, 아니. 너무 긴장이 돼서."

그가 은우를 향해 우스꽝스러운 표정을 지어 보였다.

"……풉."

은우의 입매가 올라가자 그제야 마음이 좀 놓인 듯, 그 역시 따라 웃었다.

"예쁘다. 우리 은우."

은우는 서울과는 달리 너무 조용하고 아늑한 동네를 천천히 둘러보았다. 온통 고개 돌리는 곳마다 가로수 길 자체인 풍경도 너무 아름다웠고, 두 분이 계시기엔 너무 적적하시지 않을까 싶은 전원주택도 그림처럼 예뻤다.

"파주가 이런 곳이었구나. 처음 와 봐요. 통일동산이라고 그랬나요?"

"주소로는 정확히 법흥리 이주단지. 주소만 들으면 완전 시골 같지? 그래도 그리 촌스러운 동네는 아닌데 말이야."

"촌스럽긴요. 너무 아늑하고 좋은데요. 힐링이 되는 기분이에요. 공기도 서울이랑은 다른 거 같아."

주위를 둘러보던 은우는 이내 재진에게 이끌려 열려져 있는 대문 안으로 들어섰다. 예쁘게 가꾸어 놓은 작은 정원을 지나 현관 앞에 서는데 심장이 다 두근거렸다.

"어머니, 저예요."

그가 문을 두드리기 무섭게 어머니가 모습을 드러냈다. 얼굴을 보자마자 재성이 떠오를 정도로 피부도 하얗고 선이 고우셨다.

"안녕하세요. 처음 뵙겠습니다. 강은우라고 합니다."

은우는 떨리는 마음을 가라앉히며 깊이 고개를 숙였다.

"어서 와요. 여기까지 오느라 고생했어요."

외모뿐 아니라 나긋나긋한 말투나 눈웃음까지도 재성과 닮아 있었다. 은우는 친근하게 대해 주시는 어머니를 따라 안으로 들어섰다.

순정이 준비해 준 음식들을 받아든 어머니는 이렇게 큰 선물을 받아서 어떻게 하냐며 고마워하셨다. 내심 좋아하실지 어떠실지 염려했던 은우는 마음이 한결 가벼워졌다.

"재진이한테 얘기 들었는지 모르겠는데, 우리 집 양반이 몸이 좀 안 좋아요."

은우는 차 안에서 그에게 잠시 들었던 이야기를 떠올렸다. 뇌출혈로 쓰러지신 뒤 후유증으로 언어 장애와 안면실인증이 있으시다는 얘기를 들었다.

어머니가 아버지를 모시러 방으로 들어서려는데, 먼저 문이 열리며 아버지가 나오셨다. 재성이 엄마를 쏙 빼닮았다면, 재진은 아버지와 판박이였다. 연세가 있으심에도 불구하고 멀끔하신 생김새며 까무잡잡한 피부가 누가 봐도 류재진의 아버지였다.

"아버지, 저 재진이에요. 알아보시겠어요?"

가까이 다가온 아버지는 말없이 고개를 끄덕이셨다. 옆에 있던 은우는 황급히 인사를 드렸다.

"고마……워요."

느릿하게 내뱉은 발음은 완벽하지 못했지만 그 진심만은 전해졌다. 은우의 손을 살며시 채간 아버지는 허리를 숙이셨다.

"우리…… 아들……, 많이…… 예뻐해…… 줘요. 부탁…… 합니다."

은우는 어쩐지 가슴이 저릿해져 아버지의 손을 포개 잡았다. 타인이 보기엔 그저 부족한 것 없이 여유롭게 사는 노부부처럼 보일 것이 분명한데도, 뭔가 마음의 큰 상처가 있는 것처럼 보여 콧날이 시큰해졌다.

"배고프죠? 어서 밥부터 먹어야죠."

은우는 아버지가 몸이 좀 편찮으시긴 해도 금슬이 좋은 부모님의 모습에 일찍이 돌아가신 친엄마, 아빠가 생각났다.

아주 어릴 적 기억이지만 집 안에서 늘 웃음소리가 끊이지 않았던 기억이 났다. 그래서 한편으로는 순정에게 너무 죄스러운 마음이 들었다. 아버지와 함께한 시간이 고작 2년뿐인데, 그 시간조차도 행복을 누리기보다는 말 안 듣는 남매 비위 맞추며 뒤치다꺼리하느라 고생만 한 기억뿐이라 너무도 죄송했다.

아버지마저 돌아가시고 순정이 혼자가 되고 나서야 조금씩 철이 든 남매는 순정에게는 짐이었겠지. 버리고 싶을 때가 한두 번이 아니었을 거다. 어쩌면 순정은 오늘까지만, 오늘까지만 하며 지금까지 머물러 준 게 아니었을까 싶어 짠해졌다.

"어머니가 음식 솜씨가 정말 좋으시네요."

어머니는 순정이 보내 준 음식을 같이 상에 내놓으셨다. 입맛에 맞는지 잘 드시자 은우는 가슴이 다 뿌듯해졌다.

갑자기 엄마가 너무 보고 싶어졌다. '내 엄마' 정순정 여사가 너무 보고 싶어졌다.

가끔 진건이 내려올 때를 제외하고는 늘 적막하기만 하던 집안에 모처럼 웃음꽃이 피었다. 식사를 마치고 차 한 잔을 마시며 도란도란 이야기를 나누는 네 사람의 입술엔 하나 같이 반달이 걸려 있었다. 무엇보다도 연방 고른 치열을 드러내며 살갑게 대화를 잇는 은우를 바라보는 부모님의 시선은 애정이 한 가득 묻어 있었다.

"우리 재진이가 참 재미없죠?"

"아니에요, 어머님. 저도 처음엔 그런 줄 알았는데요, 얼마나 유머러스한지 몰라요."

"정말? 전혀 상상이 안 가는데."

"무척 재미있고, 다정하고 그래요."

은우의 칭찬에 재진이 겸연쩍은 듯 콧날을 매만졌다. 그런 그를 물끄러미 바라보던 어머니는 아마도 은우를 만나 아들 녀석이 많이 변한 모양이라고 생각하며 흐뭇하게 웃었다. 정말 재진에게 딱 어울리는 어여쁜 아가씨를 만난 것 같아 걱정을 한시름 놓게 된 듯했다.

"파주는 와 본 적 있어요?"

"아뇨. 오늘이 처음인데 너무 좋은 곳 같아요. 조용하고, 여유롭고."

"음, 맞아요. 나도 서울 살다가 여기 내려오고 나서는, 이제 다시 서울에서는 못 살겠다 싶더라고요. 가끔 생각나면 또 놀러 와요."

"정말요? 저 혼자 와도 돼요?"

"언제든지. 참, 여기 근처에 구경할 때도 많아요. 아울렛이 있어서 쇼핑할 데도 있고. 여기까지 왔는데 재진이한테 좋은 데 구경 좀 시켜 달라고 해요."

점심을 먹고 나서 신 나게 수다를 떨었을 뿐인데 어느새 시계바늘은 오후 5시를 가리키고 있었다. 두 사람의 데이트 시간을 마련해 주기 위해 어머니가 눈치껏 먼저 자리를 마무리했다.

"오늘 정말 감사했습니다."

은우는 배웅을 위해 대문 밖까지 나온 어머니, 아버지께 인사를 드렸다. 사실 내심 걱정을 많이 했는데 생각보다도 너무 편하고 따뜻하게 맞아 주셔서 감사했다.

엊저녁 순정 역시 걱정을 많이 했었다. 아무래도 집안의 형편 차이가 너무 심하다 보니 신경 쓰지 않을 수가 없었던 모양이었다. 혹시 못마땅해 하시면 어떻게 하냐고, 이렇게 예쁜 우리 딸 혹시 가슴 아픈 일 생기면 어떻게 하냐고 눈물을 찍어 내셨다.

"감사는 내가 해야죠. 내가 아가씨 엄마였더라면 재진이가 미웠을 거 같아. 이렇게 어리고 고운 딸을 낚아챘으니 말이에요. 말 한 마디 한 마디, 행동거지 하나하나, 얼마나 어머니가 바르게 잘 키우셨는지가 눈에 선해요. 요즘 아가씨 같지가 않아. 오늘 너무 반가웠어요."

은우는 어머니의 칭찬에 몸 둘 바를 몰라 고개를 숙였다. 옆에 계신 아버지 또한 말없이 인자하게 웃으셨다.

"이만 가 볼게요. 전화 드릴게요."

재진이 부모님께 인사를 건넨 뒤 은우를 차에 태웠다. 그가 그만 돌아서려는데 어머니가 슬쩍 그의 손을 잡아 낮게 속삭였다.

"요새 저런 아가씨 없다. 놓치지 말고 잘해, 인석아."

"알고 있어요, 어머니."

"어쩌나 밝고 귀여운지, 어디를 가도 사랑받을 아이야. 집안에 저런 아이 하나 있으면 웃음이 끊이지 않을 거 같구나. 사람이 중요하지, 그 외에 뭐가 그리 중요하겠어. 지나고 보면 다 부질없는 것들인데."

"알아주시니 감사드려요."

"재진아. 재성이 얘기는…… 아직 모르는 거지?"

조심스러운 어머니의 말에 재진은 고개만 살짝 끄덕였다.

"나는 몰랐으면 좋겠다. 몰랐으면…… 좋겠다."

재진은 이렇게 말하는 어머니의 마음도 좋지는 않을 거라는 생각에 이해도 되었다. 아무리 가족이라도 온전히 받아들이기 힘든 부분임은 분명하기에, 그래서 숨기고 싶은 마음을 이해는 했다. 한데 그럼에도 불구하고 자랑스러운 아들이 아닌, 쉬쉬하고 숨겨야 하는 아들이 되어 버린 재성을 생각하면 가슴이 저릿해졌다. 그 누구보다 자랑스러웠던 작은아들이 어쩌다 그렇게 되어 버린 건지 가슴이 저릿했다.

재진은 어머니의 어깨를 토닥이며 아버지에게도 인사를 드린 후, 차에 올랐다. 언제고 은우에게 재성의 이야기를 해야 하는 건 아닐까 하다가도, 두렵기도 했다. 지금처럼 재성과 웃고 떠들 수 없게 될까 봐. 그녀가 멀어질까 봐. 그저 다를 뿐이라고 얘기하지만, 당당하게 밝힐 수 있는 부분은 아니라는 사실에, 실은 어머니의 생각과 별반 다를 게 없다는 사실에 재성에게 미안해졌다.

"정말 너무 좋은 분들이세요. 너무 따뜻하게 대해 주셔서 정말 감사드려요."

"내가 얘기했잖아. 분명 아주 마음에 들어 하실 거라고. 강은우를 싫어할 사람이 누가 있겠어. 그래서 늘 불안한데, 난."

"에이, 뭘 또 그렇게까지. 으흥흥."

그녀의 미소는 그 어떤 값진 보석보다도 빛이 났다. 그 미소를 잃게 하고 싶지 않았다. 지금처럼만 행복하기를 바랐다.

"엄마!"

은우는 순정이 가게 문을 열고 나오자 폴짝거리며 뛰어갔다. 밝은 은우의 얼굴을 보니 하루 종일 걱정되었던 마음이 단번에 사라진 순정 역시 미소를 머금었다.

"잘 다녀왔어?"

"응. 진짜, 정말, 무지무지 좋은 분들이셔. 우리 정 여사만큼이나."

순정은 은우의 뒤에 서서 고개를 숙이는 재진에게 알은척을 했다.

"엄마 음식이 입에 맞으셨는지, 정말 맛있게 잘 드셨어. 감사하다고 꼭 전해 달라고 하셨어."

"다행이다."

은우의 뺨을 두드린 순정은 재진에게 다가가 손을 잡았다.

"애썼어요."

"아닙니다. 어머니께서 애 많이 쓰셨죠. 이것저것 준비해 주시느라."

"은우가 뭐 실수는 안 했나 모르겠네."

"전혀 걱정하실 필요 없으세요. 저희 어머니, 아버지 모두 은우 씨가 예뻐서 어쩔 줄 모르세요."

순정은 정말 다행이라며 가슴을 다 쓸어내렸다. 은우는 그런 순정의 모습이 어쩐지 짠해 냉큼 팔짱을 꼈다.

"엄마, 뭐 먹고 싶어? 우리 일부러 이 시간까지 저녁도 안 먹고 올라왔어. 재진 씨 집에서 나와서 헤이리 예술마을 가서 차 한 잔 하고, 프로방스 구경 좀 하다가 바로 올라온 거야. 재진 씨가 엄마랑 오빠랑 저녁 함께 먹자고 해서. 차 저 위에 세워 놨어. 좀 걸어야 해."

나란히 걷는 모녀를 바라보던 재진은 슬며시 입매를 늘어뜨렸다. 세상에 그 어느 엄마와 딸이 저렇게 사이가 좋을 수 있을까 싶었다. 그 누가 가슴으로 낳은 딸이라고 생각할까.

재진은 보폭을 좀 더 넓혀 순정의 곁에 섰다. 슬며시 손을 잡아채자 잠시 멈칫하던 순정이 이내 입매를 올리며 꽉 잡았다.

"아, 기분 좋다. 잘생긴 남자랑 손잡는 기분이 이런 거구나. 은우는 좋겠네."

순정의 애교 섞인 말에 은우의 입이 귀에 걸렸다.

"으흥흥. 그런 거야."

빠앙. 갑자기 들리는 클랙슨 소리에 세 사람의 고개가 동시에 차도 쪽으로 돌아갔다.

"여어, 그림 좋네."

차창이 내려가고 기훈의 얼굴이 보였다. 은우가 서울로 올라오는 길에 기훈에게 전화를 해서 저녁을 먹지 말고 들어오라고 했었다.

"야, 타."

기훈이 은우를 보며 고개를 까딱였다. 은우가 재진을 슬쩍 쳐다보자 그가 눈치껏 순정을 더 바싹 끌어당겼다.

"어머니는 저랑 드라이브하시죠. 제 차 타고 가세요."

흔쾌히 승낙을 하는 순정과 함께 재진이 그의 세단으로 걸어가자, 은우는 그제야 기훈의 차에 올랐다.

"어쩜 이렇게 딱 맞춰서 왔어?"

"텔레파시가 통했나 보지. 우리 그런 사이잖아."

"으흥."

"얼굴 보니 잘 다녀온 거 같네."
"응. 무지 잘 다녀왔어. 너무 좋은 분들이셔."
기훈은 단정한 은우의 머리칼을 헝클어뜨렸다.
"아앗, 머리 망가지잖아."
"에휴. 이게 언제 이렇게 커서 오빠보다 먼저 시집가겠다고 난리야."
"아, 뭐 내가 당장 시집간대?"
"그럼 5년 기다릴래? 난 서른다섯 안엔 장가 안 간다니까."
은우가 눈을 동그랗게 뜨며 기가 막혀 했다.
"어머머. 어머, 어머. 누구 노처녀 만들 일 있어? 됐거든! 흥."
"이거, 이거 빈말이라도 그러겠다고 안 하는 거 봐. 그러기 있기, 없기?"
"아, 뭐, 뭐야! 놀리지 말라니까!"
붉으락푸르락해지며 격한 반응을 보이는 은우가 귀엽다는 듯 쳐다보던 기훈은 이내 가는 숨을 내쉬었다.
차라리 모르고 지나가기를. 그냥 모르고 지나가기를.

~20~

"형 말대로던데. 스토리가 탄탄해. 흥미로워."

재진은 대물 작가의 <타깃>을 검토한 재성과 머리를 맞댄 채 진지하게 의논 중이었다. 기획팀에서 오랜 시간 심사숙고하여 내린 결정은 긍정적이었다.

"영화로 제작해 볼만하겠어. 청소년관람불가 등급 판정은 불가피하겠지만."

"그래야 더 흥미롭지. 이 작품은 빨간 딱지가 생명인데. 일단 판권부터 선점해야 할 텐데 이메일로 연락을 해야 하나?"

"아, 그 작가분 개인 블로그가 있더라고. 거기다 남겨도 될 거 같고, 출간한 만화책도 있으시던데 출판사 통해서 알아볼 수도 있고."

"그럼 일단 네가 접촉을 시도해 봐. 작가를 한 번 만나봐야 얘기가 진행되지. 작품이 완결작이 아니고 진행형이니까 남은 시놉시스에 대해서도 검토해 봐야 하고."

재성이 나가고 혼자 남은 재진은 조창호 감독에게 전화를 한 통 넣었다. 대물 작가의 <타깃>을 영화로 제작해야겠다고 결심했을 때부터 염두에 둔 감독은 딱 한 명이었다. 아직 계약이 성사되기 전이긴 했지만 미리 사전작업을 해서 나쁠 건 없었다.

그가 <타깃>의 메가폰을 잡아 준다면 더할 나위 없이 좋을 거였다. 데뷔작으로 신인 감독상을 수상한 이후 줄곧 승승장구를 하고 있는 그가 메가폰을 잡는다면, 투자자들 또한 망설임 없이 손을 내밀 테다.

"조 감독님, 제이엔터테인먼트 류재진입니다. 언제 시간 좀 내주십사 하고 전화 드렸습니다."

그가 조 감독의 스케줄을 파악한 뒤 막 통화를 끝내는데 노크 소리가 들렸다.

"대표님, 손님이 오셨는데요. 그게…… THE CATCH 연예부 기자라고……. 그냥 돌려보낼까요?"

재진은 반가울 리 없는 불청객의 방문에 얼굴이 딱딱하게 굳었다. 기자가 이렇게 직접 찾아올 때는 단연코 좋지 않은 일이 분명했다.

"아니, 들여보내."

누구도 사무실 안으로 들이지 말라고 강조한 재진은 그가 내미는 명함을 받아들었다.

"THE CATCH 연예부장 김만수라고 합니다."

"친히 여기까지 걸음해 주시고, 용건부터 들어볼까요?"

"소문대로네요."

재진의 눈썹이 마뜩잖게 치켜 올라갔다.

"배우 뺨치게 잘생기셨다더니 소문대로네요."

"본론으로 들어가죠."

"그럼 그럴까요?"

그가 들고 있던 서류봉투를 테이블 위에 올려놓았다.

"한 번 쭉 훑어보세요."

재진은 하영이 클럽에라도 간 사진이 찍혔나 하는 마음으로 서류봉투를 열었다. 여러 장의 하얀 종잇장과 함께 들어 있는 사진들을 꺼내 훑어보던 그의 눈이 커지며 이내 손이 바르르 떨렸다.

"저희가 이해하기 쉽게 일목요연하게 정리를 해 놓은 겁니다. 잘 읽어 보세요."

"이게 지금……."

"설마 대표님도 모르고 있었던 거예요? 차민석이 게이란 걸? 차민석 고등학교 때 사진 있죠? 그 옆에 같이 찍은 친구. 그 동창생이 차민석이 처음 사귄 남자 친구랍니다. 데뷔하기 직전까지 사귀었다던데. 그 사진 어렵게 구했거든요."

재진은 머리가 혼란스러워 눈을 꾹 감았다 떴다. 도대체 이게 무슨 일인지 모를 일이었다.

"저희가 차민석을 취재하는 과정에서 또 한 가지 아주 흥미로운 사실을 알아냈어요."

그의 시선이 재진의 손에 들려 있는 사진 한 장으로 향했다.

"둘이 참 다정해 보이죠?"

민석과 재성이 서로 웃으면서 바라보고 있었다.

"본의 아니게 알아 버렸지 뭡니까. 류재성 실장도 차민석과 같은 성 소수자라는 걸. 그래서 이혼도 했다는 걸."

"너, 이 자식 뭐야."

순식간에 자리에서 벌떡 일어난 재진이 그의 멱살을 잡아 낮게 으르렁거렸다. 머리끝까지 차오르는 분노를 간신히 억누르는 그의 얼굴이 벌겋게 달아올라 있었다.

"너 뭐야."

"이건 놓고 얘기를 하죠. 신사적이라고 소문이 났던데 잘못된 거였습니까?"

재진의 손을 떼어 낸 그가 녹음기 하나를 더 내놓았다.

"들어보세요."

그가 플레이 버튼을 누르자 오랜만에 듣는 익숙한 음성이 흘러나왔다.

-또 뭐예요? 내가 지난번에 그 여기자한테 충고했는데? 다시 찾아오지도 말고, 류재성에 대해 들추지도 말라고. 차민석인지 뭔지가 게이란 거 내 알 바 아니에요. 내 앞에서 그 사람

들 얘기 꺼내지 마세요.

"하아."

재진은 파르르 떨리는 손으로 얼굴을 감쌌다. 어째서 지금 여기서 승연의 목소리가 흘러나오는지 믿을 수 없었다.

"우리 신문사에 내가 아끼는 후배가 한 명이 있는데, 송주희라고. 그 친구가 이 바닥 생활한 지 얼마 안 되지만 얼마나 촉이 좋은지 몰라요. 그 친구가 이번에 김현을 쫓고 있었는데, 취재하는 과정에서 대어 하나를 낚았다고 하더니 이제 와 갑자기 말을 바꾸지 뭡니까? 내가 이 바닥에서 굴러먹은 게 몇 년인데 촉이 왔죠. 뭔가 있구나. 김현과 차민석이 고등학교 동창인 건 아시죠? 그래서 거기서부터 시작을 했어요. 그랬더니 결국 이런 것까지 건졌고요."

"……"

"오승연 씨가 콕 집어서 류재성 실장이 게이라고는 안 했어도 그렇다고 인정하는 뉘앙스는 충분히 풍겼다고 생각합니다. 차민석이 게이인데, 소속사 실장도 같은 성 소수자다. 이 정도 정보만으로도 대중들은 철석같이 믿겠죠. 둘이 연인이라고."

"……이걸 기사화할 수 있을 거라고 생각합니까? 같이 죽자고 덤비는 것밖에는 되지 않을 텐데요."

잔뜩 잠긴 낮은 음성이 간신히 흘러나왔다. 멱살을 쥐고 얼굴을 후려갈겨 봤자 일만 더 복잡해진다는 걸 안다.

"압니다. 성 소수자 문제를 잘못 건드렸다가는 외려 우리가 뭇매를 맞을 수도 있다는 걸 알아요. 우리 세계에서도 성 소수자는 건드리지 않는 게 암묵적인 약속과도 같으니까요. 비단 차민석뿐만 아니라 성 소수자임을 알면서도 쉬쉬하는 연예인들이 사실 한둘은 아니죠. 그런데 대표님도 이 바닥 생리 잘 아시잖아요. 하나를 취하려면 하나는 내놓으셔야죠. 그래서 제가 한 가지 제안을 드리겠습니다."

그가 가방 안에서 다른 사진 몇 장을 더 내려놓았다. 사진을 훑어보던 재진은 어이가 없어 코웃음을 쳤다.

"며칠 전 이하영과 둘이서 저녁 식사 데이트를 하셨더라고요? 배우 뺨치게 잘생긴 소속사 대표와 한창 잘나가는 여배우와의 스캔들은 언제나 참 좋은 가십거리죠."

"이봐요."

"사실이 아닌 거 압니다만 사실로 만드셔야죠. 이 정도면 제가 충분히 배려한 거 같은데요. 이하영 열애설과 맞바꾸시죠. 그렇게만 해 주신다면 지금 이 자리에서 차민석에 관한 모든 취재 자료 넘겨 드리겠습니다."

"이게 지금 말이 됩니까?"

"말이 되게 만드셔야죠. 1년쯤 후에, 아니 6개월쯤 후에 자연스럽게 결별 기사 내드리겠습니다. 우리 기자들 입장도 이해 좀 해 주세요. 특종 하나에 밥줄이 왔다 갔다 하는데 어쩌겠습니까. 국민들의 알권리를 위해 뛰어다니는 노고에 대한 치하라고 생각해 주십시오."

재진의 입술이 쉬이 열리지 않았다. 미로에 갇힌 듯 답답하고 두려웠다. 끊은 지 오래된 담배 생각이 간절했다.

**

은우는 평소와 다름없이 진건을 만날 준비를 하며 화장대 거울 앞에 앉았다. 여유롭게 시간 체크를 하며 간단히 화장을 하기 시작하는데 휴대폰 벨소리가 울렸다.
"어, 주희야."
상쾌한 음성으로 전화를 받던 은우는 뭔가 다급한 주희의 음성에 멈칫했다.
-은우야, 다른 건 나중에 설명할게. 일단 류재진 대표한테 전화부터 해.
"그게 무슨 말이야?"
-내가 다 설명해야 해. 널 오해할 수도 있단 말이야!
"무슨 일인데 그래?"
-길게 얘기는 못 해. 시간이 없어. 벌써 만났을지도 몰라. 내가 전에 말하던 특종을 쫓던 과정에서 차민석에 대한 비밀을 한 가지 알게 됐어. 아마 부장님이 그걸 빌미로 딜을 할 거야. 내가 지금 부장님 책상 정리하다가 오늘 날짜에 차민석 디데이라고 달력에 표시되어 있는 걸 봤어. 내가 분명 모든 취재 자료를 다 폐기처분했는데 이게 어떻게 된 일인지 잘 모

르겠지만, 절대 기사화 되면 안 되는 내용이라 류 대표는 무조건 요구사항을 들어줄 수밖에 없을 거야. 그 기사를 내가 처음에 파기 시작한 건데, 혹시라도 류 대표가 알게 되면 네가 오해받을 수도 있잖아. 그러니까 빨리 전화해. 내가 다 해명할게. 빨리!"

잠시 주희의 말을 듣고 있던 은우의 얼굴이 사색이 되었다. 벌벌 떨리는 손으로 재진에게 전화를 해 보지만 연결이 되지 않았다.

"……무슨 일이 일어나고 있는 거야."

대충 옷을 챙겨 입은 은우는 황급히 집을 나섰다.

심장이 미친 듯이 쿵쾅거렸다.

"누나, 어디 아파?"

진건은 아까부터 계속 한숨을 내쉬며 말이 없는 은우를 걱정스럽게 바라보았다. 가까이 다가온 진건이 이마를 짚자 은우가 괜찮다며 겨우 웃었다.

수없이 전화를 해 보았지만 결국 재진과는 연결이 되지 않았다. 제이엔터테인먼트를 직접 찾아가 봤지만 출입 제재를 당해 들어갈 수가 없었다. 진건의 하원 시간이 다가와 일단 집으로 오긴 했는데, 뭔지 모를 불안감에 잠시도 가만히 앉아 있을 수가 없었다.

주희 역시 자꾸 전화를 해오며 자신이 모든 걸 다 설명하겠다는 말을 반복했지만, 재진과 연락이 닿지 않은 상황에서 무작정 주희를 만나게 할 수는 없었다. 다급한 주희의 목소리로 보아 뭔가 엄청난 일이 벌어지고 있는 것 같아 무서웠다.

삑삑삑삑.

은우는 도어록 버튼 소리에 황급히 고개를 돌렸다. 재성이 혼자 들어섰고, 그의 표정은 밝아 보였다.

"아빠!"

"빠샤."

평소처럼 진건과 인사를 나눈 재성이 웃으면서 다가왔다.

"아, 형하고 통화했죠? 오늘 형 조금 늦을 거예요. 저녁 약속 있다던데."

"아……."

"아빠. 누나 어디 아픈가 봐."

재성이 은우의 얼굴을 자세히 들여다보자 그녀가 손사래를 치며 가방을 들었다.

"아니에요, 그런 거. 집에 일이 좀 있어서요. 그럼 저 가 볼게요."

재진만이 알고 있을 일이 무엇일지 긴장이 되었지만 그녀는 가까스로 심신을 다스렸다.

"데려다 줄까요?"

"아니에요. 어디 들를 데가 있어요. 진건아, 내일 봐."

애써 웃으며 집을 나선 은우는 한없이 가라앉은 무거운 마음으로 엘리베이터에 올랐다. 도대체 무슨 일일까 감도 잡히지 않아 답답한 마음에 한숨을 푹 내쉬는데, 어느새 1층에 도착한 금속 문이 스르륵 열렸다.

"……재진 씨."

조심스럽게 엘리베이터에서 내린 은우는 떨리는 마음을 가라앉히며 어느 정도 거리를 두고 마주 섰다. 그가 말없이 가만히 바라만 보자 불안감은 더욱 증폭되었다.

"하아."

그가 내쉰 짧은 숨의 무게가 어쩐지 무겁게 느껴졌다. 바라보는 시선이 너무 애틋해 괜히 눈물이 나오려 했다.

"아……, 그러니까……."

물어보기가 무서웠다. 오늘 무슨 일이 있었던 거냐고 물어보기가 겁이 났다. 말을 제대로 잇지 못한 은우가 고개를 푹 숙이는데, 나직한 그의 음성이 울려 퍼졌다.

"하아, 오늘 정말 힘들었는데…… 얼굴 보니까 살 거 같네."

고개를 든 은우의 뺨 위로 눈물 한 방울이 또르르 굴러 떨어졌다.

"……안아 줘."

은우는 울음이 터져 나올 것 같아 입술을 깨물었다. 처연하게 바라보는 그의 눈에 물기가 고였다.

"안아 줘, ……은우야."

은우는 그와 함께 나란히 벤치에 앉아 바라보는 한강이 오늘따라 참 쓸쓸해 보여 쓴웃음이 나왔다. 불빛에 반짝거리며 일렁이는 물결이 마냥 아름다워 보여야 할 텐데 그렇지 못해 가슴이 아팠다.

은우는 어쩐지 또 콧날이 시큰해져 고개를 숙였다.

안아 달라는 그를 꼭 껴안아 주는데, 그가 내뱉는 숨결 하나조차도 너무 버거워 보여 아무런 말도 할 수 없었다. 말없이 그가 이끄는 대로 차에 올라 도착한 곳은 한강이었고, 그가 뭔가 긴히 할 말이 있다는 건 느낌으로 알 수 있어서 너무도 떨려왔다.

뭔지 모를 그 엄청난 일의 발단이 주희인 거라면, 그런 거라면 어떻게 해야 하는지. 그에게 오해를 받을까 봐 무서운 것보다도, 그로 인해 그가 받을 상처가 더 걱정이 되어 가슴이 아릿했다.

"언젠가 이런 날이 올지도 모르겠다고 생각은 했었어. ······ 세상에 비밀은 없으니까."

한참을 말없이 한강만 바라보던 그의 입술이 어렵게 열렸다. 은우는 긴장된 마음으로 손을 꽉 맞잡았다.

"나는 널 놓치고 싶지 않았고, 그렇다면 언젠가는 네게도 말을 해야 한다는 건 알고 있었지만, ······사실 두렵기도 했었어. 세상의 시선이 아직까지는 너무 냉정하다는 걸 알기에 두렵기도 했어. 내 가족조차도, 나조차도 재성일 백 퍼센트 이해

하지 못하는데 타인은 오죽할까. 이런 사실들을 알게 됐을 때 너도, 네 가족들도 손가락질을 하지는 않을까. 다름을 틀렸다고 하면 어떡하나. 내 동생인데, 그래도 내 동생인데······."

그의 목소리가 가늘게 떨려왔다.

"재성인······ 나와는 조금 달라. 그래서······ 이혼도 하게 된 거야. 하필이면 결혼을 코앞에 두고, 하필이면 진건이가 이미 생겼을 때······, 성 정체성에 혼란이 온 거야."

가만히 듣고 있던 은우의 동공이 동요하듯 일렁였다. 전혀 상상하지도 못했던 사실에 가슴이 다 두근거렸다.

"제수씨의 충격은 어마어마했고, 그 충격으로 진건이조차 부정했지. 진건이가 재성일 닮아서 무섭다고도 했어. 진건이도 그러면 어떻게 하냐고. 진건이가 그런 것까지 아빠를 닮았으면 어떻게 하냐고. 두 번이나 겪을 자신이 없다고, 뒤도 돌아보지 않고 진건일 떠났어."

은우는 해맑게 웃던 진건이 떠올라 두 손으로 입을 막았다.

그 어린아이가 무슨 죄라고, 무슨 죄가 있다고.

"처음엔 나도 재성일 믿지 않았지. 제수씨 말밖에 들리지 않았어. 그 일로 아버지가 뇌출혈로 쓰러지신 거고, 재성이가 파주에 내려가도 아버지는 재성일 잘 알아보지 못해서. 그런 아버지를 보면서 재성이는 밤마다 숨죽여 혼자 울곤 했어. 잊고 싶은가 보다고. 작은아들이 그런 미친놈이라는 걸 잊고 싶은가 보다고. 그래서 기억을 못 하는 게 아니라, 안 하시는가 보다고."

막고 있는 손가락을 비집고 울음이 새어 나오며 은우의 어깨가 들썩였다.

"꽤 많은 시간이 흐른 후에야 재성이의 진심이 들여다보였어. 그제야 그의 말에 귀를 기울였고, 이혼 과정에서 오해가 있었다는 걸 알게 됐지. 제수씨가 얼마나 놀랐을지, 얼마나 충격을 받았을지 이해하면서도 한편으로는 밉기도 했지만, 사실 그런 원망 같은 거 할 자격이 없었어. 나 역시도 처음엔 재성이 말을…… 들어주지 않았으니까. 재성이가 바라는 건 딱 하나였어. 이 비밀이 평생 유지될 수는 없겠지만 진건이가 클 때까지만, 성인이 될 때까지만 지켜지기를 늘 소원했어. 그런데 오늘……."

짙은 한숨을 내뱉은 그가 고개를 숙이며 얼굴을 문질렀다.

"연예부 기자들과 대면할 때마다 그들이 공통적으로 하는 얘기가 있지. 국민들의 사랑으로 돈 벌어 먹고 사는 공인이니, 그들의 사생활을 알권리가 국민에게 있다. 우리는 그 알권리를 위해 뛰어다닐 뿐이다. 차민석을 쫓는 과정에서…… 연예인도 아닌 재성이의 사생활이 처음 파헤쳐진 게 송주희 기자로부터 시작되었다는 사실을 오늘 알게 됐어. 당황스럽고, 화가 머리끝까지 뻗치기를 수없이 반복했지. 말도 안 된다는 걸 알면서도 이상한 생각도 들었지. 모든 게 다 처음부터 계획된 건 아니었을까, 내가 널 만난 건 운명이 아니라 철저한 계획에 의해서가 아니었을까."

그가 아직도 입을 막고 울고 있는 은우를 넌지시 바라보았다.

"그런데 은우야. 그 수많은 고민 끝에 남는 건…… 결국 하나더라. 나는 너 없인 안 된다는 거."

은우의 어깨를 감싸 끌어당긴 그가 눈꺼풀을 내려뜨리며 토닥였다.

"이 모든 사태에 대한 원망을 할 대상이 필요하지만, 그게 너는 아니라는 걸 알아. 나는 널 믿으니까. ……온종일 연락되지 않아 가슴 졸였을 텐데 미안해."

"……."

"아닌 걸 알면서도 시간이 좀 필요했어. 온전한 믿음과 사랑으로 널 마주하고 싶었으니까."

결국 그의 너른 품에 안겨 눈물이 왈칵 쏟아져 버린 은우는 아이처럼 소리 내어 엉엉 울었다.

"미안해. 그냥 내가 다 미안해. ……사랑해. 네 곁에…… 머물고 싶어. 너와 함께하는 세상에서…… 머물고 싶어."

기훈은 눈이 통통 부은 채로 들어서는 은우의 얼굴을 보고는 주방으로 향하던 걸음을 멈췄다.

"뭐야."

기훈의 표정이 살벌하게 굳어졌다.

"아, 영화를 하나 봤는데 너무 슬퍼서……."

"나는 지금 네 거짓말을 들으려고 물어본 게 아니야."

"……별일 아니야."

"뭐냐고 물었어."

"그냥 모른 척 좀 해 주면 안 돼?"

은우의 목소리에 떨림이 묻어났다.

"그냥 모른 척 좀 해 줘. 나도 기분 안 좋을 때가 있는 거잖아. 나도 슬플 수 있는 거잖아. 나도 말하고 싶지 않은 게 있을 수 있는……."

"그럼 내 눈에 띄지를 말든지. 무슨 일 있었다는 티를 이렇게 꽉꽉 내는 얼굴로 들어왔으면서 모른 척을 하라고? 야, 이 계집애야. 내가 그럴 수 있을 거라고 생각해? 나는 네가 사레가 걸려서 눈물이 찔끔 나오는 것만 봐도!"

언성이 높아진 기훈이 잠시 숨을 골랐다.

"억장이 무너져, 이 계집애야."

애써 참고 있던 울음이 또 터져 버린 은우는 기훈의 가슴팍에 얼굴을 묻고 펑펑 눈물을 쏟아 냈다. 속상함에 한숨만 내쉬며 은우를 토닥여 주던 기훈은 그녀가 좀 진정되고 나서야 마주 앉았다.

"얘기해."

하지만 은우의 입술이 쉬이 열리지 않았다. 아무리 오빠라 해도 남의 아픈 부분을, 재성이 그토록 감추고 싶어 하는 비밀을 말한다는 게 내키지가 않았다.

"진건이 아빠 때문이야?"

은우는 갑작스러운 예리한 질문에 움찔했다.

"그게 뭔가 문제가 된 거야?"

"……."

"하아, 시팔."

기훈은 다소 신경질적으로 머리칼을 쓸어 넘겼다.

그날 우연찮게 재성의 비밀을 알게 된 이후 며칠 동안 수없이 고민을 했다. 성 소수자를 실제로 만나본 적이 없어서 무척이나 당황스러웠고, 아무것도 모르는 은우가 언젠가 알게 됐을 때 얼마나 놀랄지 걱정도 되었다.

무엇보다도 언젠가 이 비밀이 본의 아니게 드러나게 될 경우, 당사자는 물론 가족들이 받아야 할 타인의 불편한 시선들, 재진과 함께한다면 은우 또한 그 모든 걸 겪어야 한다는 게 마음에 걸려 고민이 깊어졌다. 자신 역시 우연찮게 그의 비밀을 알게 됐듯이, 다른 그 누구도 이런 일이 없을 거라는 보장은 할 수 없으니까.

한데 사랑이라니까, 재진만 곁에 있으면 무엇이든 견뎌 낼 수 있다는 동생을 말려 봤자 소용없을 걸 아니까, 차라리 영원히 모르고 지나가길 바랐다.

"어떻게 알게 됐냐고 묻지 마. 어떻게 다 알게 됐으니까. 오늘 무슨 일이 있었는지 얘기해. 너 혼자 끙끙 앓고 지나갈 문제 아니야."

"……."

"은우야."

"……나도 오빠가 알고 있는 그 부분을 알게 됐을 뿐이야. 주희가 차민석의 특종을 캐는 과정에서 재성 씨의 사적인 부분까지 드러났고, 그걸 빌미로 신문사 부장이라는 사람이 딜을 걸어왔나 봐."

"하아, 시팔. 뭔가 복잡하게 돌아가네. 딜의 내용이 뭔데."

"그건 잘 모르겠어. 확인해야 할 게 있다고 했거든. 속이는 것 없이 모두 다 얘기해 줄 테니 조금만 기다려 달라고 했어. 그런데 오빠, 나는 그 무엇보다도 진건이가 걱정이야. 정말 혹시라도 진건이가 알게 될까 봐. 어른들도 받아들이기 힘든 이 비밀을 여섯 살배기가 무슨 수로 감당을 해."

진건을 생각하며 또다시 눈시울을 붉히는 은우를 바라보며 기훈의 표정도 묵직하게 가라앉았다.

세상살이 참, 쉬운 게 하나 없다.

**

"오랜만에 본다, 너."

주희는 어렸을 때부터 봐와서 허물없이 지내는 기훈을 향해 알은척을 하며 자리에 앉았다. 엊저녁 갑작스레 기훈에게 전화가 왔고, 오늘 점심에 잠깐 보자는 내용이었다. 은우의 일이라면 만사 제쳐놓고 달려온다는 걸 알고 있었기에, 그가 오늘 찾아온 용건을 알 수 있었다.

"미안해요, 오빠. 나 때문에……."

"주희야, 너는 그 일을 왜 하는 거냐."

주희는 뭔가 뒤통수를 얻어맞은 것 같은 그의 질문에 아무런 말도 하지 못했다.

"네 직업을 폄하하려는 것은 아니다만, 연예인들이 무슨 동네북도 아니고 꼭 그렇게까지 사생활을 파헤쳤어야 했냐. 차민석이 성 소수자라는 걸 알았을 때 그냥 덮었어야지, 더 파고들지 말고."

"……."

"네 의도와 다르게 일이 커졌다는 건 알아. 너도 마음이 좋지는 않겠지. 다만 궁금했다. 네가 기자가 된 이유가 뭔지. 단지 연예인들 가십거리를 제공하기 위해서였는지. 결국 벌어진 이 사태들을 보면서 어떤 생각을 하고 있는지 궁금했어."

주희는 그렇지 않아도 이번 일로 직업에 대해 회의감이 들던 차였다. 과연 무엇을 위해 취재를 하는 걸까. 국민의 알권리라고 외쳐 대지만 실은 제 밥그릇 챙기기 바쁜 거잖아. 저들의 비밀을 캐내고 싶은 거잖아. 숨기고 싶어 하는 걸 알아냈을 때의 그 짜릿한 쾌감이 좋은 거잖아.

"하아. 그래, 사실 나도 오지랖이지. 네게 이래라저래라 할

권리 따위 없으니까. 그럼 오늘 널 보자고 한 용건부터 말할게. 그 부장이 어떤 딜을 걸었는지 너는 알지?"

주희는 말없이 고개를 끄덕였다. 특종과 특종을 맞바꾸는 딜을 거는 건 신문사에서는 흔한 일이기 때문에 그리 어렵지 않게 딜의 내용을 알 수 있었다. 부장은 왜 이런 대단한 특종을 그냥 묻어 두려 한 거냐고 훈계까지 했으니까.

주희는 차분하게 거래 내용을 기훈에게 얘기했다. 그의 입에서 욕지거리가 토해지자 주희는 더욱 고개를 푹 숙였다.

"너무들 하네, 진짜. 없는 일도 만들면서까지 특종을 꼭 터트려야 해? 그게 기자야?"

"면목이 없어요."

"하! 말이 거래지 협박이나 마찬가지잖아. 류 대표님 입장에서는 당연히 들어줄 수밖에 없는 요구조건이잖아. 차민석도 차민석이지만 자기 동생이 연관된 일인데, 여섯 살짜리 조카가 알게 될지도 모르는데 들어줄 수밖에 없는 거잖아. 그럼 우리 은우는?"

"……."

"이하영과 류 대표의 거짓 스캔들이 터지면, 우리 은우는?"

"죄송해요. 정말 은우에게는 피해가 가지 않길 바랐는데."

"하아. 진짜 욕 나오네."

주희는 어제 은우와 통화를 하고 죄스러운 마음에 사직서를 써서 출근하긴 했는데, 차마 내놓지를 못하고 있던 스스로가 부끄러워 더욱 고개를 떨어뜨렸다.

"정말 죄송해요. 죄송해요."

자신이 시발점이 되어 벌어진 일들을 이제 와 돌이킬 수는 없겠지만, 사직함으로써 이렇게라도 사죄를 하고 싶었다.

주희는 기훈이 했던 질문을 다시금 되새겼다.

자신이 기자가 된 이유가 무엇인지, 왜 이 일을 하고 있는지에 대해 진지한 고민이 필요했다.

**

재진은 노크 소리와 함께 민석이 들어서자, 한숨도 못 자서 까칠해진 얼굴로 몸을 일으켰다. 언제나 그렇듯 살갑게 인사를 하는 민석을 보자니 마음이 더 착잡해졌지만 확인이 필요했다.

[당장 결정할 수 있는 사안이 아닙니다.]

[차민석에게 확인이 필요하시다면 그렇게 하세요. 하지만 명백한 사실입니다. 그가 게이란 건. 고민의 시간이 너무 길지 않았으면 좋겠네요. 다시 연락드리죠.]

"피곤할 텐데 일부러 불러내서 미안하다."

"무슨 그런 말씀을요. 우리 사이에."

민석과 소파에 마주 앉은 재진은 손을 깍지 껴잡으며 물끄러미 그를 응시했다.

"무슨 일 있어요? 그렇게 쳐다보니까 갑자기 긴장되네."

"……민석아."

"예, 말씀하세요."

"왜 나한테 얘기하지 않았어?"

"무슨……."

말끝을 흐린 민석의 표정이 서서히 굳어졌다. 재진은 혹시나 하던 작은 기대가 와르르 무너져 깊게 숨을 들이마셨다 내쉬었다.

"나한테는 얘기를 했어야지."

"……어떤 놈이 냄새를 맡았나 보네요. 그렇게 조심을 한다고 했는데도."

민석은 면이 없다는 듯 고개를 숙였다.

"죄송해요. 쉽지가 않았어요. 아무리 대표님이라도 쉽지가 않았어요. 나를 이렇게나 신임하고 있는 대표님을 실망시켜 드리고 싶지 않았어요. 이 좋던 우리 관계가 어색해질까 봐 무서웠어요."

재진은 지끈대는 두통에 슬쩍 눈을 감았다.

사실 지금 중요한 건 이게 아니다. 왜 숨겼냐고 따져 물을 때가 아니다.

"어디서 냄새를 맡은 건가요? 뭘 요구하던가요?"

"……문제는 그뿐만이 아니야."

눈꺼풀을 들어 올린 재진이 어렵게 입을 열었다.

"너는 당연히 알고 있겠지. 재성이 비밀. The Catch에서 그것까지 파헤쳐서 딜을 걸어왔어. ……재성이랑 너, 정말 그런 사이야? 아니지?"

민석이 쓸쓸하게 웃으며 고개를 저었다.

"이래서 숨기게 되는 거예요, 이래서. 우리 같은 놈들은 무조건 다 붙어 먹는 줄 알죠. 섹스에 환장한 줄 알죠. 그래서 더럽다고 하죠. 류 실장님이랑 저는 친굽니다. 서로 고충 들어주는 편안한 친구. 좋은 형, 좋은 동생 그 이상도 이하도 아니에요. 사실 나는 류 실장님이 얘기하기 전에 진즉 알고 있었어요. 나와 같은 사람일 거라는 거. 아예 한 번도 관심이 없었다면 거짓말이겠죠. 남녀노소 불문하고 류 실장님 싫어할 사람이 누가 있겠어요. 그런데 미리 딱 선을 긋더라고요. 자기한테는 진건이밖에 없다고, 평생 외롭게 살다 가야 한대도 비밀을 지킬 수만 있다면 그렇게 할 거라고. 나는 너와 마음을 나누는 진정한 친구로 오래 가고 싶다고 선을 긋더라고요."

"……."

"대표님. 류 실장님은 내가 좋아하는 형이에요. 그뿐입니다. 그 새끼들이 온갖 소설을 써댄 대도 진실은 그겁니다. 그러니까 얘기해 줘요. 모두 다 빠짐없이. 요구하는 게 뭔지 모두 다 나한테 얘기해요. 결국 그들의 타깃은 나잖아요."

복잡한 심경으로 민석을 바라보던 재진이 한숨을 내쉬듯 나직이 얘기했다.

"……나와 이하영의 스캔들과 맞바꾸자고 딜을 걸어왔어."

"하!"

선한 인상에 어울리지 않는 욕지거리가 토해졌다. 민석이 쓰고 있던 야구 모자를 벗어 던졌다.

"또 소설들 쓰고 있네요. 쓰레기 같은 새끼들. 하지만 대표님, 그들이 원하는 대로 요구조건을 들어줘서는 안 됩니다. 하영이를 무슨 수로 설득하실 겁니까? 더군다나 대표님과 하영이 사이가 썩 좋지도 않은데, 난데없는 열애설이라뇨? 게다가 하영이 역시 데미지가 클 겁니다. 소속사 대표와 여배우의 스캔들을 두고 어떻게 떠들어 댈지 뻔해요. 하영인 순식간에 성상납이나 하는 창녀 취급을 당할 겁니다. 그런 피해를 입히면서까지 하영일 끌어들여서는 안 됩니다. 또, 은우 씨는 어쩌고요?"

은우의 이름이 거론되자 재진의 낯빛이 더욱 어두워졌다.

"아무리 가짜라 해도, 아무리 눈가림용이라고 해도 은우 씨가 받을 상처 역시 클 겁니다. 저 아닌 다른 여자와 밥을 먹고, 영화를 보고, 쇼윈도 커플 연기를 해야 하는데 마음 좋을 여자가 누가 있겠어요. 하영이와 스캔들이 나는 동안은 은우 씨 만나기도 힘들 겁니다. 그러다 자칫 파파라치에게 걸리기라도 하면 더 골치 아파지니까요. 하영일 두고 바람피우는 천하의 몹쓸 놈으로 낙인찍힐 겁니다, 대표님이. 은우 씨는 멀쩡한 연인 사이 갈라놓은 천하의 몹쓸 여자가 될 거고요."

골똘히 생각에 잠겨 있던 민석은 어렵사리 입을 열었다.

"차라리 정공법으로 가는 건…… 어떨까요? 제가…… 커밍아웃을 하겠습니다."

"그건 안 돼. 자살 행위나 다름없어."

"압니다. 자살 행위란 거. 하지만 그들도 놀라겠죠. 제가 커밍아웃을 할 거라고는 전혀 상상도 못 하고 있을 테니까요. 그래서 느끼는 바가 있겠죠. 자신들이 지금 무슨 짓을 하고 있는 건지, 기자로서의 자격이 있는지, 적어도 인간이라면 그런 깨달음 정도는 얻을 거라 생각합니다. 더 이상은 저 같은 피해자가 나오지 않아야겠죠."

"민석아."

"사실 혼자 수많은 밤을 죄책감에 시달리며 보냈어요. 과분한 사랑 주시는 많은 팬분들을 속이고 있다는 사실에 괴롭기도 했죠. 사랑하는 연기를 하고, 잘했다고 상도 주는데, 사실 저는 완벽한 극중 인물이 될 수가 없는 거잖아요. ……여자를 사랑할 수 없으니까."

"……."

"나는 그저 완벽한 연기를 하고 있을 뿐인 거죠. 그 인물과 혼연일체가 되는 게 아닌, 차민석이 그 인물을 완벽하게 연기를 하고 있을 뿐인 거죠. 그래서 제 연기는 모두 가짜인 겁니다. 감정이 가짜니까요. 그런데도 잘했다고 상을 주고, 웃으며 감사히 받고, 또 가짜 연기를 하고……. 그래서 실은 사죄하는 마음으로 무리하게 팬 사인회 같은 일정을 자처해서 잡은 겁니다. 그렇게라도 사죄하고 싶어서, 그렇게라도 팬들의 사랑에 보답하고 싶어서."

재진은 끝없이 가라앉은 마음에 말을 잇지 못했다. 그간 자신은 몰랐던 민석의 깊은 고민이 여실히 느껴져 어떤 말도 할 수가 없었다. 혼자 얼마나 고민했을지, 얼마나 혼란스러웠을지, 얼마나 회의감이 들었을지.

"하루에도 수십 번씩 고민을 했었어요. 그냥 다 밝혀 버릴까. 아니면 그냥 다 놓아 버리고 아무도 나를 모르는 조용한 곳에 가서 마음 편히 살까. 언제 걸릴까 노심초사하지 말고 차라리 그럴까. 한데 결국은 팬들의 차가운 시선이 두려워 접고는 했죠. 이 많은 부와 명예를 놓치기 싫어서 접고는 했는데, 지금이 그때인 거 같아요."

민석은 초연한 얼굴로 덤덤하게 말을 이었다.

"죄송합니다. 많이 놀라셨을 텐데. 저 때문에 괜한 류 실장님까지 거론되고 면목이 없습니다. 하지만 류 실장님까지 건드리지는 못합니다. 연예인도 아닌 일반인의 사생활을 오픈한다는 건 그들에게도 자살 행위나 다름없기 때문에 절대적으로 드러날 일은 없습니다. 결국 그들의 목표는 특종이었고, 유리하게 딜을 이끌어 내기 위해 대표님의 아킬레스를 건드린 것뿐이에요. 뻔히 보이는 수에 넘어갈 필요는 없어요. 다만 저로 인해 회사가 입을 막대한 피해가 죄송할 따름입니다."

재진은 자책하며 고개를 숙이는 민석의 어깨를 두드렸다.

사실 네가 무슨 죄일까. 그러고 싶어 그런 것도 아닌데 네가 무슨 죄일까. 조용히 살고 싶어 쉬쉬하는 걸 아프게 헤집어 끄집어내는 사람들은 따로 있는데.

"너도 많이 힘들었겠구나."

재진의 그 한마디에 민석의 눈이 습해졌다. 재진은 여전히 뻥 뚫리지 않은 꽉 막힌 가슴에 답답함을 느끼며 눈꺼풀을 내려뜨렸다.

민석이도 이제 스물여섯인데. 재성이보다도 여섯 살이 어린데. 은우와 동갑인데. 아무렇지 않은 척 담담해도 얼마나 무섭고 힘이 들까.

도대체 뭐가 정답인지 모르겠다. 나이 서른넷을 먹었는데도 세상 살아가는데 뭐가 정답이고 오답인지 알 수가 없다.

그냥 불현듯 은우가 보고 싶다.

"어떡해요?"

은우의 집 앞에 도착한 재진은 걱정 한가득인 얼굴로 내릴 생각을 않는 그녀를 토닥이며 위로했다. 이 모든 사건의 전말을 얘기해야 한다는 게 쉽지는 않았지만 속이고 싶지 않았고, 속일 수도 없는 문제였다. 딜의 내용이 무엇인지를 들은 은우는 당혹감을 감추지 못했고, 민석이 커밍아웃하는 걸로 마무리를 짓자고 한다는 얘기를 들은 후에는 손까지 바들바들 떨며 걱정을 했다.

"타격이 클 거예요. 다시는 연기를 할 수 없을지도 몰라요."

"……그럴 수도 있겠지."

"정말 나쁜 사람들이에요. 주희가 기자라서 이런 얘기까지는 하고 싶지 않았는데, 정말 나쁜 사람들이에요. 특종이 뭐기에, 도대체 그게 뭐라고 이렇게까지……."

은우는 진심으로 근심 가득한 얼굴로 연거푸 한숨을 내쉬었다. 차민석이 커밍아웃을 해 버리면 그 기사에 어떤 댓글들이 달릴지 예상이 되었다. 안티 하나 없는 깨끗한 연예인에서 순식간에 더러운 개새끼로 전락될 거다. 차마 입에 담을 수 없는 수많은 욕들이 난무하겠지.

"결국은 민석 씨가 혼자 다 끌어안고 가겠다는 건데. 하아. 어떡해요, 진짜."

재진은 저 역시 마음이 무겁기는 이루 말로 다 할 수가 없어 침묵을 고수했다. 민석의 뜻대로 하게 된다면, 그녀의 말마따나 결국은 그 혼자 총대를 멘 채 전쟁터에 내보내는 꼴이니 마음이 좋을 리가 없었다.

게다가 소속사 대표로서 돈 문제도 생각하지 않을 수가 없는 게 현실이었다. 차민석을 상대로 여기저기서 손해배상 청구가 들어올 거다. 그동안 민석이 벌어들인 그 많은 수입들이 순식간에 날아갈지도 몰랐다. 회사 역시 휘청하겠지.

재진은 여전히 골치가 아파 짧게 한숨을 내쉬는데, 은우가 그의 손을 살며시 잡았다.

"재진 씨. 그냥…… 요구를 들어주는 건 안 될까요? 그 사람들 뜻대로 움직여 준다는 게 너무 억울하지만, 그래도 그게 가장 피해를 덜 보는 방법 같아요. 혹시 나 때문이라면, 난 괜찮아요. 재진 씨가 진짜 사랑하는 사람이 나인 거 아니까, 난 괜찮아요. 하영 씨만 설득할 수 있다면 나는 괜찮아요."

재진은 은우가 어떤 마음으로 이런 얘기를 하는지가 전해져 고마웠지만 고개를 내저었다.

이렇다 할 결론을 내리지 못한 채 일단 민석을 보내고 여전히 고민에 빠져 있는데, 기훈에게 연락이 왔었다. 느낌으로 재성이 문제일 거라 생각은 했지만, 그가 은우보다 먼저 알고 있었을 줄은 몰랐다.

[은우한테 들어서 알게 된 게 아니라, 축구하던 날 우연찮게 먼저 알게 된 겁니다. 당혹스런 마음에 경황이 없었겠지만, 주차장에서 그런 긴밀한 대화를 나눈 건 좀 경솔하셨지 싶습니다. 그때 화장실에 저만 있었으니 다행이지, 다른 누군가가 들었더라면 어쩔 뻔했습니까. 그렇게 숨기고 싶어 하는 비밀인데.]

[죄송합니다. 여러모로 심려를 끼쳤습니다.]

[사과 들으려고 뵙자고 한 건 아니고요. 제가 사실 혼자 먼저 알게 됐을 때 많은 고민을 했습니다. 그만뒀으면…… 하는 마음도 있었던 게 사실입니다. 내 동생 아픈 게 먼저이다 보

니까, 언젠가 이런 날이 온다면 은우가 다칠 게 걱정이 되어 그런 마음을 먹었었습니다. 이제는 행복한 일만 남았기를 바랐거든요. 은우가 우는 얼굴 더는 보고 싶지 않았거든요. 그런데 은우가 그 어떤 일도 류 대표님만 곁에 있으면 견딜 수 있다더군요. 그렇다면 차라리 아예 모르고 지나가길 바랐습니다. 영원한 비밀로 남기를 바랐습니다. ……굳이 저까지 거들지 않아도 이미 충분히 고민되시고 심신이 지치셨을 줄 압니다. 할 말이 너무 많지만 아끼겠습니다. 그저 부디 원만하게 해결되길 바랄 뿐입니다. 그래야 은우가 상처받지 않을 테니까. 그래야 그 꼬맹이도 상처받지 않을 테니까.]

재진은 사실 하영이와의 스캔들이 터질까 봐 염려가 되어 온 기훈의 마음을 알았다. 오빠로서 당연한 걱정이었다. 오히려 재성의 비밀을 먼저 알았음에도 함구하고 지켜봐 준 그의 진중함에 고마운 마음이 들었다. 생각보다 더 괜찮은 사람이란 생각이 들었다.

"나는 정말 괜찮으니까……."

"괜찮지 않을 거야. 괜찮을 수가 없어. 무엇보다 내가 자신이 없어. 너 아닌 다른 여자를 보면서 웃고 떠들 자신이 없어."

"하지만……."

"내가 얘기했었잖아. 난 끼가 없어서 연예인을 못 했다고. 설마 내 발연기가 궁금한 건가?"

그의 가벼운 농에 은우의 표정이 살짝 풀렸다. 재진은 은우의 어깨를 끌어당겨 토닥였다.

"너무 걱정하지 마. 모든 게 다 잘 해결될 거라 믿고 싶어. 그렇다고 해 줘."

"……응. 그래요. 다 잘 될 거라 믿어요."

"좋네. 그리 말해 주니까 기운이 나. 참, 오늘 고마웠어. 재성이한테…… 평소와 다름없이 웃어 줘서."

"……당연한 거잖아요. 재성 씨는 그저 다를 뿐이지, 틀린 게 아니니까요."

그의 품에 얼굴을 파묻은 은우는 가만히 그의 심장 소리에 귀를 기울였다.

"쿵쾅……, 쿵쾅……, 이렇게 뛰어요. 재진 씨 심장이. 난 이 소리가 너무 좋아요. 재진 씨 마음이 고스란히 다 느껴지는 거 같거든요. 굳이 말하지 않아도, 그냥 다 느껴져요."

품에서 얼굴을 떼어 낸 그녀가 가만히 그를 들여다보았다.

"하루 사이에 얼굴이 다 해쓱해진 거 알아요?"

"그런가."

"……속상해."

"미안해."

"왜 재진 씨가 미안해요? 미안한 건 오히려 나인데……."

은우는 어쨌든 친구인 주희로부터 모든 일들이 시작되었으니, 사실 그를 볼 낯이 없었다. 아무 일 없을 거라고 해 놓고는, 피해 끼치는 일 없을 거라고 해 놓고는 결국은 일이 벌어졌으니까.

"주희도 많이 반성하고 미안해하고 있어요. 사직서 냈다고 하더라고요. 그걸로 마음이 다 풀어지지는 않겠지만……."

재진은 은우의 마음고생이 고스란히 느껴져 그녀의 머리칼을 풀썩였다. 친구인 주희를 마냥 미워할 수만도 없을 테니, 그녀도 중간에서 속이 말이 아닐 거다.

그는 은우의 뺨을 감싸 쥐며 천천히 고개를 숙여 입술을 빨아 물었다. 더없이 부드럽게 그녀의 입안 점막 구석구석을 탐하던 그가 입술을 떼며 희미하게 미소를 걸쳤다.

"이 상황에서도 나쁜 생각은 드네. 나 진짜 꼴통인가 보다."

그가 웃는 걸 보고 나서야 비로소 마음이 한결 가벼워진 그녀가 다시금 낮게 속삭였다.

"나는 믿어요. 결국은 모두 웃을 수 있을 거라고."

"그래. 네가 그렇다면 그런 거야."

다시금 서로의 입술을 찾은 연인의 키스는 오랫동안 이어졌다.

**

재성은 모두 다 퇴근하고 아무도 없는 사무실에 혼자 앉아 생각에 잠겼다. 이마를 짚고 있는 그의 손이 가늘게 떨렸다.

〈타깃〉 판권 문제로 대물 작가와 연락을 하기 위해 아침부터 출판사를 직접 다녀오는 길이었다. 출판사 측에서는 작가의 동의 없이 연락처를 가르쳐 줄 수 없다며 일단 먼저 통화를 해 보겠다고 했지만, 연락이 닿지 않았다. 현재 연재를 하고 있는 사이트 측에도 문의를 해 보았지만 같은 답변을 받았다. 해서 어쩔 수 없이 출판사에 명함 한 장을 건네고 작가와 연락이 닿는 대로 바로 연결해 달라는 부탁을 하고 돌아왔는데, 주차장에 세워져 있는 민석의 밴을 발견했다. 이 시간에 왜 그가 여기 있는지 의아했다.

민석을 기다리며 혼자 담배를 피우고 있는 매니저에게 다가가 무슨 일이냐고 묻자, 대표님의 호출을 받고 급히 온 거라 용건은 모른다고 했었다.

직감적으로 좋은 일이 아닐 거라는 생각이 들었다. 바로 사무실로 올라가려다 일부러 민석을 기다렸다. 30여 분이나 지나서야 모습을 드러낸 민석의 표정은 물먹은 솜뭉치처럼 무거워 보였다.

[무슨 일이야?]

갑작스런 그의 등장에 소스라치게 놀란 민석이 눈을 제대로 맞추지 못했다. 고운 심성만큼이나 거짓말도 잘 못 하는 녀석이었다.

[말해. 무슨 일인지.]

매니저가 눈치껏 자리를 피해 주었고, 민석과 함께 밴에 올라 한참을 실랑이 끝에 이유를 알아냈다.

사지가 벌벌 떨려왔다. 입술이 바짝 마르고, 목이 다 타들어 갈 것 같은 갈증이 찾아왔다. 민석은 고개를 숙이며 미안하다는 말만 반복했다.

"하아."

한숨을 토해 내며 자리를 뜰 줄 모르던 재성은 집에서 전화가 오자 침착하게 받았다.

-아빠! 언제 와?

진건의 음성을 듣자마자 눈물이 차오른 재성은 바로 말을 잇지 못하고 마음을 추슬렀다.

과연 언제까지 이 비밀이 유지될 수 있을까. 한 명, 한 명 점점 더 비밀을 알아 버린 사람들이 늘어나는데, 이대로 진건을 곁에 두는 게 옳은 것일까. 아빠라는 존재가 시한폭탄이 되어 아들의 숨통을 조이고 있는 건 아닐까.

-아빠?

"……응."

-언제 와? 오늘도 늦게 올 거야?

"아니야. 지금 갈 거야."

-알았어, 빨리 와. 진건이가 기다릴게.

"……응."

통화를 끝낸 재성은 천천히 몸을 일으켰다. 아무래도 승연을 한 번 만나봐야 할 것 같다.

"진건아."

재성은 진건을 재우기 위해 침대 위에 눕히며 작은 손을 잡아 쓰다듬었다.

"엄마…… 보고 싶지?"

한 번도 먼저 물어보지 않았던 아빠의 낯선 행동 때문인지, 진건이 뭔가 생각을 하는 듯 입을 꾹 다물었다.

재성은 제 눈치를 보며 바로 대답을 하지 않는 진건의 모습에, 그동안 자신이 암묵적으로 엄마 얘기를 꺼내지 말라고 강요를 했던 건 아닐까 싶어 가슴이 저려왔다.

"괜찮아. 솔직하게 말해도 돼. 진건이가 엄마가 보고 싶은 건 당연한 거야."

"……"

"엄마…… 만나게 해 줄게."

진건의 새카만 눈동자가 미세하게 일렁였다.

"만나게 해 줄게. ……만나게 해 줄게."

여전히 꾹 닫혀 있던 진건의 입술이 조심스럽게 열렸다.

"……정말?"

정말이냐고 되묻는 그 한 마디에, 재성은 또 눈시울이 시큰거리는 걸 억지로 참았다.

보고 싶겠지. 얼마나 보고 싶었을까, 그동안.

"……응. 만나게 해 줄게."

~21~

"오랜만이야."

재성은 2년 전 법원 앞에서 헤어진 이후 처음으로 만나는 승연을 애달프게 바라보았다. 전화를 해 보았지만 연결이 되지 않았고, 집으로 찾아가겠다는 메시지를 보내고 나서야 통화가 되었지만 만나고 싶지 않다는 말이 돌아왔다. 하지만 이대로 포기할 수가 없어 무작정 승연의 친정이 있는 인천으로 향했고, 그마저도 당당히 벨을 누를 수가 없어서 한 시간을 넘게 대문 앞에서 기다리고 나서야 집에서 나오는 승연과 마주할 수 있었다.

오늘 승연을 만나는 건 아직 재진에게는 말하지 않았다. 미리 말을 했다면 반대를 했을 게 분명하니까. 재진은 어제 밤늦게 얘기를 좀 하자며 이미 민석에게 들어 알고 있는 사실들을 털어놓았다. 수없이 혼자 고민했을 재진이 얼마나 무거운 마음으로 이야기를 꺼냈을 지가 느껴져 너무도 미안했다.

 민석의 커밍아웃을 재진은 반대했지만, 그 기자의 요구를 들어줄 수는 없으니 정면 승부밖에는 방법이 없다는 민석의 말에 그도 동의를 했다. 한 번 들춰진 비밀은 더 이상 비밀이 아니라는 민석의 말에 동의했다. 그래서 더 이상 망설일 시간이 없었다.

 마침 오늘이 토요일이었고, 진건은 유치원에 가지 않았다. 재진에게는 진건을 데리고 파주를 좀 다녀오겠다고 한 터였다.

 엄마를 보러 간다는 생각에 들뜬 진건은 엊저녁 잠을 다 뒤챘고, 토요일이라 차가 밀린 탓에 생각보다도 더 늦게 인천에 도착했을 땐 진건은 잠이 들어 있었다.

 "뭐 하는 거야? 여길 왜 찾아와?"
 "……살이 좀 빠졌네."

 나직한 재성의 음성에 승연은 화가 치밀어 주먹을 꽉 쥐었다.

 "나는 너하고 아무 말도 하고 싶지 않아. 돌아가."

 재성을 지나쳐 가려던 승연은 갑자기 등 뒤에서 들리는 음성에 움찔하며 멈춰 섰다.

 뒤를 돌아보자 그의 손에 들린 휴대폰에서 진건의 네 번째 생일파티 동영상이 플레이되고 있었다.

 네 살 진건이가 배시시 웃으며 승연의 다리에 매달렸다. 그런 진건이 귀엽다는 듯 그녀가 볼을 비볐고, 동영상을 찍으며 흐뭇해하는 재성의 웃는 목소리도 들려왔다.

"지금 뭐 하는 거야?"

승연이 동영상에서 시선을 떼며 물었지만 재성은 말없이 다른 동영상 하나를 더 보여 주었다. 화면 속에는 여섯 개의 초가 꽂힌 케이크와 함께 2년 만에 처음으로 보는, 많이 자란 아들의 모습이 담겨 있었다.

"네 아들이야. 내가 아무리 미워도, 진건인 네 배 아파 낳은 네 아들이야. 진건이 문제로 중요하게 할 얘기가 있어. 30분만, 아니 20분만이라도 시간 좀 내줘. 부탁이야."

"……잊었어? 난 친권 포기했어."

재성은 냉정하게 말하며 서둘러 돌아서는 승연의 손목을 잡아챘다.

"승연아."

"이거 놔. 내 몸에 손대지 말라고 2년 전에도 얘기했어. 나는 아무 말도 듣고 싶지……."

"제발 좀 내 얘길 들어봐! 이제는 들어줄 때도 됐잖아!"

손목을 쥔 재성의 손에 힘이 들어갔다. 갑작스런 고함에 놀란 승연이 입을 다물었다.

"나는 맹세코 널 기만한 적이 없어. 네가 생각하는 것처럼 내가 내 성 정체성을 미리 알고 있었으면서도 너와 양다리를 걸치며 연애를 하고 결혼을 하는 그런 일이 가능할 거라고 생각해? 우리 스무 살 때 만나서 오롯이 20대를 함께했어. 네 남편이 그런 놈인지 아닌지 정도는 알 수 있는 시간이잖아. 가장 예쁘고 화려하게 빛났을 20대를 온전히 내게 바쳤는데, 얼마나 내가 밉고 배신감을 느낄지 충분히 이해해. 하지만 난 단연코 네가 말하는 더러운 짓이란 걸 해 본 적도 없다는 걸 맹세할 수 있어. 그건 진실이야. 믿어 줘."

"……이제 와 그게 다 무슨 소용인데? 설마 이런 얘기를 하려고 날 찾아온 거야? 나는 네 말이 설사 진실이래도 여전히 널 경멸해. 왜인지 알아? 그렇다고 해서 달라지는 건 없으니까. 네가 다시 예전으로 돌아올 수 있는 건 아니니까. 네 말대로 내 청춘을 너한테 다 바쳤어. 그런데 결국 이렇게 됐지. 내가 너랑 이혼할 때 분명히 얘기했잖아. 다시 보고 싶지 않다고. 그래서 진건이도 포기한 거야. 진건이 때문에 너랑 엮이기 싫어서. ……앞으로는 나 찾아와도 없을 거야. 선영이가 그러는데 거기도 살만 하다더라. 어디든 여기보다는 낫겠지. 그러니 우리 부모님한테 물벼락 맞기 싫으면 다시는 찾아오지 마."

선영은 샌디에이고에 살고 있는 승연의 친한 친구였다. 연애할 때부터 자주 보았었는데 재미교포 남편을 만나 미국으로 건너간 지 3년 차였다. 승연과 헤어지기 전 진건이 네 살 때, 여행 겸 샌디에이고에 들렀던 적이 있었다.

재성은 어차피 승연이 떠날 준비를 하고 있었다는 사실이 반갑게 느껴진다는 게 씁쓸했다. 한국에 있는 승연에게 어떻게 얘기를 하며 진건을 부탁해야 하나 했는데, 어차피 떠난다고 하니 차라리 잘 되었다 싶기도 했다. 샌디에이고라면 괜찮겠지. 그 정도 멀리 떨어진 곳이면 안전하겠지.

"진건이도…… 데려가 줘. 그렇게만 해 준다면 다시는 네 앞에 나타나지 않을게."

승연의 눈살이 찌푸려지고 한동안 침묵이 흘렀다. 그 순간 달칵, 소리와 함께 재성의 세단 뒷문이 열리더니 잠에서 깬 진건이 내렸다. 진건이와 함께 온 줄은 꿈에도 몰랐던 승연은 당혹스런 얼굴로 굳어 버렸다.

"……엄마?"

조심스럽게 다가온 진건이 쭈뼛거리며 승연 앞에 섰다.

"진짜…… 엄마네."

말간 진건의 눈에 금세 눈물이 고였다.

"엄마. 진건이…… 잊은 거 아니지?"

아무런 말도 하지 못하고 가만히 서 있는 승연을 올려다 본 진건이 손등으로 눈물을 훔치며 작은 입술을 달싹였다.

"……안아 줘. 안아 주세요, 엄마."

"……맛있어?"

승연은 길게 늘어지는 치즈가 진건의 입가에 달라붙자 물티슈로 닦아 주었다. 엄마, 아빠랑 같이 피자를 먹고 싶다는 진건의 말을 차마 거절할 수가 없어 자리를 옮기긴 했는데, 편할 리가 없었다.

"응, 맛있어."

승연은 안 본 사이에 철이 들어 버린 것 같은 진건을 물끄러미 바라보았다. 안아 달라는 진건의 말에 순간 심장이 다 덜컥 내려앉는 기분이었다. 모성애 같은 거 재성과 이혼할 때 모두 다 버렸다고 생각했는데, 가슴 속에서 뭔가가 꿈틀거리며 올라왔다.

"아빠는 왜 안 먹어?"

재성의 앞 접시에 놓인 피자 한 조각이 식은 채 말라 있었다. 승연과 나란히 앉아 있는 진건을 보자니 목울대가 또 뜨거워진 그는 화장실을 다녀온다며 잠시 자리를 비웠다.

그런 재성의 뒷모습을 빤히 바라보던 진건은 손에서 피자를 내려놓으며 승연을 힐끔거렸다.

"엄마."

"……응."

"진건이랑 아빠 안 보고 싶었어?"

승연은 대답 대신 물 한 모금을 마셨다.

"엄마, 있잖아. 아빠가…… 뭘 많이 잘못한 거야?"

물이 든 잔을 쥔 승연의 손이 바르르 떨렸다.

"아빠가 뭘 잘못했는지 모르겠지만……, 엄마가 용서해 주면 안 돼? 진건이는 엄마하고 아빠하고 같이 살고 싶은데……."

"……어서 마저 먹어."

"있잖아. 아빠 때문에 엄마 여기가 아픈 거면 진건이가 호, 해 줄게."

진건이 승연의 가슴팍을 문지르며 입을 모았다.

"호오……. 그러니까 아빠 용서해 줘. 진건이가 엄마 말 더 잘 들을게."

"진건아."

"아빠가…… 밤에 막 혼자 울고 그래. 아빠는…… 엄마가 보고 싶은가 봐. 진건이도…… 그래."

진건의 눈시울이 또 붉어졌다. 승연은 너무도 어른스러워진 진건을 보며 가는 숨을 내쉬었다. 다시 안 보겠노라 했는데, 평생 안 보고 살 수 있다 자신했었는데.

"엄마……, 아빠 용서해 주세요."

승연은 재성이 건넸던 진건의 여권을 응시하며 고민에 빠졌다. 재성은 하필이면 이런 놈을 만나 고생시켜 미안하다며 고개를 숙였다.

나는 네게 그 어떤 원망도 하지 않는다 했다. 그저 진건일 외면하지 말아 달라고. 진건이만은 사랑해 달라고. 진건이에게 아빠가 어떤 놈인지 알리고 싶지 않다고 했다. 이대로 곁에 두면 금세 비밀이 들킬 것만 같아 불안하니, 진건이만 부탁한다고 했다. 진건이는 몰라야 하지 않겠냐고 했다.

승연은 아빠를 용서해 달라는 진건의 말이 귓가를 맴돌았지만, 그건 불가능한 일이라는 걸 알고 있었다. 예전으로 되돌아가고 싶지도, 되돌아갈 수도 없다는 걸 재성도 알고, 그녀도 알고 있었다.

"하아."

한숨을 토해 내며 여권을 도로 가방에 넣던 승연은 낯선 편지봉투 하나가 있는 걸 발견하고는 꺼내들었다.

『엄마에게.』

승연은 떨리는 손으로 편지를 펼쳐 보았다.

『엄마. 내일이면 엄마를 만날 수 잇대. 그래서 너무 떨려서 잠이 안 와. 엄마도 진건이 만나고 시퍼서 잠을 못 자고 잇으까? 빨리 엄마가 보고 시퍼. 엄마…… 내일 만나면 이제 아빠랑 세시 살 수 잇는 거지? 빨리 그런 날이 와스면 조케써. 진건이는 엄마랑도 같이 살고 시퍼.』

삐뚤빼뚤하게 써 내려간 편지를 읽던 승연의 눈시울이 붉어졌다.

『엄마 사랑해. 진건이가 마니 마니 사랑해요.』

**

 은우는 토요일인데도 회사에 나갔던 재진과 간단히 저녁 식사를 한 뒤 아파트로 돌아왔다. 진건과 파주에 내려갔던 재성이 올라오는 길이라고 연락이 와서 얼굴을 보고 가려고 기다리고 있는 중이었다.

"아직 연락은 없는 거죠? 이대로 조용히 지나가면 좋을 텐데요."

"아마 월요일쯤 다시 연락이 오겠지."

"정말 결국은…… 정공법밖에는 방법이 없는 걸까요? 생각할수록 속상해요."

 재진 역시 심란한 얼굴로 나직이 입을 열었다.

"오늘 재성이한테 얘기하려고 해. 혹시나 만일의 사태를 대비해서 당분간 진건이를 데리고 좀 나가 있으라고 할 생각이야. 민석이가 커밍아웃을 하게 됐을 때, 혹시라도 재성이에게 불똥이 튈까 봐 잠잠해질 때까지만 나가 있으라고 할 생각이야. 단 1%의 가능성에도 대비를 해야 하니까. 자칫 잘못하다 진건이까지 알게 될지도 모르니까."

"아무 잘못도 없는 사람들이 왜 도망치듯 쫓겨나야 하는 건지 너무 속상해요. 타지에 가서 지낸다는 게 말처럼 쉬운 일이 아닐 텐데, 진건이도 아직 너무 어리고 갑작스럽게 주위 환경이 바뀌어 버리면 불안해 할 텐데."

"……방법이 없어. 더 이상의 좋은 방법이 떠오르지 않아. 그렇지 않아도 재성이 마음 여린 녀석인데 혹시라도 나쁜 생각하게 될까 봐 솔직히 그게 더 두려워. 차라리 잠시라도 한국을 떠나 있는 게……."

고민의 무게가 느껴지는 그의 한숨에 은우가 그의 어깨를 토닥였다.

"그런 생각은 하지 말기로 해요. 끝이 없거든요. 한 번 안 좋은 쪽으로 생각하기 시작하면 끝이 없더라고요. 그래서 더 힘들어지더라고요. ……아까 저녁도 먹는 둥 마는 둥 하고, 그러다 살이 더 빠질까 봐 걱정이야."

은우는 까칠한 재진의 얼굴을 살피며 안타까운 듯 눈매를 늘어뜨렸다.

"……은우야."

"응?"

"생각보다 더 파장이 클지도 몰라. 생각보다 더 많은 시간을 힘들게 보내야 할지도 몰라."

"나한텐 재진 씨가 있잖아요. 그걸로 충분해. 나보다도 민석 씨나 재성 씨가 많이 힘든 시간을 보내고 있을 테니 더 챙겨 줘요. 재진 씨는 내가 더 많이 챙겨 줄 테니까."

"……어떻게 하면 그래?"

"응?"

"어떻게 하면 그렇게 얼굴도 예쁘고, 말도 예쁘게 하고, 마음씨도 곱고 그러냐고 묻는 거야."

"흠흠. 너무 그렇게 노골적으로 얘기하지 말라고 했잖아요. 부끄럽게."

재진은 먼 산을 바라보며 딴청을 피우는 은우를 보며 입매를 올렸다. 한없이 가라앉고 탁해져 있던 마음이 정화가 되는 기분이었다.

"너를 만나지 않았더라면 어땠을까 싶어. 상상하고 싶지도 않아."

지그시 바라보는 그의 시선에 괜히 얼굴이 빨개진 은우가 발가락을 다 꼼지락거리는데, 도어록이 해제되었다.

"진건아."

은우는 재성과 함께 들어서는 진건을 향해 냅다 달려 나갔다.

"할머니랑 할아버지 잘 만나고 왔어?"

재성이 따로 입단속을 시킨 게 아니었음에도 진건은 눈치껏 고개를 끄덕였다.

"저녁은 먹었어?"

"응. 누나는 큰아빠랑 먹었어?"

"응, 그랬지."

진건의 머리를 쓰다듬던 은우는 옆에 서 있는 재성에게도 여느 때와 다름없이 말을 건넸다.

"토요일이라 차 많이 밀렸죠?"

"조금요. 은우 씨, 시간 괜찮으면 맥주 한잔하고 갈래요?"

"아, 그럴까요?"

"형. 마트에 형이 좀 다녀올래? 내가 안주거리 좀 만들고 있을게. 큰아빠 혼자 가면 심심하니까 진건이도 같이 다녀올까? 큰아빠한테 초코우유 사 달라고 그래."

두 사람을 집에서 내보낸 재성은 바로 주방으로 향하는 은우의 뒤를 따랐다.

"저도 좀 도울게요. 안주로 뭐가 좋을……."

"은우 씨."

등 뒤에서 들리는 음성에 고개를 돌린 은우는 뭔가 할 말이 있는 듯한 재성의 표정을 보고는 바로 섰다.

"……미안해요."

"네? 뭐가……."

"내가 형이나 은우 씨에게 민폐가 되는 일은 없기를 바랐는데, 결국은 민폐를 끼치고 마네요."

"아니에요, 재성 씨. 민폐는요."

"고마워요. ……나 어떤 놈인지 알고 많이 놀랐을 텐데 변함없이 대해 줘서요."

은우와 일정한 거리를 두고 떨어져 서 있는 재성이 고개를 푹 숙였다.

"오늘 실은 파주에 다녀온 게 아니라 진건이 엄마…… 만났어요."

은우는 내심 너무 놀랐지만 잠자코 그의 말을 경청했다.

"진건이…… 엄마한테 보낼 생각이에요. 제 엄마와 함께 여기서 내보낼 생각이에요."

"재성 씨, 그건……."

"형에게도 이따 은우 씨 가고 나면 얘기할 거예요. 그런데 아마 반대하겠죠. 그래서 은우 씨 도움이 필요해요. 그래서 염치불고하고 부탁하는 거고요."

슬며시 고개를 든 재성의 표정은 덤덤했다.

"은우 씨 말이라면 형이 들을 테니까. 어느 정도 수긍을 할 테니까. ……형에게 얘기해 줘요. 진건일 엄마한테 보내야 한다고. 그게 현명한 거라고."

"재성 씨, 그건 좋은 생각이 아닌 거 같아요. 진건이가 또 상처 받아요. 엄마를 만난 대신 아빠와 또 헤어지게 되는 거잖아요."

"내가 어떤 놈인지 알게 되는 것보다는 덜하겠죠. 아빠가 보통 사람들과 어떻게 다른지 알게 되는 것보다는 낫겠죠. 세상에 영원한 비밀은 없잖아요. 민석이 하나만 희생해서 모든 게 조용히 마무리가 된다 해도 불편할 텐데, 그런 희생에도 불구하고 나까지 엮여서 일이 커질지도 모른다는 불안감에 숨이 막혀요. 그렇게 되면 우리 집 앞에까지 기자들이 진을 칠지도 몰라요. 무자비하게 카메라를 들이댈지도 몰라요. 나는 그 만에 하나에도 대비를 해야 합니다. 진건이를 위해서."

은우는 그런 상상만으로도 무서워 등줄기가 다 서늘해졌다. 그래서 더 그가 안타까웠다. 그는 얼마나 더 두려울까 싶어서.

"나와 함께이면 매 순간 순간을 가슴 졸이며 살아야겠죠. 타인들의 손가락질을 받게 되겠죠, 우리 진건이도. 이러나저러나 진건이에게 상처를 주게 되는 건 다 똑같겠지만, 그래도 조금이라도 덜 상처받는 쪽으로 선택할 수밖에 없었어요. 그러니까 형을 설득해 줘요. 진건일…… 엄마에게 보내야 한다고. 아마 형은 최악의 경우 나와 진건이를 내보낼 생각을 하고 있을 거예요. 그런데 그건 안 돼요. 나는 여기 남아서 어떻게 사태가 돌아가는지 확인해야 해요. 무서워도 아닌 척 당당해야 숨지 않고 살아갈 수 있으니까. 그렇게 끝까지 살아남아야 멀리서라도 진건일 지켜볼 수 있을 테니까."

"재성 씨……."

"미안해요. 은우 씨나 은우 씨 가족들에게 끼칠 영향만으로도 할 말이 없는데, 이런 부탁까지 해서 미안해요. 그런데 말할 데가……, 이런 부탁할 데가 은우 씨밖에는……."

은우는 말끝을 흐리는 그에게 한 걸음 더 다가가 가까이 마주 섰다. 잠시 망설이다 천천히 손을 뻗은 은우는 재성을 살포시 안아 토닥였다.

"나는 무엇보다…… 진건이가 받을 상처가 걱정이에요."

전혀 예상치 못한 은우의 행동에 재성의 몸이 파르르 떨렸다.

"나는 무엇보다…… 재성 씨가 받을 상처가 걱정이에요. 나는 그게 걱정일 뿐이에요."

누군가 이렇게 진심으로 따뜻하게 안아 준 적이 너무 오랜만이라서 그럴 것이다. 재성은 순식간에 시야가 뿌예져 눈꺼풀을 내려뜨렸다.

"재성 씨는 혼자가 아니에요. 그것만 잊지 말아 줘요. 재성 씨에게는 형도 있고, 부모님도 계시고, 진건이도 있고, 그리고…… 나도 있잖아요."

그녀의 품은 포근했다. 그래서 눈물이 멈추지 않았다.

"틀린 게 아니에요. 재성 씨는…… 그저 조금 다를 뿐인 거예요. 틀린 게 아니에요."

재성은 결국 아이처럼 울음이 터져 버려 은우의 품에 안겨 어깨를 들썩였다. 너무도 듣고 싶었던 말이었다. 실은 그랬다.

"다를 뿐인 거예요. 그런 거예요."

"안 데려다 줘도 되는데 괜히 와 가지고. 얼른 다시 타요. 기사님 기다려요."

술을 마셔서 택시를 타고 은우의 집까지 함께 와 준 재진은 시간을 확인하고는 차를 그냥 보냈다.

"왜 그냥 보내요. 택시 잡으려면 큰길까지 나가야 하는데."

"데려다 주면 되잖아, 큰길까지."

못 말리겠다는 듯 어깨를 으쓱인 은우는 재진의 손을 잡고 다시 큰길로 나갔다.

"재성이랑…… 무슨 얘기한 건지 말 안 해 줄 건가?"

"응?"

"너무 눈에 뻔히 보였잖아. 재성이가 일부러 나랑 진건이 내보내는 게."

"……그냥, 뭐."

은우는 아직 재성에게 아무런 말도 듣지 못한 재진에게 먼저 얘기를 하는 건 옳지 않다고 생각했다. 재성의 생각이 맞는 건지는 잘 모르겠지만, 그 역시 얼마나 수없이 고민을 하고 내린 결정인가 싶어 함부로 이렇다 저렇다 얘기를 할 수가 없었다.

다만 그 얘기를 듣게 되면 재진 또한 얼마나 가슴이 아플지, 졸지에 아빠를 떠나 멀리 가야 하는 진건이 얼마나 상처를 받게 될지, 그게 너무 아플 뿐이었다. 엄마가 잘 다독여 줘야 할 텐데. 사랑으로 다독여도 상처가 잘 아물지 않을 텐데, 과연 진건 엄마가 그럴 수 있을까에 대한 의구심이 들어 더욱 착잡할 따름이었다.

재성은 잠시 몇 달만 보내려는 게 아니라 아예 보낼 생각인 듯해, 진건이 엄마를 따라 가게 된다면 이제 언제 또 볼 수 있을까 싶은 생각에 마음이 너무도 무거웠다. 아빠인 재성은 얼마나 매일 밤을 그리움에 사무쳐 눈물 흘릴지, 그게 벌써부터 아플 뿐이었다.

"은우야."

"응?"

고새 눈물이 맺힌 은우가 황급히 눈가를 훔쳤다.

"……울어?"

"응? 아니, 그냥. 진건이랑 재성 씨 생각하니까 마음이……. 하하, 나 진짜 주책이야. 가슴 아프면 재진 씨가 더 아플 텐데, 그래도 꾹 참고 있는 걸 텐데 내가 왜 이러는지 모르겠어요."

걸음을 멈춘 재진은 짧게 숨을 내쉬며 은우를 끌어안았다.

"울리지 말라 했는데 자꾸 울리네. 이러다 정말 혼나겠어."

"나 안 울어……. 안 울……, 흐어엉."

결국 눈물이 터져 버린 은우가 그의 옷깃을 붙잡고 흐느꼈다. 그냥 이대로라면 좋을 텐데. 그냥 지금처럼 모두 다 함께 지낼 수 있으면 좋을 텐데 가슴이 아려온다.

**

"진건아."

재성은 마음을 다잡고 진건이와 가까이 마주 앉았다. 오늘 무작정 진건일 승연에게 데려가며 걱정을 수없이 했다. 만약 승연이 대놓고 진건을 밀어내면 어쩌나. 애가 상처받을지도 모르는데 과연 잘하는 짓일까. 하지만 선택권이 없었다. 이 상황에서는 선택권이 없었다. 그래도 엄마인 승연밖에는 생각나지 않았다.

"오늘……."

"아빠, 조금만 기다려 봐."

"응?"

"엄마가 아빠 용서해 줄지도 몰라."

절대 그럴 리가 없다고, 절대 그럴 수가 없는 문제라고 말해 줘야 하는데 목이 멨다.

"아빠도 좋았지? 오늘 엄마 만나서 아빠도 좋았지?"

"……응."

"엄마랑 셋이 같이 살면 좋겠다. 엄마가 꼭 그렇게 해 줬으면 좋겠어."

재성은 기대에 찬 얼굴로 신이 나 있는 진건을 보고 있노라니 차마 입이 떨어지지 않아 하릴없이 바라만 보았다.

'내가 너를 보낼 수 있을까. 내가 너를 안 보고 살 수 있을까. 사실 자신이 없다. 너를 안 보고 살 자신이, 나는 없다.'

"아빠."

"……진건아. 엄마랑…… 여행 다녀올까?"

"정말?"

"응. 엄마랑 먼저 가 있으면 아빠가 나중에 갈게. 비행기 타고 선영 이모네 갔던 거 기억나? 거기 너무 좋았지? 엄마랑 먼저 가 있어."

"아빤 몇 밤 자고 올 건데?"

"조금…… 늦을지도 몰라. 진건이가 엄마랑 오랫동안 헤어져 있었으니까, 엄마랑 둘이서 재미있게 지내고 있으면 아빠가 나중에 갈게."

"얼마나…… 늦게 올 건데?"

"그냥……, 조금."

"진건이가 엄마 못 본만큼…… 오래 걸리는 건 아니지? 그럼 안 갈래."

좋아하던 진건의 얼굴이 금세 시무룩해졌다.

"안 갈래. 아빠랑 있을래."

"……가야 돼."

"아빠랑 같이 가는 거면 갈래."

"먼저 가 있어."

"싫어."

"가 있어."

"싫어."

"가 있어."

엄한 얼굴로 단호하게 얘기하는 재성을 쳐다보던 진건의 눈이 금세 또 촉촉해졌다.

"진건이가 뭐…… 잘못했어? 아빠한테 뭐…… 잘못했어?"

잘못한 건 아빠라고, 네 잘못은 아무것도 없다고 말해 줘야 하는데, 역시나 또 목이 멘 재성은 아무런 말도 하지 못했다.

"엄마 보고 싶다고 안 할게. 엄마 안 만날게."

"……."

"진건이는 아빠랑 살래."

울컥 치솟는 울음을 삼킨 재성은 최대한 덤덤하게 입을 열었다. 어차피 한 번은 겪어야 할 일이었다. 여기서 마음이 약해지면 안 된다는 걸 안다. 이번 일을 해결할 수 있는 좋은 방법 같은 건 존재하지 않으니까. 비밀이 더 이상 비밀이 아닌 것이 되어 버렸기에 답은 정해져 있다. 진건의 바람대로 예전처럼 세 식구가 함께 살 수는 없으니 방법은 하나였다.

"……엄마 따라가. 그래야 해. 그래야만 해. 그래야…… 아빠가 안 슬퍼."

**

주희는 월요일 아침부터 찾아온 저를 마뜩잖게 쳐다보고 있는 김만수에게 허리를 숙였다.

"사직서 던지고 나갈 때는 언제고, 고새 마음이 바뀌었어? 그러게 뭐하러 사직서를……."

"한 번만 다시 생각해 주세요."

주희는 손에 들고 있던 서류봉투를 그에게 내밀었다. 사건이 터지고 며칠 밤잠을 설쳤다. 사죄하고자 사직서까지 제출했지만 여전히 마음이 편하지는 않았다. 어떻게든 이 일을 해결하는데 도움을 주고 싶었다.

"이 꼬마는 누구야?"

그의 손엔 웃고 있는 진건의 사진이 들려 있었다.

"류재성 실장 아들입니다. 여섯 살이에요."

"너 지금 뭐하자는 거야?"

"부장님도 한 가정의 아버지시잖아요. 부탁드려요. 이번 특종은 포기해 주세요."

주희는 다시금 그를 향해 깊이 고개를 숙였다. 자신이 하는 일이 남의 뒤를 밟으며 취재를 하는 거였다. 그 주특기를 이용해 어제 은우의 집 앞에서부터 그녀를 쫓아 유치원 버스에서 내리는 진건의 모습을 렌즈에 담았다.

"너무하셨어요. 아무리 특종이 좋아도 그런 딜을 하시다니, 너무하셨어요. 어떻게 그렇게 개인적인 부분까지 딜에 이용을 하세요? 여섯 살배기 아이가 있는 사람이 그럴 리가 없다는 건 부장님이 더 잘 아시잖아요. 차민석과 그런 관계일 리 없다는 거 더 잘 아시잖아요."

"……알지만 어쩔 수 없는 일이야. 더 유리하게 딜을 이끌기 위해서는 어쩔 수 없는 부분이라는 걸 너도 알잖아. 사사로운 정에 휘둘리면 기사 쓸 수 있는 건 아무것도 없어."

주희는 진건의 사진을 내려놓은 그에게 서류봉투 안에 같이 들어 있던 A4용지를 내밀었다.

"차민석이 지금까지 기부한 기부금 목록과 선행 사례들을 정리해 놓은 거예요. 자그마치 A4 용지 몇 장인지 한 번 봐

보세요. 저 또한 깊이 반성하고 있어요. 애초에 그가 성 소수자임을 알았을 때 덮었어야 했는데, 그러지 못한 걸 후회하고 있어요. 김현이면 됐잖아요. 오늘 김현 기사 터진 거 봤어요. 각종 포털 사이트에서 난리가 났더라고요. 호스트바 출신에 여자 스폰서가 있다는 기사 한 줄에 차마 입에 담을 수 없는 엄청난 비난들이 댓글에 달렸더라고요. 평소 그의 언행이나 행동들이 눈살 찌푸리게 하는 일이 많고 소문도 별로 좋지 않았다지만, 미안하더라고요. 새삼 그렇더라고요. 그래서 창피하더라고요. 기자로서 생활해 온 지난 시간들이. 왜 대중들이 우리더러 기레기라고 하는지 이제야 알겠더라고요. 제 자신을 돌이켜 보니 알겠더라고요."

"지금 날 훈계하는 거야?"

"아뇨. 사정하는 겁니다. 한 번만 봐 달라고. 제발 그냥 묻어 주세요. 이하영 열애설과 맞바꾸고 그런 거 하지 말고, 부디 묻어 주세요. 사실도 아닌 일을 사실처럼 거짓 특종을 터트리는 건 하지 않았으면 해요. 이하영과 류 대표님과의 거짓 스캔들로 상처받을 사람들이 너무 많아요. 그들에게도 사랑하는 사람들이 있을 텐데, 그런 가짜 기사로 일부러 생채기를 낼 필요는 없잖아요. 사실인 것만 터트려도 한두 건이 아닐 텐데, 굳이 이렇게까지 할 필요는 없잖아요. 부탁드립니다, 부장님."

주희는 진심이 담긴 얼굴로 간곡히 두 손을 모았다. 부디 그가 마음을 바꿔 주길 바랐다. 그래야 은우를 볼 수 있을 것 같았다. 그래야 친구를 잃지 않을 것 같았다.

"기자가 되고 나서 좋아서 폴짝거릴 때가 있었어요. 자부심을 갖고 발바닥에 불나도록 뛰어다녔던 제가, 이 직업을 갖게 되었던 지난 시간들을 후회하지 않게 해 주세요. 제발 부탁드립니다."

**

김만수가 처음 재진을 찾아온 지 일주일이 되는 수요일 아침이었다. 김만수는 아직까지 재진에게 별다른 연락이 없었고, 오히려 그 틈을 타 진건을 안전하게 승연에게 보낼 수 있는 시간이 생겼다.

재진은 아침 일찍부터 아파트를 찾은 은우가 진건의 방으로 들어가자 가는 숨을 내쉬었다.

진건은 며칠째 온종일 울기만 하고 밥도 제대로 먹지 않았다. 그런 진건을 달래느라 은우가 밤늦게까지 있다가 갔고, 오늘 아침 역시 해뜨기 무섭게 달려온 것이었다.

[그건 옳은 방법이 아니야. 제수씨한테 진건일 보내다니. 아무리 네가 밉다 해도 제 자식도 나 몰라라 하고 가 버린 사람이야. 제수씨가 받아주지도 않겠지만, 보낸다한들 진건이가 행복하지 않아.]

[수요일 오전 비행기야. 진건이 여권은 이미 승연이한테 넘겼어. 일단 진건이부터 안전하게 빼내는 게 중요해. 승연이랑은 얘기 다 됐어.]

[제수씨가 진건일 맡겠대?]

[응. 진건이는 맡겠대. ……대신 나는 보고 싶지 않대. 그게 조건이야.]

[제수씨가 진건일 잘 돌볼 수 있을지…….]

[약속했어. 진건이는 잘 키우겠다고. 믿고 싶어. 믿을 수밖에 없어. 지금 상황에서는.]

재성의 생각을 반대했다. 진건이가 받을 상처가 너무 컸다. 하지만 끝까지 말릴 수가 없었던 건, 재성의 완강한 의지 때문이었다.

재성은 진건을 보내야겠다고 결정한 날부터 일부러 진건이와 눈도 잘 맞추지 않았다. 어떻게든 조금이라도 정을 떼 내어서 아빠에 대한 그리움보다는 차라리 원망 가득한 마음으로 빨리 잊기를 바라서였다. 제정신 아닌 놈의 아들이라고 손가락질을 받느니, 차라리 그게 낫다고.

안 보고 살 수 있겠느냐 물었다. 망설임 없이 그렇다고 대답을 했다. 진건이가 없으면 저도 좀 즐기면서 살 수 있지 않겠냐고 했다. 새빨간 거짓말인 줄 알면서도 속아 줄 수밖에 없었다. 그런 말을 하는 재성이 속은 더 문드러져 있을 걸 알기 때문에.

"형이 수고 좀 해 줘. 미안해."

재성은 진건이 좋아하는 동화책과 옷가지들만 간단하게 싸 놓은 짐 가방을 재진에게 건넸다. 재성은 공항에 가지 않고 여기서 마지막을 고하기로 했다. 공항에서 울며 매달릴 진건을 뿌리칠 자신이 없어서였다. 그러다 혹시나 승연이 마음이 변해 혼자 간다 할까 봐 가지 않기로 했다.

"출발해야 해. 이러다 늦겠어."

"조금만 더 기다려 봐."

꽉 닫힌 진건의 방문이 좀처럼 열리지 않았다.

은우는 너무 울어서 눈두덩이 퉁퉁 붓다 못해 짓무르게 생긴 진건을 보며 억지로 눈물을 삼켰다. 순식간에 일어난 이 모든 사태를 이해하기엔 너무도 어렸다. 도대체 왜 갑자기 아빠를 떠나야 하는지, 그 누구도 자세히 설명해 주지 않고 가야 한다고만 하니, 이 어린 가슴에 얼마나 큰 상처가 됐을지 감히 가늠조차 할 수 없었다.

"절대 진건이가 잘못해서 그러는 게 아니야."

"……."

"진건이가 잘못한 건 하나도 없어."

"아빠……, 진건이 안 보려고 그러는 거지?"

"……아니야."

"아빠가 끝까지 말 안 해 줬어. 몇 밤 자고 진건이 보러 올 건지 말 안 해 줬어."

 은우는 제 자식을 멀리 떠나보내는 것처럼 가슴이 아파, 말을 더 잇지 못했다. 어떻게든 좀 더 다독여야 하는데 자꾸 눈물이 나왔다. 왜 이래야 하는지 화가 치밀었다. 누구에게도 피해 주지 않고 잘 살고 있는 사람들에게, 어째서 이런 시련을 주시는지 신이 다 원망스러웠다.
 "누나가 진건이 보러 갈게. 약속해."
 은우가 새끼손가락을 내밀어 진건의 손가락에 걸었다.
 "누나는 거짓말 안 해. 진짜야."
 훌쩍이며 엄지로 도장까지 찍은 진건이 그제야 침대에서 내려와 책상 서랍을 열었다.
 "이거 진건이 대신 전해 줘."
 진건이 네 통의 편지를 은우에게 건넸다.

『아빠에게.』
『재진 큰아빠에게.』
『기훈 삼촌에게.』
『은우 누나에게.』

 각각의 편지 봉투에 적힌 이름만 보았을 뿐인데도 은우는 가슴이 저릿해졌다. 이 어린 녀석이 무슨 마음으로 이 편지들을 썼을까 싶어 고개를 들 수가 없었다.

의젓하게 눈물을 닦은 진건은 먼저 방문을 열고 나섰다. 시선 둘 곳을 찾지 못한 채 고개를 떨어뜨린 재성을 향해 다가간 진건이 까치발을 들며 손을 뻗었다.

"……진건이 안아 줘."

재성이 떨리는 손으로 진건을 들어 올려 꼭 껴안았다. 진건은 재성에게만 들리게끔 귀엣말을 했다.

"기다릴게. 진건이가……, 아빠 기다릴게. 매일매일 기다릴게."

 은우는 공항으로 가는 내내 진건을 품에 안아 마음을 진정시켰다. 진건의 엄마와는 공항에서 바로 만나기로 했고, 다행히 늦지 않고 제 시간에 도착을 했다.

"오랜만이네요, 제수씨."

은우는 재진이 인사를 건네는 한 여자를 조심스럽게 바라보았다. 웃고 있지 않아서인지는 몰라도 인상이 날카롭고 차가워 보였다. 저 예쁜 얼굴에 미소가 걸린다면 훨씬 더 보기 좋을 거라는 생각에 마음이 씁쓸해졌다.

은우는 재진이 잠시 기다리라는 듯 손을 들어 보이자, 진건을 안은 채 다른 방향으로 몸을 돌렸다. 재진 또한 진건 엄마를 오랜만에 볼 테니 할 말이 있을 듯했다.

"일단은 일이 이렇게 불거진 것에 대해서는 제수씨한테 미안하게 생각해요. 그것 때문에 재성이도 많이 속상해 하고 있어요."

"……."

"제수씨도 재성이 비밀이 드러나는 것을 원하지는 않겠죠. 그렇게 되면 전처인 제수씨에게도 관심이 쏠릴 테니까."

"……이런 얘기 듣고 싶지 않아요."

"그렇다면 조금만 조심 좀 해 주지 그랬어요. 아무리 재성이한테 화가 났어도 조금만 말을 아끼지 그랬어요. 조용히 살고 있는 제수씨를 찾아와 들쑤셔 대는 기자들이 못마땅했겠지만, 그래도 조금만 조심해 주지 그랬어요. 그랬다면 이렇게까지는 상황이 악화되지 않았을 텐데."

시선을 피하고 있던 승연이 무슨 말이냐는 듯 고개를 돌렸다.

"기자들은 취재를 할 때 기본적으로 녹음을 해요."

"그게 무슨……."

"제수씨가 했던 모든 말이 녹음이 되어 특종이 되어 버린 겁니다. 콕 집어서 재성이가 성 소수자라고 얘기를 하지는 않았어도 그렇다고 인정을 한 거나 마찬가지인 발언이 녹음이 된 겁니다. 그걸 빌미로 협박을 하고, 차민석과 엮어서 말도 안 되는 소설들을 써 대고 있죠. 조용히 살고 싶다는 제수씨의 바람을 무너뜨린 건 결국 제수씨예요. 이렇게 떠나야 하는 것도, 부모 자식 간에 생이별을 해야 하는 것도 모두 다 제수씨 탓입니다."

눈썹을 꿈틀거리며 마른침을 삼킨 승연이 고개를 내저었다.
"모든 건 진건 아빠로부터……."

"당황스럽죠? 일부러 그런 게 아닌데 모두 다 네 탓이라 말하니 당황스럽고 답답하죠? 어쩌다 보니 그렇게 된 건데 네 탓이라 말하니 난감할 겁니다. ……재성이는 제수씨와 헤어진 후 2년이 넘는 시간을 그렇게 살아왔어요. 재성이가 남들과 다르다는 사실을 제수씨가 쉽게 이해할 수 있는 문제가 아니라는 건 알아요. 하지만 그래도, 그래도 한때는 진심으로 사랑했던 사람인데, 말 몇 마디는 들어줄 수 있는 거잖아요. 재성이라고 그러고 싶어 그런 게 아닌데, 재성이가 얼마나 평범한 삶을 꿈꿔 왔는데, 얼마나 많은 시간을 괴로워하고 고민했는데, 그거 조금만 알아줬어도 제수씨 또한 이렇게까지 힘든 시간을 보내지는 않았겠죠."

"……."

"제수씨가 재성이를 얼마나 사랑했는지 압니다. 재성이가 만인에게 다 친절해서 불안해했던 것도, 나만 바라봐 주지 않는 거 같아서 조바심 냈던 거 모두 다 알아요. 재성이가 오롯이 내 남자라는 느낌이 들지 않아 불안했던 거 압니다. 그래서 더 배신감이 컸을 거라는 거 알아요."

재진은 울음이 차올라 입술을 깨무는 승연을 안타깝게 바라보았다. 결국은 사랑받고 싶어서였을 뿐인데. 혼자 먼저 좋아해서 따라다녔고, 결혼을 했고, 아이를 가졌고, 남편에게 좀 더 많은 사랑을 받길 원했겠지.

재성이 가정에 충실했다고는 하지만 승연의 입장에서는 부족했을 거다. 여자로서 더 많이 사랑받고, 더 많이 함께하길 원했겠지. 언제나 그렇듯 더 많이 사랑하는 자가 약자일 수밖에 없으니 늘 애가 달은 쪽은 승연이었을 거다.

그러던 와중에 그런 불미스런 사건이 터졌고, 재성과 함께하며 내내 품고 있었을 불안감과 불만이 폭주했을 거다. 작은 진실 하나에 의심 덩어리가 덕지덕지 붙으며 마치 사실처럼 불어났겠지. 제 자신조차도 컨트롤할 수 없을 정도로.

그래서 무조건 미워하고, 할퀴어 대고, 물어뜯고, 결국은 제 자신도 상처를 입는다는 건 모른 체하며 날을 세웠을 거다.

"이제 와 제수씨에게 모두 의미 없는 말들일 수도 있지만, 분명하게 짚고 넘어가기는 해야겠어요. 내 말을 믿든 안 믿든 제수씨 선택이겠지만, 재성인 결코 제수씨가 생각하는 그런 놈은 아닙니다. 차민석의 특종 때문에 왜 재성이까지 피해를 볼 수도 있는가는 제수씨가 더 잘 알겠죠. 그 녹음 때문이라는 거. 말도 안 되는 소설이 마치 사실인 양 되어 버린 건 제수씨가 내뱉은 말 몇 마디 때문입니다."

재진은 슈트 안주머니에서 편지 하나를 꺼내 내밀었다.

"재성이가 전해 달랍니다. 그리고 부탁 한 가지만 할게요. 진건이가 아이답지 않게 눈치가 빨라요. 재성이 이렇게까지 해서라도 아들에게만큼은 숨기고 싶어 하는 비밀인데, 제수씨도 말조심 좀 부탁해요. 거기까지 가서 진건이가 알게 되어 버린다면 모두 다 헛수고니까. ……진건이 잘 좀 부탁합니다. 어제부터 밥도 먹지 않고 계속 울었어요. 제수씨가 보살피지 않은 시간 동안 아빠만 바라보며 살아왔는데, 하루아침에 생이별을 해야 하는 겁니다. 다 큰 것 같아도 이제 여섯 살입니다. 여섯 살일 뿐이에요."

재진은 은우를 향해 이리 오라는 손짓을 했다. 여전히 은우의 품에 안겨 있는 진건의 눈두덩이 곧 터질 듯이 부풀어 올라 있었다.

재진은 은우에게서 진건을 안아 들어 가까이 시선을 마주했다. 저 역시 이렇게 가슴이 아픈데 재성은 어떨까 싶었다. 재진은 진건의 귓가에 대고 낮게 속닥거렸다.

"……밥 잘 먹고, 잘 웃고, 잘 놀고 있으면, 큰아빠가 진건이 데리러 갈게."

"응, 기다릴게."

기다린다는 말에 눈물이 나올 것 같아 서둘러 내려놓은 재진이 이제 그만 승연에게 마지막 인사를 전하려는데, 은우가 슬쩍 앞으로 나섰다.

"이렇게 불쑥 끼어들어서 죄송해요."

재진은 은우가 쓸데없는 말을 하지 않을 거라는 걸 알기에, 의아하게 바라보는 승연에게 간단히 은우를 소개했다.

"이거 전해 드리려고요."

은우는 가방 안에서 노트 하나를 꺼내 내밀었다.

"아이들은 커가면서 시시때때로 변하니까요. 진건 어머님께서 다 잘 알고 계시겠지만, 혹시나 해서요. 제가 그동안 진건이 케어하면서 느낀 점들을 적은 거예요. 오래 떨어져 계셨으니까 조금이나마 도움이 되실까 싶어서요."

은우는 이제는 정말 마지막 순간이 왔다는 걸 최대한 담담하게 받아들이며 진건을 향해 허리를 숙였다. 진건의 품엔 은우가 선물한 토끼 인형이 있었다.

"삐리, 삐리. 삐리, 삐리."

은우가 손가락을 내밀어 텔레파시를 보냈다.

"아빠도, 엄마도, 큰아빠도, 기훈 삼촌도, 누나도, 모두 다 진건이 얼마나 사랑하는지 알지?"

진건이 고개를 끄덕이며 손가락 끝을 맞대었다.

"마음아, 전해져라~ 이얍."

은우는 마지막을 눈물 대신 웃음으로 보내 주기 위해 입술 끝을 한껏 올렸다. 내내 침울해져 있던 진건의 표정이 그제야 조금씩 밝아지며 엷게 미소를 띠었다.

"……사랑해. 사랑해, 진건아."

승연은 무거운 마음으로 재진을 보낸 뒤, 탑승 수속을 하기 전 의자에 앉아 재성이 보낸 편지를 펼쳐 보았다.

『승연아.』

나직이 부르는 재성의 음성이 바로 옆에서 들리는 듯했다.

『내가 네게 꼭 전하고 싶은 말이 하나 있었어. 너와 함께한 매 순간 진심이 아닌 적이 없었다는 것. 내 진심이 네게는 턱없이 부족하게 느껴졌을 수도 있었다는 걸 너무도 늦게 깨달았고, 결국은 서로에게 상처만 남겼다는 사실에 고개를 들 수가 없다. 오랜 산고 끝에 진건이와 처음 만나던 날이 아직도 선명해. 우렁찬 울음소리에 우리 둘이 말없이 눈물만 흘렸던 게 엊그제 같은데, 어쩌다 지금 이렇게 되어 버린 건지 가슴이 아플 뿐이다. 네 말마따나 내가 그냥 평범한 놈이었다면, 그랬다면 지금도 서로 마주 보며 웃고 있을 거라는 생각에 눈물이 나. 네가 오해하고 있는 그런 일은 없었다지만, 너와 진건이가 받은 상처들이 결국은 나 때문이라는 걸 부정할 수가 없기에 목이 멘다. ······승연아. 내가 비록 너를 끝까지 책임지지 못하고 행복하게 해 주지 못했지만, 한 가지 약속은 할 수 있어. 내가 마음 주고 곁에 두었던 사람은 네가 처음이자 마지막일 거라는 걸 약속해.』

승연의 눈시울이 시큰거리며 젖어들었다. 눈을 깜빡이기 무섭게 굵은 눈물방울이 후드득 떨어졌다.

『평생을 외롭게 혼자 살아야 한대도, 찬란했던 청춘을 오롯이 내게 바친 너와, 행복한 가정 안에서 평범하게 자라게 해 주지 못한 우리 아들에게 그렇게라도 사죄를 하고 싶다. 그러니 승연아. 미워하는 건 내 몫으로만 돌리고, 우리 아들 부디 잘 키워 줘. 나 같은 거 생각도 안 날 정도로 그렇게 많이 사랑해 주면서 잘 키워 주길 부탁한다. 언젠가 진건이가 아빠가 도대체 무슨 잘못을 한 거냐고 묻거든, 그 어떤 이유를 갖다 붙여도 좋으니 부디 진실만은 끝까지 덮어 주기를 간곡히 부탁한다. 진건이가 나를 미워하게 되는 것은 상관없지만, 그로 인해 진건이가 받을 충격과 상처를 생각하면 벌써부터 공포에 몸을 떨게 돼. 그러니 그것만은 모르게, 제발 그것만은 모르게 해 줘. 못난 남편의 마지막 소원이야.』

한 자 한 자 재성의 진심이 너무도 고스란히 느껴져, 승연은 결국 얼굴을 가리고 오열을 하고 말았다. 그리도 미워했는데, 그리도 저주를 퍼부었는데, 차라리 영원히 눈앞에서 사라지면 좋겠다고 원망했는데. 그랬는데……

"엄마……"

얌전히 옆에 앉아 있던 진건이 갑자기 눈물을 보이는 승연을 바라보다 살포시 껴안았다.

"진건이 때문에 그래? 진건이가…… 엄마가 싫어서 그런 게 아니야. 가기 싫다고 울었던 게 엄마가 싫어서 그런 게 아니야. 아빠도 함께였으면 좋겠어서……, 진건이가 아빠가 많이 보고 싶을 거 같아서……, 아빠가 언제 온다고 말을 안 해 줘서……, 그래서……."

 승연은 울먹이는 진건을 끌어안았다. 왜 이렇게 눈물이 나는지 알 수가 없었다.

 재진은 공항에서 돌아오는 길에 연락을 받았던 김만수와 만날 준비를 하며 심호흡을 한 번 했다. 일이 뜻대로 되지 않는다면 민석의 커밍아웃은 불가피하다는 사실에 골이 다 지끈거린 그는 아까 은우가 헤어지기 전 주었던 편지가 생각나 슈트 안주머니를 뒤적거렸다.
 [진건이가 전해 주래요.]
 어린 조카 생각에 마음이 아릿해진 재진은 천천히 편지지를 펼쳐 보았다.

 『큰아빠. 이제 진건이가 아빠 엽에 업스니까 큰아빠가 아빠 호, 해줘야 돼.』

 재진은 순식간에 눈물이 차올라 입술을 깨물었다.

 『진건이는 아빠 보고 시퍼도 참을게. 그래야 아빠가 안 슬프다고 햇거든. 잇잔아, 큰아빠. 진건이 보러 올 거지? 진건이 이저면 안 돼? 진건이는 큰아빠 안 이저거야. 내가 큰아빠 매일 놀리고 그랫써도, 큰아빠 마니 사랑하는 거 알지? 사랑해. 진건이가 큰아빠 마니 마니 사랑해요.』

노크 소리와 함께 김만수가 들어섰다. 재진은 서둘러 편지를 치우려다 그대로 테이블 위에 두었다.
"생각 좀 해 보셨습니까?"
그의 물음에 재진은 잠시 침묵을 고수하다 차분하게 대답을 했다.
"이하영과의 거짓 스캔들은 없을 겁니다."
"제 제안을 거절하시는 거군요."
"그렇습니다."
"의외시네요. 당연히 들어주실 줄 알았는데요. 차민석 특종이 터져도 된다는 겁니까. 동생분까지 노출될 수 있는데……."
"거래는 없습니다. 같이 죽자고 덤빈다면 어쩔 수 없죠. 민석이가 성 소수자라고 대놓고 특종을 터트린다면 그 여파가 어디까지 갈지는 기자님도 더 잘 아실 겁니다. 기자님의 그 자리를 유지할 수 있을지 모르겠군요. 신문사 자체가 존폐 위기에 놓일 수도 있겠죠. 민석이도 민석이지만, 일반인의 사생활까지 파헤치고 나서 그 뒷감당을 어쩌시려고 이러십니까. 우리나라 사람들 참 법 좋아하죠. 저도 마찬가지입니다."
재진이 슥 상체를 숙여 나직이 얘기했다.

"모든 수단을 가리지 않을 겁니다. 건드리지 마세요. 내가 사랑하는 사람들을."

긴장감이 감도는 시선이 팽팽하게 맞섰다.

"기자님도 사람이지 않습니까. 감정이 있는 사람이지 않습니까. 이건 아니라는 걸 잘 아실 거 아닙니까. 믿고 싶네요. 최소한의 도리는 지킬 줄 아시는 분이라고."

먼저 슬쩍 고개를 내려뜨린 김만수의 시선이 진건이 쓴 편지로 향했다. 편지 내용을 읽어 보는 듯 한동안 시선을 고정시킨 그가 가방에서 녹음기와 함께 카메라 메모리카드, 차민석과 관련된 취재 자료들을 모두 꺼내 올려놓았다.

"복사본 같은 건 따로 없습니다."

재진은 그가 마음을 바꿀 거라는 기대는 사실상 하지 않았기 때문에 다소 놀랐지만, 내색은 하지 않았다. 그가 끝까지 밀어붙였다면 바로 민석의 기자회견을 열 준비를 다 하고 있었다.

"제게 최소한의 양심이 남아 있었나 봅니다. 송 기자가 이걸 내미는데 차마 외면하지 못하겠더군요."

김만수가 사진 한 장을 더 내밀었다. 재진은 웃고 있는 진건의 사진을 떨리는 손으로 집어 들었다.

"차민석이 아니더라도 제이기획사의 또 다른 배우의 특종으로 다시 얼굴 붉힐 일이 있을지도 모르겠지만, 일단 이번 일은 없던 걸로 덮겠습니다."

재진은 안도의 한숨이 절로 터져 나와 가슴을 쓸어내렸다. 주희 역시 죄책감에 시달리며 어떻게든 도움을 주려 애를 쓴 것 같았다.

"그런데 말입니다, 류 대표님. 이번에 제가 눈감는다 해서 그게 영원한 비밀로 남겨질지는 모르는 겁니다. 우리나라에 연예부 기자가 몇 명인데, 송 기자처럼 또는 나처럼 차민석의 비밀을 알게 될 기자들은 얼마든지 더 나올 수 있는 법이니까요. 그중에는 분명 나처럼 딜을 걸어오는 이들도 있겠죠. 제 밥그릇 챙기기 위한 어쩔 수 없는 일이라는 명분아래."

김만수가 자리에서 일어났다.

"그런 날이 온다면 후회하겠죠. 차라리 그때 내가 터트렸어야 했는데, 잘못했다며 후회하겠죠. 괜한 사사로운 감정에 이끌려 일을 그르쳤다 후회하겠죠. 그러니 내가 후회하는 일 없게끔 조심하시길 바랍니다."

김만수가 집무실에서 나갔다. 홀로 남은 재진은 그렇지 않아도 걱정하고 있던 부분을 콕 찔러 주는 그의 말에 다시금 고민이 깊어졌다. 당장 눈앞의 큰일은 피했지만 김만수의 말이 맞았다. 이걸로 끝이 아닐 수도 있었다. 언제 누가 또 이런 협박을 해 올지는 모를 일이다.

김만수가 막판에 마음을 바꾸기는 했지만 괘씸한 건 변함없었다. 꼭 그렇게 남의 아픈 부분을 약점으로 잡아야 했을까 분이 사그라지지 않았지만, 조용히 이대로 넘어갈 수밖에 없었다. 자칫 잘못하다가는 애써 묻어 두게 된 민석의 비밀이 다시 수면 위로 떠오를지도 모르니까. 저들 또한 앙심을 품고 이판사판으로 나와 버리면 곤란했다. 이쯤에서 해결이 된 걸 다행으로 여길 수밖에 없었다.

재진은 일단 재성에게 먼저 전화를 걸었다.

"나야. 김만수가 모든 걸 그냥 덮기로 했어. 민석이와 관련된 모든 자료를 건네받았어. 지금이라도 진건이를 보내지 않으려면 그럴 수······."

끝까지 말을 잇지 못한 재진은 매가리 없이 전화를 끊었다.

[아니, 보낼 거야. 보내야 해. 진건인 내 옆에 있으면 다쳐. 형도 모르지 않잖아.]

재성이 얼마나 어렵게 결정한 일인지를 알고 있었다. 이제와 다시 붙잡는다 해서 또다시 이런 일이 반복되지 않는다는 보장이 없으니 불안할 거다. 민석이 대중들의 관심을 받는 공인인 이상, 언제 다시 또 엮일지 불안할 거다. 마음을 먹었을 때 매몰차게 보내려는 그의 마음을 알기에 더는 반박할 수가 없었다.

재진은 안타까운 마음에 한숨을 내쉬다 민석에게도 연락을 했다. 재성에게처럼 똑같이 말하며 커밍아웃은 하지 않아도 된다고 말한 그의 안색이 점차 어두워졌다. 잠자코 민석의 말을 듣고 있다 통화를 끝낸 재진은 가늘게 떠진 눈을 감았다.

[그건 온전한 해결이 아니라는 걸 대표님도 알고 계시잖아

요. 단지 며칠, 몇 달 뒤로 미뤄진 것일 수도 있죠. 한 번 들춰진 비밀은 더 이상 비밀이 아니니까요. ……대표님이 저한테 그러셨죠. 넌 신이 아닌 인간이라고. 이제 좀 쉬어도 된다고. ……쉬고 싶어졌어요. 벌써 엔진에 무리가 온 거 같아요. 좀 오래……, 오래 쉬고 싶어졌어요. 이제 더 이상…… 연기를 못 할 거 같습니다. 가짜 연기는 더 이상 못 할 거 같습니다. 그리고 두렵습니다. 저로 인해 애꿎은 사람들이 상처받을까 봐 두렵습니다. 대중들 앞에 나서는 게 너무 무서워졌습니다.]

**

"이게 뭐야?"

은우는 어깨를 축 늘어뜨린 채 기훈에게 편지를 내밀었다. 아직도 믿기지가 않았다. 이제 더 이상 진건을 볼 수 없다는 게.

"진건이가 전해 주래."

"하아, 시팔."

짜증스럽게 머리칼을 쓸어 올린 기훈은 그 자리에서 봉투를 열어 보았다. 어른들의 잘못으로 애가 왜 이런 상처를 받아야 하나 분노했지만, 딱히 해결해 줄 수 있는 문제가 아니라서 마음이 아팠다.

"이건……."

은우는 편지지와 함께 기훈의 손에 들린 배춧잎 한 장을 의아하게 쳐다보았다.

『기훈 삼촌. 이거 가지고 진건이 보러 몇 번 올 수 있어요? 보고 시풀거에요.』

"하아, 나 진짜……."
말문이 막힌 기훈을 보며 은우 역시 떨리는 마음으로 편지를 확인했다.

『은우 누나. 진건이는 누나가 마니 조아. 그래서 슬퍼. 잇잔아. 누나. 큰아빠하고만 놀지 말고 우리 아빠하고도 놀아주면 안 돼? 진건이도 업스면…… 아빠가 심심할거야. 그러니까 아빠하고도 놀아죠. 진건이 대신 놀아죠. 부탁해요.』

"오빠아……."
기훈의 가슴팍에 얼굴을 묻은 은우는 오열을 했다. 이제 여섯 살인데, 이제 겨우 여섯 살일 뿐인데 이별이 뭔지를 알고 준비를 한 거다. 여섯 살일 뿐인데.
"진짜 뭐 이렇게 좆같냐."
기훈 역시 눈물이 나올 것 같아 고개를 뒤로 젖혔다.
여섯 살배기가 사람 가슴을 후벼 판다.

22

탕-

 서로를 향해 겨눈 총성이 동시에 울려 퍼졌다. 대형 스크린엔 차민석과 스즈키 아사카의 얼굴이 클로즈업 되었다. 상영관엔 숨 막힐 듯 고요한 정적이 흘렀고, 잠시 후 비틀거리며 쓰러지는 건 민석뿐이었다. 각자의 조국을 위해 서로를 향해 총구를 겨눌 수밖에 없는 두 사람의 운명 앞에서 민석은 결국 사랑을 택했고, 스즈키 아사카는 조국을 택한 안타까운 결과였다.

 엔딩크레딧이 올라가고 어두웠던 상영관에 불이 들어와도 가슴이 먹먹해 다들 멍하니 앉아 있는데, 갑자기 한 발의 총성 소리가 더 들리며 짤막한 영상 하나가 나왔다. 스즈키 아사카가 제 머리에 총구를 겨누고 자결하는 영상이 이 영화의 진짜 마지막이었다.

눈물을 찍어 내며 코를 훌쩍이던 관객들의 기립 박수가 터져 나왔다. 은우 역시 재진과 함께 일어서며 손바닥이 아플 정도로 박수를 쳤다.

주연 배우인 차민석이 다시 한 번 무대 위에 서며 인사를 했다. VIP 시사회라 많은 연예인들이 함께했는데, 그들 역시 눈물을 찍어 내느라 바빴다.

"화장 다 지워지겠다."

재진은 도통 눈물을 멈출 기미를 보이지 않는 은우에게 손수건을 내밀었다. 영화가 주는 감동과 여운도 여운이지만, 그녀가 왜 이렇게 더 펑펑 우는지 알기에 가슴이 아팠다.

이 영화가 민석의 은퇴 전 마지막 작품이었다.

재진은 눈시울이 붉어진 민석의 얼굴을 바라보며 아낌없는 찬사를 보냈다. 이제 더는 민석의 연기를 볼 수 없다는 게 아쉬울 뿐이다.

김만수의 특종 포기로 모든 게 제자리로 돌아갈 줄 알았지만, 현실은 그렇지 못했다. 이미 한 번 깨진 도자기가 원래대로 복구될 수 없듯이, 이들 역시 제 스스로 곪아 있던 상처를 터트리는 계기가 된 것이었다.

소속사 대표인 재진과 더불어 재성 역시도 머리를 맞대고 함께 고민한 결과, 민석에게는 휴식이 필요하다는 결론을 내렸다. 차민석 스스로도 연기에 대한 회의감에 빠져 헤어 나오지를 못했고, 언제 터질지 모를 비밀을 안고 공인으로서 살아 간다는 게 얼마나 고된 일인지를 통감해 그의 뜻을 받아들일 수밖에 없었다.

두 달이라는 시간 동안 스케줄을 조정하며 팬들과의 약속인 사인회는 모두 참석을 했고, 한일 합작 영화 '마이 썬'의 홍보 활동을 마지막으로 은퇴를 하는 것으로 의견을 모았다.

해서 계약 애기가 오가던 많은 작품들과 광고 재계약 역시 모두 고사를 했고, 이제 크랭크인한 지 얼마 되지 않은 영화 역시 다른 배우들로 다 무리 없이 교체가 되었다. 때문에 기사화 되지만 않았을 뿐 암암리에 차민석 은퇴설이 나돌고 있는 상태였다.

"류 대표님, 축하드립니다. 이번에도 흥행 성공하겠는데요."

지인들의 축하에 재진은 억지로 쓴웃음을 삼키며 감사를 전했다. 민석의 은퇴 기자회견을 앞두고 있었기에 마음이 좋지 못했지만, 내색을 할 수는 없었다.

재진은 여전히 어깨를 들썩이는 은우를 달래며 서둘러 상영관을 빠져나왔다. 민석은 어차피 저녁에 따로 보기로 했다.

"큰일이네. 눈 퉁퉁 붓겠어."

재진은 차에 올라서도 코를 훌쩍이는 은우의 머리를 쓰다듬었다.

"믿을 수가 없어요. 이 영화가 민석 씨의 마지막 작품이라는 걸. 이제 더 이상 배우 차민석을 만나볼 수 없다는 게 너무 속상해요. 기자회견이 열리면 팬들 또한 얼마나 쇼크를 받을지 눈에 선해요. 아마 대한민국이 떠들썩해질 거예요."

"······그러겠지."

"민석 씨를 위해서는 놓아줘야 한다는 걸 알아요. 또다시 어느 기자에게 비밀이 밝혀져 협박을 당하고 커밍아웃을 하게 되느니, 조용히 덮어졌을 때 은퇴를 하는 게 민석 씨에겐 차라리 낫다는 걸 알아요. 그래도······ 이제 스물여섯인데, 배우 인생은 이제 시작이나 마찬가지인데, 민석 씨는 가짜 연기라고 하지만······, 그렇다고 하지만······, 이렇게나 많은 관객들의 심금을 울리는데······ 흐어엉."

재진은 은우의 어깨를 토닥이며 마음을 추슬렀다.

배우가 아닌 이상 그가 갖는 고뇌에 대해 함부로 얘기할 수는 없다. 모든 연기자들이 다 진짜 연기를 하는 게 아님을 알지만, 이번 일로 양심을 속이는 연기를 더는 못 하겠다는 민석에게 연기를 하는 기계가 되라고 강요할 수는 없었다. 그가 배우 생활을 하며 행복하기를 바라는 게 가장 큰 바람임은 변함이 없기 때문이다.

"저녁에 민석이 볼 건데 눈 퉁퉁 부어서 어쩌려고 그래. 민석이 앞에서는 예쁘게 보이고 싶어 하던 사람이 말이야."

재진은 가라앉은 분위기를 바꾸기 위해 은근슬쩍 장난을 쳤다. 그제야 은우가 눈물을 닦아 내며 거울을 보았다.

"진짜 눈 많이 부으면 어쩌죠?"

"어쩌긴. 내 눈에만 예쁘면 되는 거지."

"입술에 침도 안 바르고 거짓말은."

"난 거짓말 못 한다니까."

새치름한 얼굴로 피식 웃던 은우는 이 순간 또 떠오르는 얼굴에 먹먹해진 마음으로 조심히 입술을 달싹였다.

"벌써 두 달이 지났네요. 진건이 못 본 지도."

"……응, 그러게."

"잘…… 지내고 있을까요?"

재진은 진건을 보낸 후 승연과 여덟 번의 전화 통화를 했다. 재성은 모르지만 샌디에이고에 도착한 후 승연에게 전화가 한 번 왔었고, 그때 그녀를 간신히 설득해 일주일에 한 번 정도 전화로 안부를 전해 주기로 약속을 했다. 그리고 그때마다 진건이 밥도 잘 먹고 울지 않고 잘 지낸다는 답변을 받았다.

"저번 주에 통화한 게 마지막이야. 이번 주는 아직 전화가 안 오네."

"진건이 보고 싶어요. 보러 간다고 약속도 했는데……. 우리도 마음이 이런데 재성 씨는 어떨까요. 그래도 재성 씨가 부모님과 같이 지내서 다행이에요."

재진과 더불어 재성 역시 민석의 은퇴 문제로 해결해야 할 일들이 너무 많았다. 진건과의 이별을 아파할 시간도 허락되지 않을 만큼 정신없이 일에 쫓기던 그는, 한 달 전 재진을 설득해 아파트를 내놓았다.

진건이도 없는 마당에 더 이상 홀로 재진의 곁에 머물며 연애를 방해하고 싶지 않다는 게 이유였다. 재진은 끝까지 반대를 했지만 그의 뜻은 완강했고, 결국 부모님이 계신 파주로 삶의 터전을 옮겼다. 해서 재진은 며칠 전 오피스텔을 따로 하나 구입한 터였다.

"오늘 시사회 같이 왔으면 좋았을 텐데."

재성은 아무래도 VIP 시사회이니만큼 이목이 집중된 곳이다 보니 동행하기를 망설이다 이내 거절을 했었다.

"재성 씨는 뭐 하고 있을까요? 점심은 먹었으려나."

"모처럼 좀 쉬고 있겠지. 요새 계속 수면 부족이었을 텐데."

"오늘 저녁은 기름기 좀 많은 걸로 먹어야겠어요. 재진 씨부터 민석 씨까지, 다들 살 좀 쪄야 해요. 내가 얘기했었죠? 나 외모지상주의자라고. 예전이 더 잘생겼단 말이야."

"이런."

슬쩍 미간을 찌푸리던 재진이 웃음을 터트렸다.

"분부 받들죠. 매일 밤 야식에, 두 그릇씩 먹어야겠네. 그런데 알지? 야식은 혼자 먹는 게 아니라는 거."

"흠흠. 뭐래. 야식은 원래 혼자 먹는 게 야식 아니에요?"

은우의 뺨이 발그스름해지며 초승달처럼 입매가 올라갔다.

"내게 생각이 있어."

"뭘요?"

"널 들여보내지 않을 생각."

"어머머. 웃겨, 정말. 오늘은 재성 씨랑 민석 씨까지 다 모이는 날이거든요?"

"그들이 밤새 같이 있을 건 아니잖아."

"어머머."

"네 동조가 없으면 불가능한 일이야. 어떻게 할 생각이야?"

"흠흠. 난 몰라요! 얼른 장이나 보러 가요."

곱게 눈을 흘기다 차창을 내리고 바람을 맞던 은우는, 구름 한 점 없는 푸른 하늘을 올려다보다 검지를 슬며시 뻗어 혼잣말처럼 중얼거렸다.

"삐리, 삐리, 삐리, 삐리. 누나는 이렇게 웃기도 하는데, 우리 진건인…… 어떤 얼굴을 하고 있을까? 누나 곁엔 큰아빠가 있어서 웃기도 하는데, 우리 진건인…… 어떤 얼굴을 하고 있을까? 텔레파시 좀 보내 줘, 진건아."

**

재성은 문이 열리는 인기척에 천천히 눈꺼풀을 들어 올렸다.

"나 때문에 괜히 깼나 보구나."

"아니에요, 어머니."

그는 침대에서 몸을 일으키며 암막 커튼을 걷었다. 창문을 투과해 쏟아지는 햇살에 슬그머니 눈살을 찌푸린 그는 시간을 확인했다. 아마도 진건을 보낸 뒤 이렇게 숙면을 취한 건 오늘이 처음인 것 같았다.

"점심때가 지났는데도 너무 조용해서 한 번 열어 본 거야. 배고프지? 정신 좀 차리고 나와."

"예, 그럴게요."

방에서 나가기 위해 돌아서던 어머니가 잠시 머뭇거리더니, 이내 문을 닫고 침대 끝에 걸터앉았다.

"승연이한테는…… 별다른 연락이 없니? 무소식이 희소식이라지만 궁금하구나. 우리 똥강아지 잘 지내는지, 어떤지……. 재성아. 승연이와…… 재결합은 힘든 거니? 이제라도……."

"그런 말씀 마세요. 승연이가 행복하지 않을 겁니다."

"……그래. 내가 괜한 소리를 했구나. 승연이도 좋은 사람 만나야겠지. 많이 사랑받으며 여자답게 살아야겠지."

"……네. 그래야죠."

"그런데…… 넌?"

처연하게 바라보는 어머니의 시선에 재성은 콧날이 시큰해져 주먹에 힘을 주었다.

처음이었다. 어머니가 이런 말을 하는 건. 이런 걱정을 하고 있는지는 몰랐던 사실이었다.

사실 파주로 터전을 옮겼을 때도 여전히 부모님과의 사이가 그리 좋지 못했기 때문에 혹시 내쳐지지 않을까 두려움에 떨었었다. 어쩌자고 여길 왔느냐고, 누굴 또 못 살게 굴려고 여기까지 쫓아왔느냐고 할까 봐 잔뜩 겁을 먹었었다.

[……잘 왔다.]

짐 가방 하나 달랑 들고 찾아온 아들을 보며 오랜 침묵 끝에 내뱉은 어머니의 그 한마디에 얼마나 목 놓아 울었는지 모른다. 사실은 너무 무서웠다고, 안아 달라고 어리광을 부리고 싶었다. 나이가 서른둘인데도 어머니 앞에서는 마냥 아이가 되고 싶었다.

"이렇게나 멀쩡히 잘생겼는데……, 이렇게나 성품도 곧고 착하기만 한 내 아들인데……, 이제 서른둘일 뿐인데……, 우리 아들…… 어떡하니?"

떨리는 손으로 재성의 얼굴을 어루만지던 어머니의 얼굴엔 안타까움이 가득 배어 있었다.

"엄마는 솔직히 아직은 자신이 없구나. 네가 어느 날 남자를…… 애인이라고 데리고 온다면, 과연 내가 웃으면서 반겨줄 수 있을지 자신이 없구나."

재성의 눈시울이 차츰 젖어들었다.

"너는 평생 혼자이겠다고 하지만, 네 어린 새끼를 위해서라도 그러겠다고 다짐하지만, 사람이 어떻게 평생 혼자일 수 있겠니. 도대체 네가 어쩌다가……, 내 새끼가 어쩌다가……."

끝까지 말을 잇지 못한 어머니가 눈물을 훔치며 방에서 나가셨다. 재성은 고개를 푹 숙인 채 얼굴을 감쌌다.

무뚝뚝한 재진과는 달리 딸처럼 살가웠던 저를 유난히도 어여삐 여겼더랬다. 우리 작은아들은 어떤 여자를 만나도 좋은 남편이 되어 줄 거라며 어여삐 여겼더랬다.

재성은 하도 펼쳐 봐서 닳고 닳은 편지 하나를 협탁 서랍에서 꺼내었다.

『아빠. 진건이는 아빠가 슬픈 거 실어. 내가 엄마 따라가는 게 아빠가 안 슬픈 거면 그르케 할게. 근데 잇잔아, 아빠. 진건이 보러 꼭 와야 해? 진건이는 아빠 업스면 마니 슬플 거 같아. 엄마한테는 미안한데, 진건이는 아빠가 더 필요해. 아빠가 더 조아. 진건이 마음울 아빠가 알아줫스면 조켓어. 그리고 내가 은우 누나한테 부탁햇어. 아빠하고도 놓아달라고 부탁햇어. 그러니까 혼자 놓지 말고 은우 누나랑 큰아빠랑 꼭 같이 놓아야 돼? 혼자 밤에 울기 업기야. 진건이가 슬프니까. 사랑해. 세상에서 제일 사랑해.』

재성은 보고 또 보아도 자꾸만 눈물이 나오는 진건의 편지에 오늘도 어김없이 눈가를 훔쳤다. 아무리 잊으려 한들 불가능하다는 걸 안다.

"보고…… 싶어. 실은 보고 싶어. 아빠도…… 진건이가 필요해. 실은 그래."

하얀 편지지 위로 눈물방울이 후드득 떨어졌다. 아들을 그리워하는 아빠의 눈물은 오늘도 멈출 줄을 모른다.

**

"오늘 모처럼 요리 솜씨를 발휘해 볼까요?"

은우와 함께 장을 봐와 오피스텔로 돌아온 재진은 별로 산 것도 없는 것 같은데 한가득인 박스를 내려놓았다.

"혹시 도울 생각은 하지 말아요."

소매를 걷어붙이던 재진이 멈칫하며 멋쩍게 웃었다.

"내가 사실 이제 와서 하는 말인데, 우리 처음에 진건이랑 피자 만들던 날 말이에요. 내가 허벅지를 얼마나 꼬집었는지 알아요?"

"왜?"

"심신을 다스리느라. 내가 살다 살다 우리 오빠보다도 더 요리에 젬병인 사람은 처음 봤거든요. 아니, 진건이도 잘 따라 하는데 왜 그걸 못 하냐고요. 알아서 준비해 놓은 재료들을 또띠아 위에 얹기만 하면 되는 걸 갖다가 '이렇게 하면 되는 겁니까? 이게 맞는 겁니까?' 어찌나 물어보던지, 하마터면 욕 나올 뻔했다고요."

재진은 리얼하게 제 말투를 흉내 내는 은우의 모습에 괜한 헛기침을 했다.

"어쩜 형제가 그렇게 달라요? 재성 씨는 요리도 참 잘하던데. 칼질이 아주 그냥 경쾌하게 탁탁탁탁, 왜 요리하는 남자가 멋있다고 하는지 알겠더라니까."

"그만해요, 은우 씨. 그러다 형 진짜 삐쳐요."

뒤늦게 오피스텔로 들어서는 재성의 음성에 고개를 돌린 은우가 방실거렸다.

"에이, 설마 삐치려고요. 저는 사실을 말했을 뿐인데요. 지금 제게 필요한 건 재성 씨예요."

은우는 재성의 팔을 잡아 이끌어 주방으로 향했다. 재성과는 일주일에 한두 번은 꼭 같이 식사를 하는 자리를 만들었다. 그는 배려 차원으로 연인 사이에서 일부러 빠져 주려 했지만, 은우는 진건과의 약속 때문에 되도록 재성과 함께하는 시간을 만들어 보려고 애를 썼다. 그가 외롭다 느끼지 못하도록 진건이 몫까지 더불어 해피바이러스 역할을 자처했다.

"진짜 형은 왜 그렇게 요리에 소질이 없는 걸까요?"

"하하, 사람이 완벽할 수는 없죠. 형이 다른 건 다 잘하잖아요."

"아니에요. 못하는 게 얼마나 많은지 몰라요."

재성과 딱 붙어서 키득거리던 은우를 바라보던 재진은 흐뭇하게 입매를 올렸다. 그녀가 재성과 함께일 땐 일부러 더 밝은 척을 한다는 걸 알고 있었다. 재성을 웃게 해 주려 기꺼이 기쁨조가 되어 준다는 걸 알고 있다.

"민석 씨는 어디쯤이래요?"

"한 30분이면 도착한다던데요."

"정말요? 그럼 빨리 준비해야겠다."

재성과 함께 요리를 하며 쉴 새 없이 떠들어 대던 은우는 초인종 소리가 들리자 급격하게 긴장을 하며 다급히 손을 씻었다. 이윽고 몇 달 만에 다시 실물로 만나보는 민석이 들어섰고, 은우는 넙죽 고개를 숙였다.

"잘 지냈어요, 은우 씨? 아, 형수님이라고 해야 하나요?"

민석이 재진의 눈치를 보며 짓궂게 묻자, 은우가 손사래를 치며 난리를 쳤다.

"어머, 결혼한 것도 아닌데 형수님은 무슨. 아하하. 편하게 말씀하세요. 그래도 되죠, 재진 씨?"

"글쎄."

"어머머, 글쎄는 뭐가 글쎄예요?"

"갑자기 손은 왜 씻지? 민석이 손이라도 잡아 볼 생각이었나 봐?"

"어머머. 아, 그거야 식재료 만져서 냄새나니까······."

"그러니까, 잡아 볼 생각이었네. 악수를 핑계로."

사랑싸움하듯 아옹다옹하는 두 사람을 바라보던 민석은 쿡 웃음을 터트리다 주방으로 향했다.

"류 실장님 요리 오랜만에 먹어보는데, 마지막이 되겠네요."

민석은 은퇴 후 한국을 떠날 예정이었다. 아무래도 한국에 있으면 은퇴를 한다 해도 마음 놓고 돌아다닐 수도, 쉴 수도 없으니 선택의 여지가 없는 결정이었다.

"뭐 좀 도울까요?"

"오늘 시사회 못 가서 미안해. 반응이 좋았다는 소식은 들었어."

"미안하긴요. 나중에 돈 내고 보는 게 더 도와주는 일이죠."

"그런가?"

"당연한 걸 묻고 그래요."

장난 섞인 민석의 말에 재성의 입매가 희미하게 올라갔다.

"후회…… 안 할 자신 있어?"

나직한 재성의 음성에 민석은 잠시 뜸을 들이다 고개를 가로저었다.

"후회할 거예요. 연기가 또 하고 싶어지겠죠, 분명. 그게 가짜 연기라 해도 또 하고 싶어지겠죠, 언젠가는."

"그럼 다시 생각해 보는 게……."

"나도 같아요, 형이랑."

평소 둘이 사석에서 만날 때처럼 말을 편하게 놓은 민석이 차분하게 말을 이었다.

"형이 진건이를 떠나보낸 마음과 같아요. 감히 형의 마음에 비할 바는 아니겠지만, 나도 그런 마음으로 떠나는 거예요. 내 인생에 연기를 빼놓고 살 수 있을지 자신은 없지만, 거짓 없는 인간 차민석으로 살아 보려고요. ……형도 그랬으면 좋겠네요. 이제 그만 움츠리고 당당해졌으면 좋겠어요."

"……그래."

"노는 게 지겨워질 때까지 쉬고 또 쉬다가, 어느 날 문득 형이랑 술 한잔하던 때가 그리워지면 편지할게요. 이런저런 수다가 떨고 싶어지면 편지할게요. 그래도…… 되죠?"

재성은 말없이 고개만 끄덕였다. 배우 차민석을 잃는 것도 가슴이 아팠지만, 속내를 터놓던 친구를 잃게 된다는 사실에 마음 한구석이 허전했다.

"자, 그럼 대파라도 좀 다듬어 볼까요?"

"어어! 민석 씨 놔둬요! 내가 할게요!"

재진과 한바탕 입씨름을 하던 은우가 민석의 손에 쥐여진 대파를 보더니 기함을 하고 달려왔다. 손님이 왜 이런 걸 만지고 있냐고 난리법석을 떠는 은우 때문에 재진이 앉아 있는 소파로 쫓겨난 민석은 기분 좋게 웃었다.

"함께이면 늘 미소가 떠나지 않겠네요."

"너도 함께이면 더 좋을 텐데. 어디로…… 갈 생각이야?"

"글쎄요."

"다시 생각해 볼 여지 같은 건 없는 거지?"

"죄송해요. 저를 위해 많이 애써 주셨는데, 그 보답을 다 하지 못하고 떠나서. 아마 많이…… 그리울 겁니다."

"언제든…… 돌아오고 싶으면 돌아와라. 우린 그 자리에 항상 있을 테니."

민석은 아무런 대답도 하지 않고 그저 웃기만 했다. 재진은 그 뜻이 무언지 알기에 마지막으로 남겨 뒀던 한 조각의 미련마저 날려 버렸다.

민석은 다시 돌아오지 않는다. 아무리 연기가 하고 싶어져도 돌아오지 않을 거다. 돌아올 것 같았으면 지금 이렇게 떠나지도 않을 테니까. 또 같은 근심들을 겪을 걸 알기에 연예계에 다시 발을 들이지는 않을 거다. 또다시 기자들의 타깃이 되어 세상에 비밀이 들춰질지도 모를 그런 일을 되풀이하지는 않을 거다. 저뿐만이 아닌 가족들은 물론, 주변사람들까지 피해를 보게 될 그런 일을 만들지는 않을 거다.

"앗, 뜨거!"

주방에서 은우의 목소리가 삐져나왔다. 벌떡 일어난 재진은 한걸음에 달려갔다.

"또 데인 거야?"

"아니, 기름이 좀 튀어서."

"하여튼 한시도 눈을 뗄 수 없다니까. 주방에서 나가야 할 사람은 내가 아니라 강은우 같은데?"

"어머머, 지금 나를 재진 씨랑 비교하는 거예요? 어머머, 기분 나빠."

또다시 시작된 사랑싸움에 재성이 어깨를 으쓱이며 웃었다. 모처럼 느껴보는 평온함이었다. 그럼에도 아들은 그리웠다.

**

한 달 후, 차민석의 은퇴 기자회견이 열렸다. 승승장구하던 톱스타의 은퇴를 두고 이런저런 헛소문들도 많았지만, 그때마다 재진은 최대한 기사를 막으며 끝까지 민석을 보호했다.

기자회견을 앞두고 팬 카페에 먼저 자필로 쓴 글을 올려 은퇴 의사를 밝혔던 민석은, 기자회견 당시에도 팬들에게 가장 미안하다는 말을 반복하며 눈물을 글썽였다.

그가 밝힌 은퇴 사유는 사실 거짓이 아니었다. 그동안 너무 쉼 없이 달려와 쉬고 싶고, 지금까지 자신이 해온 연기의 진정성에 대해 끊임없이 고민을 하다 이런 결정을 하게 되었다고 밝혔다. 본의 아니게 민석의 마지막 작품이 된 영화 '마이 썬'은 오히려 그의 은퇴로 인해 관심을 더 끌어 모았다. 개봉한 달 만에 천만 배우 타이틀을 거머쥔 민석은 그야말로 최정상의 자리에서 많은 박수를 받으며 떠날 수 있게 되었다.

그가 한국을 뒤로하던 날 공항엔 수많은 팬들이 집결하여 눈물바다가 되었고, '돌아와, 기다리고 있을게.'라는 대형 현수막을 바라보던 민석은 90도로 허리를 숙이며 그동안 감사했다는 말을 끝으로 이별을 고했다.

민석의 은퇴 소식이 전해지고 재진에게 전화 한 통이 걸려왔다. 민석이 은퇴를 선택하리라고는 상상도 못 했던 김만수의 전화였다. 그는 일말의 양심의 가책을 느끼며 사죄와 위로를 전했지만, 이미 다 늦은 후였다. 그가 곪은 상처를 건드린 꼴이긴 했지만 언제고 터질 문제이긴 했다. 민석이 많은 사람들의 관심을 받는 공인인 이상.

"모든 게 다…… 꿈같네."

재진은 민석이 은퇴를 한 지 수일이 지났음에도 아직 잘 믿기지 않아 창밖을 내다보았다. 사랑하는 사람들을 떠나보낸 시간들이 많이 아프고 힘들었지만, 여기서 흔들리면 안 된다는 걸 알았다. 소속사 대표로서 중심을 잃으면 안 되었다.

재진은 공허한 마음을 추스르며 가죽 의자에 몸을 앉혔다. 진건이 그려 준 그림을 물끄러미 바라보다 오늘이 며칠인지 확인했다. 탁상 달력에 빨간 펜으로 동그라미가 쳐진 18일이 일주일밖에 남아 있지 않았다. 재진이 인터폰으로 직원 호출을 하려는데, 마침 노크와 함께 문이 열렸다.

"대표님, 이하영 씨가 오셨는데요."

"하영이?"

재진은 의아한 얼굴로 눈썹을 치올렸다. 민석의 문제 때문에 요새 통 다른 일에는 신경을 못 쓰다가, 문득 재성이 대물 작가에게 연락이 왔느냐고 묻고 나서야 뒤늦게 판권 문제가 생각이 났다. 출판사를 통해 어렵게 연결한 끝에 어제 드디어 통화가 되었다. 한데 목소리가 어디선가 들어본 듯 낯설지가 않았지만, 아는 사람일 리가 없었다. 일사천리로 만날 약속을 잡고 오늘 점심에 직접 회사로 찾아오기로 했는데, 느닷없이 하영이 찾아온 것이었다.

"들여보내. 참, 비행기 티켓 좀 알아봐 줘."

"날짜와 목적지를 어디로……."

"15일 출국, 17일 입국 왕복 티켓. 그리고 17일 입국 편도 소아 티켓 한 장 더. 목적지는 샌디에이고."

"예, 대표님."

여직원이 나가고 뒤이어 하영이 들어섰다. 재진은 대물 작가가 오기로 한 시간까지 30분도 채 남지 않은 걸 체크하며 하영과 마주 섰다. 그녀가 기획사까지 직접 찾아오는 건 극히 드문 일이었다.

"요새 회사가 좀 많이 시끄럽더라고요?"

하영이 선글라스를 벗으며 소파에 몸을 앉혔다.

"주가도 하락했던데 어떡해요?"

"네가 주가 걱정까지 할 줄은 몰랐던 사실인데."

"왜 걱정이 안 되겠어요. 내가 소속해 있는 회사인데."

새치름하게 고개를 쳐든 하영은 살이 빠져서 턱 선이 더 날렵해진 재진을 빤히 쳐다보았다.

"의외였어요, 사실."

"뭐가?"

"민석이 은퇴 선언한 거요. 민석이도 민석이지만 회사가 입는 타격도 만만치 않을 텐데 민석이 뜻을 받아들이다니요. 쉬고 싶으면 그냥 몇 달 여행이나 다녀올 것이지, 뭐 하러 은퇴씩이나 한데요?"

재진은 별다른 말없이 짧게 숨만 내쉬었다.

"그래도 꽤 괜찮았어요. 소속사 이익보다는 배우를 먼저 생각하는 대표님의 마인드가. 그래서 마음을 굳혔어요. 믿을 만하겠구나. 적어도 나를 먼저 배신할 사람은 아니겠구나. 든든한 백그라운드가 되겠구나."

재진은 어쩌면 이번 일로 하영과의 재계약은 어려울지도 모르겠다고 생각했었다. 좀 더 안정된 대형 기획사에서 러브콜을 보내오고 있다는 걸 알고 있었기 때문이었다. 게다가 민석의 문제로 도통 신경을 못 썼기 때문에, 더욱 그녀를 붙잡을 수 없을 거라 여겼었다.

"이제 민석이도 없는 마당에 나까지 나가 버리면 우리 대표님 불쌍해서 어째요. 내가 또 쓸데없이 의리는 있다니까."

재진은 참 말은 얄밉게 해도 그녀의 말마따나 의리 있는 선택에 다소 놀라움을 감추지 못했다. 마냥 철없던 막내딸이 어느 순간 조금 자란 느낌이었다.

"고맙다, 남아 줘서."

"대표님이 나한테 고맙다고 하는 건 처음 들어보는데, 꽤 괜찮네요? 계약서 준비해 주세요."

"그래."

"그게 다예요?"

"음?"

"아니 뭐, 점심이라도 한 끼 사 줘야 하는 거 아니에요?"

"오늘은 점심 선약이······."

재진의 말이 끝나기가 무섭게 노크 소리와 함께 문이 열렸다.

"대표님, 점심 약속하셨던…… 아, 기다리시라고 할까요?"

"아니야. 하영아, 점심은 나중에 같이하자."

입을 쌜쭉거린 하영이 몸을 일으켰다. 하영을 배웅하기 위해 집무실 문으로 향하던 재진은 낯익은 얼굴이 불쑥 들어서자 흠칫 놀랐다. 어째서 지금 기훈이 여기 와 있는지 모를 일이었다.

"여긴 어떻게……."

재진은 멀끔하게 슈트를 차려 입은 기훈이 적응이 안 되는 듯 위아래로 훑어보았다. 인물 자체는 출중하다 생각했었지만, 옷을 저리 차려 입으니 마치 다른 사람 같았다.

"제가 대물입니다."

"예?"

"제가 대물이라고요."

재진이 잠시 사고 회로가 정지된 듯 말을 잇지 못하고 있는데, 옆에 서 있던 하영이 쿡 웃음을 터트렸다.

"대물이래. 푸후후."

하영이 웃음을 참지 못하고 키득거렸다.

"이거 제가 오늘 운이 좋네요. 로또라도 하나 사야 하나."

기훈은 여전히 놀란 얼굴로 서 있는 재진은 아랑곳 않은 채 하영에게 시선을 꽂았다. 실물로는 처음 보는데 역시 이하영이라는 말이 절로 나왔다.

"저 기억하십니까?"

뜬금없는 기훈의 말에 하영이 웃음을 멈추며 힐끗 쳐다보았다.

"절 아세요?"

"제가 그때 전화로 그랬잖아요. 분명 만나게 될 거라고. 제 이름 기억해 두라고."

기훈은 멋들어지게 입매를 올리며 손을 내밀었다.

"강기훈입니다. 만화 작가 닉네임은 대물이고요."

하영은 처음 만났음에도 뭔가 당당하고 스스럼없는 기훈의 행동에 흥미로운 얼굴로 그를 응시했다. 보통의 남자들이 저를 만나면 반응은 딱 한 가지였다. 부끄럽고 쑥스러워서 눈도 제대로 마주치지 못한다는 것. 한데 눈앞의 남자의 저 근거 없는 자신감이 어이가 없으면서도 흥미로웠다.

"흠흠. 대표님 손님이신가 보죠?"

하영은 기훈의 손끝만 살짝 잡았다 놓으며 선글라스를 꼈다.

"일단은 그렇습니다."

"일단은······?"

"사람 인연은 어떻게 될지 모르니까요."

하영을 앞에 두고도 주눅 들지 않고 여전히 당당한 자태로 서 있던 기훈이 씩 웃었다.

"흠흠. 전 이만 가 볼게요, 그럼."

"아, 그래."

하영이 집무실을 빠져나가고 뒤늦게 정신을 차린 재진은 그제야 기훈에게 인사를 건넸다.

"어쩐지 목소리가 낯설지 않다 생각은 했었지만 정말 몰랐습니다."

"아시는 게 이상한 거죠."

"제이엔터테인먼트에서 만나길 원한다는 말을 들었을 때 아셨을 텐데, 왜 말씀 안 하셨어요?"

"제가 서프라이즈를 좋아해서요."

"은우도 전혀 말을 안 하던데……."

"그 녀석은 아마 창피해서 말 못 했을 겁니다. 매일 저더러 음탕하다고 말하니까요. 사실 인간은 모두 음탕한데 말입니다. 대표님도 그렇잖아요?"

기훈이 또 씩 웃었다. 재진은 어쩐지 저 웃음에 등줄기가 다 서늘해짐을 느끼며 시선을 피했다. '너도 내 동생을 상대로 음탕한 짓을 했잖아?' 이런 눈빛 같았다.

"흠흠. 일단 앉으시죠."

기훈과 함께 소파에 마주 앉은 재진은 다시 생각해 봐도 신기하다는 얼굴로 먼저 말문을 열었다.

"작품 정말 흥미롭게 잘 읽었습니다."

"그리 봐 주셨다니 제가 감사하죠. 그런데 의외입니다?"

"무슨……."

"대표님이 그런 취향인지는 몰랐는데요. 물론 인간은 누구나 본능에 충실하긴 합니다만."

재진은 은우나 기훈이나 사람을 들었다 놨다 하는 데는 일가견이 있다고 생각하며 침착하려 애썼다. 기훈의 언변이 좋다는 건 알고 있었지만 뭔가 주도권을 뺏기는 느낌이었다.

"작품이 좋다고 소문이 자자하더라고요. 저희 회사 직원들도 정독하던데요. 그래서 알게 됐습니다."

"좋은 직원들을 두셨네요."

"흠흠. 그럼 본론으로 들어가 볼까요? 현재 50회까지 연재가 되었던데, 완결을 몇 부작으로 생각하고 있으십니까?"

"반쯤 왔다고 보시면 됩니다."

"아직 연재되지 않은 부분, 시놉시스를 좀 검토해 볼 수 있을까요?"

"물론이죠."

"아무래도 높은 수위와 폭력성으로 인해 영화로 밀어 볼까 합니다."

"그런데 기획사에서 직접 판권까지 사들입니까? 보통은 제작사에서 판권을 사들이던데요."

"드문 일이기는 하지만 그만큼 성공 가능성이 있다고 생각되는 작품에는 제작에 직접 참여하고 투자하기도 합니다."

"이거 갑자기 어깨가 무거워지는데요. 직접 투자까지 하시다니. 다시 한 번 고려해 보셔야 하는 거 아닙니까? 제 작품이 마니아팬 층은 두텁지만 대중적이지는 못한데요."

재진은 현실적인 기훈의 염려에 기분 좋게 입매를 올렸다.

"저희도 많은 부분을 고려한 뒤 결정한 겁니다. 청소년관람불가 등급 중에서 천만을 찍은 영화가 딱 하나 있습니다."

"도강혁 소설가가 직접 각본을 맡았던 〈리멤버〉 말씀하시는 거죠? 그해 영화제 각본상까지 수상하셨던 걸로 압니다."

"도전해 보죠, 우리도."

재진의 음성은 간결하고도 자신감이 넘쳤다.

"자고로 남자라면 포부를 크게 가져야죠? 오천만 국민들을 타깃으로 멋진 영화 만들어 보죠, 대물 작가님."

재진을 물끄러미 바라보던 기훈의 입매가 이내 벌어졌다.

"이거 또 갑자기 승부욕에 발동 걸리네요. 잘 부탁드립니다, 류재진 대표님. 참, 꼬맹이는…… 잘 지내고 있는 겁니까? 기회가 된다면 한번 찾아가 보고 싶은데, 안 되는 겁니까? 녀석한테 받은 게 있어서요. 그 값어치 다 하려면 몇 번 가야 하는데 한 번도 못 가고 있는 게 미안해서요. 진건이…… 보러 가면 안 되는 겁니까?"

"내가 요새 요리 실력이 느는 것 같아요."

재진이 오피스텔을 얻은 이후 외식보다는 집에서 해 먹는 일이 더 많다 보니 자연스레 은우가 요리할 기회가 많아졌다. 덕분에 재진 역시 은우를 돕는 일이 잦아졌고, 대파나 양파의 껍질을 까서 써는 것 정도는 서툴지만 가능해졌다.

은우는 오늘 역시 주방에서 분주하게 움직였다. 재진과의 데이트 장소가 주로 오피스텔이다 보니 이제는 제 집처럼 편안했다.

"오늘은 또 얼마나 열성적으로 아이들을 기쁘게 했어?"

그녀의 뒤에서 허리를 끌어안은 그가 어깨에 고개를 묻으며 물었다. 진건이 떠난 후 원래 하던 일인 유치원 교사로 취직한 은우는 여전히 인기 많은 좋은 선생님이었다.

"음, 배꼽 잡고 자지러지기 열 번씩은 했던 거 같은데요?"

"안 봐도 훤해. 아이들이 얼마나 좋아했을지."

"······아이들과 있다 보면 진건이 생각이 더 많이 나요. 진건이는 이랬었지 저랬었지······. 재진 씨, 진건이 보러······ 한 번 가야 하지 않을까요? 그동안은 이런저런 일들로 바빴다지만, 진건이 보낸 지도 벌써 3개월이 넘었는데······."

"누가 남매 아니랄까 봐 같은 날 똑같은 얘기를 해."

은우는 무슨 뜻이냐는 얼굴로 허리에 감긴 손을 풀며 뒤돌아섰다.

"다음 주 금요일, 18일이 재성이 생일이야. 재성이 생일 선물 준비하러 출장을 좀 다녀올 생각이야."

"그게 무슨······."

말끝을 흐리던 은우의 동공이 커졌다.

"설마······."

"굳이 매번 입 밖으로 꺼내지 않아도 나도 늘 생각하고 있었어. 어떻게 아무렇지 않겠어. 진건일 재성이에게서 떼어 놓고 어떻게 아무렇지 않았겠어. 민석이 문제로 정신이 없었다지만 늘 생각하고 있었어. 진건일 다시 데려와야 할 시기를 좀 보고 있었을 뿐이야. ……약속은 지켜야지. 큰아빠가 데리러 가겠다고 약속했으니 지켜야지. 아빠가 하고 싶어도 못 하는 거 큰아빠가 대신 해 줘야지."

재진의 진심이 느껴졌다. 그간 혼자 속으로 얼마나 많은 고민을 하며 내린 결정인지가 보여 안쓰럽기도 했다. 재성과 함께일 때 일부러 더 웃고 떠들던 그였지만, 한편으로는 끊임없이 고심했을 그의 모습이 생생해 기특하기까지 했다. 과연 어떻게 하는 게 옳은 일인지 수없이 고민을 했을 거다.

'언제 이런 걸 준비했을까. 멋있구나, 내 남잔.'

"잘했어요. 정말 잘한 일이에요. 내가 다 가슴이 떨리는데, 재성 씨 얼마나 놀랄까요. 진건이는 또 얼마나……. 하아, 아무튼 애썼어요. 정말 잘했어."

그가 식탁 모서리에 살며시 몸을 기대며 다시금 은우의 허리에 팔을 둘러 끌어당겼다.

"말로만?"

"응?"

"난 좀 더 노골적인 칭찬이 듣고 싶은데."

새카만 그의 눈동자를 들여다보던 은우의 얼굴이 발그스름해졌다.

"왜 또 분위기를 이상하게 잡아요?"

"왜 이럴까?"

"밥 먹어야죠."

"안 먹을 거라고는 안 했어."

"아, 얼른 놔줘요."

"내 생각은 이래. 요리뿐 아니라 뭐든 자꾸 해 봐야 느는 법이거든. 나는 너와 해 보고 싶은 게 아주 많아. 내가 바라는 노골적인 칭찬은 그런 거야. 사실 요즘 연애도 제대로 못 했잖아? 그러니 이제부터라도 제대로 해야지."

은우의 귓불이 다 시뻘게졌다. 그렇지 않아도 그와 함께하는 밤은 너무도 야해서 그 순간은 다른 영혼이 들어왔다 나가는 것만 같았다.

"흠흠. 뭐가 또 더 해 보고 싶다는 거예요? 난 이미 타락했다고요."

입술을 쭉 내민 은우가 그리 귀여울 수 없었다. 재진은 웃음을 터트리며 그녀의 귓불을 할짝거렸다. 짜릿한 전율에 어깨를 움츠린 은우를 더 가까이에서 바라보던 그가 얄궂게 웃었다.

"나한테 얘기하지 않은 게 하나 있던데. 그날 남이섬 펜션에서 보고 있던 웹툰이 오빠 작품이라는 거, 왜 말 안 했지?"

은우는 전혀 생각지도 않은 질문에 당황하며 눈을 요리조리 굴렸다.

"아, 그러니까 그게······."

"오늘 오빠를 만났어."

"왜요?"

"나도 몰랐지. 오빠가 올 줄은. 대물 작가님이 오빠인 줄 몰랐으니까. 저장되어 있는 건 휴대폰 번호뿐인데 집 전화로 전화가 와서 몰랐거든. 목소리가 어딘가 낯익다 하긴 했었지만 말이야. 〈타깃〉 판권을 살 거거든. 영화로 제작하려고."

잠시 멍한 얼굴로 재진을 바라보던 은우가 뒤늦게 소스라치게 놀라며 입을 벌렸다.

"여, 영화요? 우리 오빠 웹툰을?"

재진은 멋스럽게 입매를 올리며 고개를 끄덕였다.

"재진 씨가 판권을 산다는 거예요? 망하면 어쩌려고?"

"푸후후, 왜 망할 생각을 해. 망할 거 같으면 아예 시작도 하지 않아."

"맙소사. 이게 꿈이야, 생시야. 영화라니. 그거 너무 야하지 않아요? 그게 영화로 가능해요?"

"영화니까 가능한 거야."

은우가 여전히 믿기지 않는다는 얼굴로 멍해 있다, 이내 기쁨을 감추지 못하며 폴짝거렸다.

"꺄아! 강기훈 웬일이야! 영화라니! 영화라니!"

"그렇게 좋아?"

"당근이죠! 엄마도 이 사실을 알면 엄청 좋아할 거예요. 성인만화 작가라고 무시하는 사람들도 많았고, 사실 나부터도 어디 가서 오빠 직업 말하기가 망설여지더라고요. 선입견이라는 게 있잖아요. 그저 벗기기만 하는 삼류 만화, 이런 거요. 하아, 대체 이게 뭔 일이야. 그런데 재진 씨도 만화 봤어요? 그거 엄청 야하던데?"

"봤지, 그럼. 아주 유익한 시간이었어."

재진의 눈썹이 의미심장하게 꿈틀거렸다.

"오빠가 나보다 나이는 어린데, 참 많은 걸 알고 있더라고."

"어떤 거요?"

"알려줄까?"

아니라고 말하려던 은우의 몸이 붕 떴다. 순식간에 은우를 안아 올린 그가 성큼성큼 침대로 향했다.

"아, 안 알려줘도 된다고요!"

"쉬잇. 좋아하게 될 거야."

빠르게 셔츠 단추를 풀어 버린 그가 윗옷을 벗어 내자 탄탄한 가슴 근육이 드러났다. 검게 그을린 피부라 더욱 섹시하게 보이는 그를 바라보던 은우는 마른침을 꿀꺽 삼켰다.

역시나 또 그분이 오고 계셨다. 재진과 야한 밤을 보낼 때마다 찾아오는 제 안의 다른 영혼. 도대체 왜 거부를 못 하는 거냐고요!

은우는 뭔가에 이끌리듯 손을 뻗어 그의 오른쪽 팔뚝에 새겨진 레터링 문신을 쓸어보았다. 문구를 낮게 읊조리자, 재진이 은우를 침대 위에 눕히며 입술이 닿을 듯 가까운 거리에서 속삭였다.

"지금 내가 그래. 나는 언제나 확신이 있거든. 너를 사랑하는데 있어서. 그래서 난 오늘도 용감히 나아갈 뿐이야."

동시에 눈꺼풀이 감긴 두 사람은 누가 먼저랄 것도 없이 입술을 찾았다. 순식간에 은우에게 걸쳐진 옷가지들을 벗겨 내는데 그녀가 뭔가 생각난 듯 그를 밀어냈다.

"불. 하아, 불이요. 불 꺼야죠."

"도대체 언제까지 불을 끄고 할 생각이야?"

"아직은 창피한걸요."

피식 웃은 재진이 실내등을 끄고 스탠드를 밝혔다. 이제 만족하냐는 듯 웃어 보이던 그가 다시금 그녀의 입술을 찾으며 브래지어 후크를 풀었다. 양손으로 말캉한 젖가슴을 모아 쥔 그가 입안 가득 베어 물자 그녀의 허리가 휘었다. 타액이 묻은 혓바닥을 빠르게 움직이며 정점을 자극하자 금세 꼿꼿이 불거지며 그녀의 몸이 달아오르기 시작했다.

슥, 손을 아래로 내린 그는 팬티마저 벗겨 내고는 허벅지 사이를 벌려 자리를 잡고 그녀의 발목을 쥐었다. 그를 향해 엉덩이를 내민 모양으로 몸이 접힌 그녀가 당혹스러움에 움찔거리는데, 손가락에 타액을 묻힌 그가 엉덩이 사이 주름진 입구를 부드럽게 문질렀다.

"아으읏."

꽃잎을 애무할 때와는 또 다른 느낌에 그녀의 몸이 파르르 떨렸다.

"하웃. 그, 그만해요."

그녀가 수줍음에 눈을 질끈 감아 시트를 말아 쥐었다. 긴장을 풀라고 속삭인 그는 그녀의 몸을 돌려 엎드리게 한 후 무릎을 짚고 다리를 벌리게 했다. 그 사이로 고개를 넣어 하늘을 향해 누운 그가 엉덩이를 잡아내려 할짝거렸다.

"하아앗!"

자꾸 들썩이는 그녀의 엉덩이를 꽉 잡아 고개를 파묻은 그는 흐느끼듯 몸을 떠는 그녀를 놓아주지 않았다. 엎드린 채 시트에 얼굴을 묻은 그녀의 몸이 데일 듯 뜨거워지며 좁은 길목 역시 잔뜩 습해졌다.

"아아웃. 하아, 하웃."

창피함에 여전히 고개를 처박고 있는 은우의 몸을 바로 누인 그는, 코가 빨개진 그녀가 귀여워 볼을 꼬집고는 잔뜩 성이 난 남성에 얇은 막을 씌웠다. 슬쩍 남성의 머리를 그녀 안으로 넣은 그는 더 이상 진입하지 않고 다시 빼냈다. 사랑을 나눌 때 늘 수동적인 그녀를 좀 과감하게 변화시키고자 일부러 더 애타게 만들었다.

"재, 재진 씨."

"할 말 있나?"

그 역시 당장이라도 깊숙이 그녀 안으로 남성을 밀어 넣고 싶었지만 꾹 참으며 느긋하게 물었다. 부끄러워 눈도 못 마주치던 그녀가 달뜬 얼굴로 시선을 맞추었다.

그는 다시 다물어진 그녀의 입술을 쳐다보다 다리 사이 미끈거리는 살점을 문질렀다.
 "아흣. 재진 씨."
 "하고 싶은 말을 해."
 그가 조금 더 남성을 밀어 넣었다.
 "아웃."
 그의 팔을 붙잡고 매달린 그녀가 들릴 듯 말 듯한 음성으로 속삭였다.
 "사랑……해 줘요. ……사랑해 줘."
 "어떻게?"
 "하웃. 재진 씨."
 상체를 숙인 그가 나직이 얘기했다.
 "하고 싶은 걸 말해 봐. 창피한 게 아니잖아."
 남성을 아예 빼낸 그가 그녀를 무릎 위에 앉혔다. 얼굴을 마주 보게끔 앉힌 그는 그녀의 손을 가져다 남성을 어루만지게 했다.
 "이 녀석이 어떻게 해 줬으면 좋은지 하고 싶은 걸 말해 봐."
 그가 몸을 뒤로 뉘어 침대 위에 누웠다. 잠시 망설이는 듯 보이던 그녀가 엉덩이를 치켜들었다. 높게 솟은 남성 위로 다리 사이를 갖다 댄 그녀가 움찔거리며 입구를 찾아 천천히 삼키기 시작했다.
 "아흑."

좁은 통로 속으로 느리게 빨려 들어가던 남성이 어느 순간 깊숙이 삼켜졌다.

"하앗!"

"하윽!"

잔뜩 입을 벌려 남성을 머금은 그녀의 주름진 동굴이 성난 불기둥을 조여 왔다. 서툴지만 엉덩이를 위아래로 움직이자 그가 신열을 토해 냈고, 그녀 역시 점차 움직임이 부드러워지며 뜨거운 샘물을 흘려보냈다.

그는 더는 못 참겠다는 듯 그녀의 골반을 잡아 허리를 튕겨 올렸다. 거센 반동으로 인해 그녀의 상체가 숙여지며 가슴이 맞닿았다. 엉덩이를 꽉 움켜 쥔 채 몸을 일으킨 그가 그녀를 아래에 뉘였다. 다리 사이를 넓게 벌린 그는 눈앞에 드러난 꽃잎 사이를 강하게 가르며 밀고 들어섰다.

"하으읏!"

서서히 스피드를 올린 그가 손가락에 타액을 묻혀 도톰한 살점을 같이 문질렀다. 상기된 그녀의 얼굴이 더욱 달아오르며 교성 소리가 짙어졌다. 그 역시 그녀의 노골적인 반응에 참을 수 없는 신열을 토해 내며 허리를 더욱 빠르게 흔들었다.

마치 한 몸처럼 붙은 연인의 야한 밤은 길고 길었다.

"으음······."

아침 햇살에 기지개를 켜며 꿈틀대던 은우가 벌떡 일어났다.

"며, 몇 시지?"

엊저녁 밥도 먹지 않고 나눈 사랑에 지쳐서 깜빡 잠이 든 모양이었다.

"헉. 아침 8시? 미쳤어, 미쳤어."

은우는 아직 잠들어 있는 재진이 깰까 봐 고양이 발걸음으로 휴대폰을 챙겨 주방으로 향했다.

"어떡해. 난 죽었어."

은우는 발을 동동 구르며 순정에게 전화를 걸었다.

"엄마? 아, 어떡해. 미안해. 많이 걱정했지? 내가 어제……."

-어제 전화 받았어. 네가 곤히 잠들어 있어서 못 깨우겠다고 재우고 보내겠다고 연락 왔었어. 그러니까 엄마가 전화를 안 한 거지.

"아, 정말? 몇 시에?"

-11시쯤이었지, 아마?

"후우, 그랬구나. 아무튼 미안해, 엄마. 말도 없이 외박을 하고……."

-오죽 같이 있고 싶을까. 요새 데이트도 제대로 못 했잖아.

"고마워, 엄마. 이해해 줘서. 참, 혹시 오빠한테 무슨 얘기 못 들었어?"

-무슨 얘기?

"으응, 아니야. 좋은 소식이니까 오빠한테 직접 듣는 게 좋겠다. 아무튼 이따 봐, 엄마."

순정과 통화를 끝낸 은우는 그제야 한시름 놓으며 다시 살금살금 침대로 향했다.

"정말 이기적인 외모라니까."

어째서 이 남자는 그냥 가만히 있어도 화보 아니면 CF가 되는지 모를 일이었다. 헝클어진 검은 머리칼조차도 멋있음이 줄줄 흐른다.

"정말 콩깍지가 씌었나 봐."

그저 바라만 보고 있는데도 웃음이 나왔다. 은우는 조심스럽게 몸을 다시 누이며 그를 향해 완전히 돌아누워 얼굴을 빤히 쳐다보았다.

"부담스러워서 잠을 못 자겠네."

잠겨서 허스키해진 그의 목소리가 흘러나옴과 동시에 천천히 눈꺼풀이 떠졌다.

"나 때문에 깼어요?"

"그렇게 노골적으로 쳐다보는데 어떻게 잠이 오겠어."

"안 쳐다볼 테니까 어서 더 자요."

"아침을 함께 맞는다는 건 언제나 좋은 일이야."

재진이 은우의 허리를 당겨 끌어안았다.

"흠흠. 난 너무 놀랐다고요. 그래도 어떻게 엄마한테 전화할 생각을 다 했어요?"

"그래야 널 안 보낼 수 있으니까."

재진은 아직 잠이 덜 깬 얼굴로 그녀를 가만히 응시하다 입술을 달싹였다.

"원래는 좀 더 근사하게 하려고 했었는데, 지금 꼭 이 말이 하고 싶네."

"뭘요?"

"매일 아침 너와 함께 눈 뜨고 싶다는 거."

"……뭐래. 잠이 덜 깼나 봐."

은우가 쑥스러운지 괜히 시선을 피하며 꼼지락거렸다.

"그럼 잠 깨워 줘. 잠 확실하게 깨고 다시 얘기할게."

그가 몸을 좀 더 가까이 맞대자 남세스럽게 솟은 남성이 느껴졌다.

"설마 또? 아침부터? 우리 어제 무지 오래 야한 밤을 보냈거든요?"

"사랑을 나누는 데는 밤낮이 따로 없지."

"아, 난 힘들다고요!"

"결국은 할 거면서 그래."

"아니야! 진짜로 지금은 못 해요!"

은우가 난리법석을 떨며 나체인 것도 잊은 채 몸을 일으켰다. 아침 햇살에 눈이 부시게 뽀얀 은우의 속살을 바라보던 재진이 눈빛을 반짝이며 침대에서 내려왔다.

은우의 시선이 중심부로 향하며 눈을 가렸다. 항상 불을 끄고 사랑을 나누다 보니 이렇게 환한 곳에서 그의 것을 자세히 보는 건 처음이었다.

"잠 깨워 달라니까."

"난 모, 몰랐어요! 그게 그렇게 어마무시하게 생긴 건지 몰랐다고요!"

"모르긴 뭘 몰라. 만져 보기까지 했으면서."

"아, 그거랑 이거랑은 다르다고요! 그리고 그때는 그분이 오신 상태지만 지금의 난 멀쩡하다고요!"

"그분은 또 뭐야?"

"그런 게 있어요! 암튼 난 못 본 거예요! 아무것도 못 본 거예요!"

"안 되겠네. 앞으로는 매번 불 켜고 해야겠어. 그래야 이 녀석과 좀 더 친해지지."

재빠르게 은우의 허리를 낚아챈 그가 침대 위로 날아들었다. 바둥거리는 은우와 한바탕 전쟁을 치른 승자는 역시나 재진이었다.

"아웃. 하아."

남성이 강하게 밀고 들어오며 몸이 하나로 겹쳐졌다. 그녀의 길고 가는 다리가 그의 어깨 위에 걸쳐진 채 흔들렸다. 단단한 남성이 내벽을 긁으며 들쑥날쑥할 때마다 짜릿한 전율에 그녀의 입술이 저절로 벌어지며 야한 소리가 새어 나왔다.

역시나 또 그분이 강림하셨다. 아무래도 그와 함께이면 자꾸만 타락할 것 같다.

~23~

　은우는 긴장 반, 기대 반인 마음으로 입국 게이트를 뚫어져라 응시했다. 원래는 17일 입국 예정이었던 재진은 그제 갑자기 18일로 입국 날짜를 바꾸었다. 이유가 무언지는 자세히 말해 주지 않았지만, 그래도 재성의 생일 당일인 오늘 입국을 해서 다행이었다.

　은우는 드디어 사람들이 한두 명씩 빠져나오기 시작하자 들고 있던 스케치북을 번쩍 추켜올렸다.

　"엇!"

　하마터면 소리를 지를 뻔한 은우는 간신히 입을 다물며 마음을 추슬렀다. 언뜻 보긴 했지만 재진의 손을 잡고 나오는 건 분명 진건이었다.

　은우를 한눈에 찾아낸 재진이 가까이 다가오자 스케치북으로 얼굴을 가린 그녀가 검지를 쭉 내밀었다.

"삐리, 삐리. 삐리, 삐리. 류진건이 맞다면 응답하라, 오버."

"삐리, 삐리. 삐리, 삐리."

은우는 검지에 맞닿은 부드러운 감촉에 슬며시 스케치북을 내려 상대를 응시했다. 만면에 웃음을 띤 진건이 바로 눈앞에 있었다.

"진짜…… 진건이네."

"응. 진짜 진건이야."

은우는 괜히 진건이까지 울릴까 봐 간신히 눈물을 삼키며 활짝 웃었다. 온통 하트로 수놓은 가운데 '진건아, 어서 와. 기다리고 있었어.'라고 적힌 스케치북을 보던 진건이 히죽 웃었다.

"진짜로 진건이 기다렸어?"

"응. 진짜지, 그럼."

"얼마만큼?"

"하늘만큼 땅만큼."

진건을 와락 껴안아 엉덩이를 두드리던 은우는 또각또각 굽 소리를 내며 다가와 재진의 곁에 서는 여자를 천천히 올려다보았다. 얼굴을 확인한 은우가 너무 놀라 입이 턱까지 벌어지는데, 품에서 떨어진 진건이 그녀의 손을 잡았다.

"엄마랑 같이 왔어."

은우는 저를 향해 고개를 숙여 보이는 승연에게 황급히 같이 인사를 했다. 어찌된 영문인지 몰라 재진을 응시하자 그는 그저 웃기만 했다.

"아빠 보고 싶어. 빨리 가자."

은우는 궁금한 게 많았지만 일단 입을 다물었다. 이유가 어찌되었든 진건의 얼굴이 밝으니 좋았다. 생각보다 진건의 얼굴이 좋아 보인다 했더니 엄마와 함께 돌아와서 그랬던 거란 사실에 안도감이 들기도 했다. 설사 진건이 혼자 다시 한국으로 온다 하여도, 엄마와는 또다시 멀리 떨어지게 되는 것이니 마음이 좋지 않았었다.

"아마도 오늘이 재성 씨 생애 가장 잊지 못할 하루가 되겠네요."

재진의 곁으로 슥 다가선 은우가 소곤거렸다.

"진건 엄마랑 같이 오느라 비행기 티켓을 바꾼 거예요? 사실 같이 올 줄은 몰랐거든요. 마음을 바꿔 줘서 정말 다행이에요."

"제수씨도 엄마인데 어린 아들이랑 같이 지내다 떠나보내려니 마음이 쓰였겠지. 엄마도 같이 가자는 진건이 한마디에 펑펑 울더라고."

"그러겠죠. 가슴 아팠겠죠. 하아, 재성 씨가 얼마나 좋아할까요? 재진 씨가 없는 3일 동안 나와 여행간 줄로만 알고 있다가, 갑자기 진건이를 데리고 나타났으니 정말 놀랄 거예요."

은우는 재진의 손을 먼저 잡으며 싱그럽게 웃었다.

"환영해요. 돌아온걸."

"누가 보면 한 3년 만에 보는지 알겠네."

"흠흠. 그래도 반가운걸요. 재진 씨가 한국에 없다고 생각하니까 뭔가 기분이 이상하고, 허전하고……. 그래서 또 진건이가 대견스럽더라고요. 3개월 넘게 잘 기다리고 참아 준 게."

"설마 또 울려고 그러는 건 아니지? 이 좋은 날에."

"안 울어요. 내가 뭐 울보인가."

"울보 맞는 거 같은데."

"아니라니까요?"

"음, 그럼 이따 우나 안 우나 봐야지. 네가 울면 내 소원을 한 가지 들어주고, 안 울면 네 소원을 한 가지 들어줄게."

"난 절대 안 울어요. 소원 들어줄 준비나 해요."

자신만만해 하는 은우를 바라보던 그의 입매가 부드럽게 말려 올라갔다.

"얼마든지."

파주 집 앞에 도착해 차에서 내린 진건은 잔뜩 들뜬 얼굴을 감추지 못하며 승연의 손을 잡아끌었다. 공항에서 바로 부모님 집으로 돌아가겠다던 승연은 진건의 채근에 못 이겨 파주까지 따라온 것이었다.

"아빠 진짜 놀라겠다. 그치?"

해맑은 진건의 물음에 승연은 말없이 고개만 끄덕였다. 먼저 앞서 대문 안으로 들어서는 재진은 현관문을 두드렸다.

"어머니, 저예요. 재성아, 형이야."

잠시 후 도어록이 해제되며 문이 열리고 재성이 모습을 드러냈다.

"이왕 여행간 거 좀 더 즐기다 오지 그랬어. 내 생일이 뭐라고……."

집 안으로 들어서는 재진과 은우를 바라보던 재성의 동공이 사시나무 떨리듯 흔들렸다.

"아빠."

재성은 너무도 오랜만에 보는 아들의 모습에 두 눈을 꾹 감았다 떴다. 진건이 왜 지금 여기 있는지, 그것만으로도 사고가 정지됐는데 그 뒤로 승연까지 나타나자 그대로 굳어 버렸다.

"아빠, 생일 축하해. 아빠가 생일인지 빨리 알았으면 진건이가 선물 준비했을 텐데, 큰아빠가 차 안에서 얘기해 줘서 못 했어. 그런데 있잖아. 큰아빠가 그러는데 진건이가 아빠 만나러 온 게 아빠한테는 최고의 선물일 거랬어. 진건이가 아빠 생일 선물이야. 마음에…… 들어?"

당연하지, 그걸 말이라고 하냐고 대답해 줘야 하는데 재성은 입을 굳게 다물었다. 예상과는 다른 재성의 반응에 모두가 난처한 얼굴로 그를 응시했다. 진건 역시 좋아하지 않는 아빠의 모습에 잠시 당황하다 먼저 다가가 팔을 뻗었다.

"진건이 안아 줘."

"……."

"아빠……."

"……약속했잖아. 아빠가 갈 때까지 엄마하고 잘 지내기로 약속했잖아. 그런데 여길 왜 왔어. 아빠가……."

"안 왔잖아."

애써 울음을 참고 있던 진건의 입술이 실룩거리더니 큰 눈망울이 금세 젖었다.

"아빠가…… 안 왔잖아. 진건이가 매일매일 기다렸는데, 아빠가 안 왔잖아. 아빠는…… 진건이 보러 안 오려고 그랬잖아. 그래서 큰아빠가 온 거잖아. 진건이도 다 알아."

손등으로 눈물을 훔친 진건이 훌쩍이면서 다시 말을 이었다.

"엄마한테 그랬어. 아빠랑 엄마랑 진건이랑 셋이 같이 살면 좋겠지만 그럴 수 없는 거면, 진건이는 아빠랑 살고 싶다고 엄마한테 그랬어. 엄마한테 너무 미안한데……, 아빠하고 살고 싶다고 그랬어."

진건은 재성을 향해 한 걸음 더 가까이 다가가 까치발을 들었다.

"……안아 줘."

진건을 물끄러미 바라보던 재성은 결국 울음이 터진 채로 아들을 안아들었다. 굳게 다잡았던 마음이 한순간에 무너져 내리며 참고 참았던 그리움이 토해졌다.

오열하는 재성을 안쓰럽게 바라보던 재진은 옆에서 이상한 소리가 들리자 고개를 슥 돌렸다. 울음소리가 새어 나갈까 봐 입을 틀어막고 있는 은우의 눈에서 닭똥 같은 눈물이 뚝뚝 떨어지고 있었다.

예상했던 결과였지만, 막상 우는 은우를 보니 마음이 좋지 못했다. 이제 더 이상은 눈물 흘릴 일 없기를, 모두 다 그저 행복하기를 소원하고 소원해 본다.

재성의 서른두 번째 생일은 참 많이 아프면서 기쁜 시간이었다. 모처럼 온 가족이 다 모인 뜻 깊은 자리이기도 하면서, 이제 이런 자리는 없다는 걸 인지하는 마지막 자리이기도 했다. 승연이 오늘처럼 이 가족의 구성원에 포함되는 날은 없을 것이기 때문이었다.

진건을 생각한다면 재결합을 하면 좋겠지만, 그건 현실적으로 불가능하다는 걸 모두가 다 알고 있었다. 진건 역시 이유는 잘 모르지만 엄마가 함께할 수 없다는 걸 받아들였다.

여섯 살 그 작은 머릿속엔 여전히 물음표가 가득하겠지만, 마치 다 이해한다는 듯 부모의 헤어짐을 받아들이며 아빠를 선택했다.

재진은 저녁 식사를 함께한 뒤 먼저 슬그머니 자리에서 일어나는 승연을 뒤따라 나왔다. 사실 승연이 여기까지 와 준 것만으로도 많은 용기를 낸 것임엔 분명했다.

"재성이가 데려다 줄 거예요. 조금만 기다려요."

"아뇨. 그냥 택시타고 갈게요."

"재성인 술 한 모금도 안 마셨어요. 왜 그랬겠어요."

"……."

"제수씨한테 정말 고맙게 생각하고 있어요. 사실 내심 의심 했어요. 진건이가 정말 잘 지내고 있을까, 제수씨가 거짓말을 하는 건 아닐까. 한데 생각보다 진건이 표정이 밝아 보여서 그제야 제수씨 말을 온전히 믿었으니까요. 제수씨한테 진건일 맡아 달라 할 때는 언제고, 이제 와서 다시 데려가겠노라 한 다는 것 역시 면이 없었는데, 언제고 진건일 데리러 올 줄 알 고 있었다는 말에 오히려 고마웠습니다. ……그래서 말인데요, 제수씨."

잠시 뜸을 들인 재진이 다시 말문을 열려는 순간, 승연이 먼 저 선수를 쳤다.

"혹시 저한테 재성 씨와 재결합할 의사가 없느냐고 물으시 려거든 거두세요. 그건 저 때문이 아닌 재성 씨 때문에 불가 능한 일이란 걸 알고 계시잖아요."

재진은 예상은 했었지만 역시나란 사실에 가는 숨을 내쉬었 다. 승연의 의견을 존중한다. 쉬운 일은 아니겠지. 승연의 입 장은 고려하지 않은 과한 욕심이라는 걸 알면서도 혹시나 욕 심을 내보았다.

"제가 재성 씨를 그토록 미워했던 건, 어쩌면 아직도 미련 이 남아서 그랬는지도 모르겠어요. 그래서 더 화가 나고, 막말을 서슴지 않고 생채기를 내고……. 아빠와 셋이 함께 살고 싶어 하는 진건이를 보면서, 저 역시 한 번도 그런 생각을 해보지 않았다면 거짓말이겠죠. 어쩌면 예전으로 돌아갈 수도 있지 않을까. 그런데 저는요, 여자처럼 살고 싶어요. 남편에게 사랑받으면서 여자처럼 살고 싶어요. 엄마로서 자격 없는 이기적인 사람이래도 그렇게 살고 싶어요. ……남편이 어느 순간 여자도 아닌 남자가 좋다고 하면 어떡하나, 가슴 졸이며 살 자신이 없어요. 그래서 지금 이대로가, 여기까지만 하는 게 서로에게 좋은 일일 거 같아요. 진건이는 정기적으로 만날게요. 그 약속은 지킬게요. 그래서 한국으로 다시 돌아온 거니까 그건 지킬게요. 제가 할 수 있는 건 거기까지예요."

마침 문이 열리며 차 키를 손에 쥔 재성이 나타났다. 재진은 승연에게 인사를 건넨 뒤 먼저 들어왔고, 재성은 승연을 차에 태웠다.

인천으로 향하는 동안 라디오 볼륨만 잔뜩 높인 채 이렇다 할 대화가 없던 두 사람은, 승연의 집 앞에 도착하고 나서야 말문이 열렸다.

"오늘…… 고마웠다."

"진건이 때문에 한 일이야. 들어갈게. 가."

"승연아."

돌아서던 승연이 멈칫했다.

"……미안하다. 미안해. 미안해."

잠자코 서 있던 승연은 이내 다시 걸음을 옮겨 대문 안으로 사라졌다. 재성의 차가 떠나는 걸 확인한 승연은 들고 있던 백을 놓치며 얼굴을 감쌌다.

샌디에이고에서 재진을 만나 재성에 대한 숨겨진 이야기들을 세세하게 모두 들었다. 그 역시 억울했다는 걸. 그 역시 피해자였다는 걸. 가정을 지키지 못한 죄책감에 지금도 매일 밤을 아프게 보내고 있다는 걸.

"······재성아. 도대체 네가 왜······. 왜 하필 네가······."

스무 살 재성을 처음 만났을 때부터, 결혼해서 4년여 간의 행복했던 시간들이 주마등처럼 스쳐 지났다. 참으로 오랜만에 불러보는 남편의 이름이 아픔으로 남겨질 걸 알아서일까.

눈물이 멈추지 않는다.

**

어느덧 완연한 가을이 되어 버린 10월의 바람은 제법 쌀쌀했다. 은우는 그새 많이 자란 머리칼을 귀 뒤로 넘겼다. 윤기 나는 검은 머릿결이 그녀의 흰 피부와 잘 어울렸다.

"재진 씨!"

은우는 유치원 앞까지 데리러 온 재진을 향해 손을 흔들며 뛰어갔다.

"오래 기다렸어요?"

"아니."

재진은 헝클어진 그녀의 머릿결을 정리해 주며 다정하게 웃었다.

"점점 더 예뻐지네."

"괜히 또 그런다."

"진심인데 그래. 검은색으로 염색하니까 느낌이 또 색달라. 더 여성스러워졌다고 해야 하나? 그 누가 믿겠어. 형아라고 불렸단 사실을."

"어머머, 그때 얘기는 왜 또 해요?"

은우가 곱게 눈을 흘기자 그가 얼른 차에 태우며 안전벨트를 매 주었다.

"배고프지?"

"응, 조금. 오늘은 뭐 해 먹을……."

"오늘은 외식을 하는 걸로."

"뭐 하러. 집에서 해 먹으면 되는데."

"나중에 실컷 집에서 먹게 될 텐데, 뭘 벌써부터 그러지?"

"흠흠. 뭐 먹으려고요?"

"맛있는 거."

"맛있겠다. 맛있는 거."

군침을 꼴깍 삼키는 은우를 보며 피식 웃던 그가 손을 끌어다 잡았다.

"요새 좀 바쁘죠? 재성 씨가 없어서."

진건이 한국으로 돌아온 후 재성은 잠정적으로 기획사 일에서 손을 떼고 진건과 많은 시간을 보내고 있었다. 파주에서 새로 들어간 유치원 등원과 하원은 물론 밥도 직접 해 먹이며, 그 어느 때보다 행복한 시간을 보내고 있었다.

조기축구회 역시 파주에서 다시 가입해 일요일이면 축구를 하며 주민들과 친분을 쌓았다. 사람들과 섞이는 걸 겁내 하던 재성은 오히려 그게 더 자연스럽지 못하다고 생각을 바꾸며 용기를 내었다.

"재성이 빈자리가 크긴 하네."

"그래도 참 다행이에요. 진건이나 재성 씨가 너무 밝아져서요. 재성 씨가 왜 진건일 보내려고 했는지 너무 잘 알지만, 늘 지금처럼 행복했으면 좋겠어요. 너무 움츠러들지 말고 당당하게 살아갔으면 좋겠어요."

"응. 재성이도 그러려고 노력 중이니까 잘 이겨 낼 거라 믿어. 진건일 위해서라도."

도란도란 이야기를 나누는 사이, 어느새 목적지에 도착한 재진은 세단을 파킹했다.

"여긴······."

차에서 내린 은우는 낯익은 레스토랑 외관을 보며 말끝을 흐렸다. 민석을 처음 만났던 곳에 오니 자연스레 그가 떠올랐다.

"그때 떨려서 제대로 못 먹었잖아. 여기 스테이크가 정말 맛있는데 말이야. 언제 한 번 다시 데려와야지 해 놓고는 이제야 오네."

재진은 은우의 손을 잡아끌어 레스토랑 안으로 향했다. 민석의 단골 레스토랑이라 재진도 잘 알고 지내던 사장님이 직접 자리 안내를 했다.

"바로 준비해 드릴까요?"

"예."

재진이 미리 예약을 해 뒀는지 따로 주문을 받지 않았다. 은우는 좀 이르긴 하지만 그래도 해가 저물고 있는 저녁 시간인데 손님이 한 테이블도 없는 레스토랑 안을 두리번거리며 속닥거렸다.

"여기 장사 잘되는 데 아니에요?"

"아마도?"

"그런데 왜 이렇게 손님이 없어요? 자리도 창가가 좋은데 왜 이렇게 한가운데로 안내를 해 줬는지 부담스러워요."

눈을 요리조리 굴리는 은우를 향해 상체를 가까이 숙인 그가 웃음을 참으며 물었다.

"그런데 왜 그렇게 속닥거려? 나도 그렇게 얘기해야 해?"

"응? 아니, 그냥 뭐."

"누가 얘기 안 엿들어. 편하게 얘기해."

멋쩍게 웃은 은우는 민석을 만났을 때 앉았던 자리로 시선을 돌렸다.

"잘…… 지내고 있을까요?"

"나도 궁금하네. 이제 좀 자유로워졌는지. 행복한지."

"연락 한 통도 없었어요?"

재진은 고개만 간단히 끄덕였다.

"많이 그립겠지만 어디에서든 행복했으면 좋겠어요. 진심으로."

"같은 생각이야. 그러라고 놓아준 거니까. 보내 준 거니까."

은우는 새삼 재진의 강단 있는 결단력에 박수를 보내고 싶었다. 높은 수익률을 올리는 돈이 되는 배우를 그 어느 소속사 대표가 미련 없이 보내 줄까 싶었다.

"나는 참 운이 좋은 사람인 거 같아요."

"음?"

"재진 씨를 만났으니까."

"내가 할 말을 먼저 해 버리면 어떡해."

마냥 웃음만 나와 입꼬리를 올리던 은우는 준비된 스테이크와 와인이 세팅되자 혀를 날름거리며 입술을 핥았다.

재진은 사장님이 직접 와인을 따라 준 잔을 들어 그녀에게 건배를 청했다. 와인은 먹어 본 적이 없어 낯선 은우가 그가 하는 대로 잔을 쥐고, 립이 아닌 글라스 볼을 가볍게 터치하는 느낌으로 부딪쳤다.

"어때?"

"음, 와인을 잘은 모르지만, 어쨌든 맛있어요."

"그럼 된 거지."

슬며시 웃으며 잔을 내려놓은 그는 스테이크를 먹기 좋게 썰어 은우의 것과 바꿔 주었다.

"그런데 왠지 느낌에 오늘 무슨 날인 거 같아요."

"누가 들으면 애인한테 스테이크 한 번 먹이지 않은 구두쇠 남자 친구인 줄 알겠어."

"응? 얘기가 그렇게 되나요? 아하하."

"그런데 너무 티가 나긴 했지?"

은우가 무슨 말이냐는 얼굴로 쳐다보는데, 야경이 내다보이는 레스토랑 창가에 암막 롤스크린이 길게 내려졌다. 잠시 후 스크린 속에 재성과 진건이 나타났다.

-아빠, 이거 지금 되는 거야?

-응. 은우 누나한테 보낼 거 녹화되고 있는 거야.

은우는 재성과 더불어 진건 역시 멀끔한 정장이 입혀진 모습에 입을 다물지 못했다.

"이게 지금 무슨……."

-은우 씨, 형이랑 좋은 시간 보내고 있어요?

-누나, 큰아빠랑 재밌게 놀고 있어?

"아……, 응."

저도 모르게 얼떨결에 대답을 한 은우가 여전히 놀란 얼굴로 스크린을 응시했다.

-형수님.

은우는 갑작스런 재성의 호칭 변화에 마른침을 다 꿀꺽 삼켰다.

-제게도 형수님이 생기면 좋겠어요. 그게 은우 씨였으면 좋겠어요. 우리 형 좀 구원해 주세요. 우리 어머니, 아버지에게 사랑스런 며느리가 되어 주세요. 내가 못 한 거…… 형이 할 수 있게 해 주세요. 사실 직접 얼굴 마주 보고 전하고 싶었는데, 저와 진건이가 끼면 두 분의 오붓한 시간을 방해할 거 같아서 이렇게 마음을 전하는 걸 이해해 주세요.

전혀 예상하지 못한 말인지 두 손으로 입을 가린 은우의 눈시울이 붉게 물들었다.

-은우 누나.

스크린 속 꼬마 신사를 보는 은우의 시야가 점차 뿌예졌다.

-아빠가 그러는데, 은우 누나가 큰아빠랑 결혼을 하면 진건이 큰엄마가 되는 거래. 누나. 누나가 진건이…… 큰엄마가 돼 주면 안 돼?

그녀의 큰 눈망울에 그렁그렁하게 맺혀 있던 눈물방울이 후드득 떨어졌다.

-그러면 진건이가 엄청 행복할 거 같아. 그리고 있잖아, 큰아빠가 누나를 진짜로 많이 좋아하는 거 같아. 누나가 큰아빠랑 결혼 안 해 주면, 큰아빠 여기가 아플 거야.

동영상 속 진건이 제 가슴팍을 가리켰다.

-누나가 진건이 큰엄마가 되는 날을 기다리고 있을게. 아빠도 빨리 더 얘기해.

―아, 응. 알았어. 형수님, 저도 제게 형수님이 생기는 날을 기다리고 있을게요. 다음에 만날 때 형수님 손가락에 반지가 끼워져 있기를 간곡히 바랍니다. 우리 가족이 되어 주세요.

둘이 웃으며 손가락으로 하트를 만들면서 영상이 끝이 났다. 은우는 어깨를 들썩이며 펑펑 눈물을 쏟아 냈다.

"나는 프러포즈해 보지도 못하고 그냥 가게 생겼네."

간신히 감정을 추스른 은우는 붉게 충혈 된 눈으로 재진을 응시했다. 그녀가 스크린에 집중하는 동안 미리 준비해 두었던 꽃다발을 가져와 들고 서 있는 그의 모습은 마치 영화 속 남자 주인공과도 같았다.

"흐으윽. 뭐예요. 날 왜 이렇게 울려요. 흐어엉."

"그러게. 이럴까 봐 지원사격 안 해 줘도 된다고 그렇게 얘기를 했는데, 끝내 고집을 부리지 뭐야. 내가 혹시 거절당할까 봐 그렇게 불안했나?"

은우를 달래려 일부러 가볍게 말을 건넨 재진은 그녀의 품에 붉은 장미 꽃다발을 안겼다.

"드라마에서 이런 장면들이 나오면 유치하다 했었거든. 실제로 저런 낯간지러운 프러포즈를 하는 사람이 몇이나 되겠냐며 비웃었거든."

슈트 안주머니에서 반지 케이스를 꺼낸 그는 자세를 낮춰 그녀의 가늘고 긴 손가락에 영롱하게 빛나는 반지를 끼워 주었다.

"은우야."

나직한 그의 음성에 은우는 또다시 눈물이 차오르기 시작했다.

"결혼하자."

그 어떤 미사여구 따위 없이도 충분히 감동적이었다. 가장 그다운 간결하고 깔끔한 프러포즈엔 진심이 가득 묻어났다.

"결혼하자, 우리. 헤어지기 싫다, 더는."

왼손 네 번째 손가락에 끼워진 반지를 물끄러미 바라보던 은우는 수많은 감정들이 벅차올라 숨을 골랐다.

"이건 내게 너무 불리해요."

"……음?"

"3:1이잖아요. 남자 셋이 한꺼번에 프러포즈를 하는데 거절할 수 있는 여자가 누가 있겠어요."

재진의 입매가 조금씩 올라갔다.

"고마워요. 나를 사랑해 줘서. 앞으로는 내가 더 많이 사랑해 주며 그렇게 살게요."

"기대되는데. 나를 더 많이 사랑해 줄 네 모습이."

"장난치지 말고요."

"장난 아닌데 그래."

재진은 반지가 껴진 그녀의 손을 잡아채 입을 맞췄다.

"사실은 말이야. 덤덤한 척 했지만 무지 떨렸거든. 만약 네가 거절한다면 우겨 보려고 했어. 나 소원 들어줘야 하는 거 하나 있었잖아. 그걸 빌미로 우겨 보려고 했어. 내 소원은 너와 평생 함께하는 거라고."

"……왜 또 울리려고 그래요."

"너는 아직 어리고, 더 마음껏 자유를 꿈꿀 수 있는 나이인데, 나 때문에 너무 빨리 한 남자의 여자가 되는 것은 아닐까, 많이 미안하기도 해. 좀 더 느긋하게 연애를 즐기다 결혼을 해도 늦지 않을 테니까. ……그런데 은우야. 나는 네가 참 좋다. 네가 참 좋아. 나이 서른넷을 어디로 먹은 건지 잠시도 너와 떨어져 있고 싶지 않아서 매번 조급해져. 하루라도 빨리 너와 함께 아침을 맞이하고 싶어. 실은 그래."

가만히 재진을 바라보던 은우의 얼굴에 미소가 번졌다. 눈이 사라질 정도로 해맑게 웃은 은우의 고개가 끄덕여졌다.

"내 마음도 같아요. 사랑해요."

순정은 언제고 이런 날이 오리라 예상은 했지만 너무도 빨리 다가온 것 같아 눈시울을 적셨다. 결혼 허락을 받기 위해 재진과 나란히 앉아 있는 은우가 그새 더 커 버린 것 같았다.

그 조그맣던 어린 녀석이 언제 저렇게 다 커서 시집을 가겠다고 하는지 세월이 유수 같았다.

"엄마, 왜 울고 그래. 좋은 일이잖아. 응? 나도 눈물 나게 왜 그래."

벌써 눈이 습해진 은우를 다독이던 재진은 순정의 손을 포개 잡았다.

"제가 잘하겠습니다, 어머니. 은우 많이 아껴 주고 예뻐해 주겠습니다. 자주 찾아뵐게요. 약속 드려요."

"괜히 나 때문에 분위기 이상해지네. 너무 좋아서 그래요. 우리 은우가 너무 좋은 사람 만나서 시집가는 거 같아서, 내가 너무 좋아서 그래. 우리 은우…… 잘 부탁해요."

재진의 손을 꽉 쥔 순정은 간신히 마음을 추슬렀다.

"상견례를 언제 하면 좋을지 파주 부모님께 여쭤봐 줘요. 내가 맞출게요."

"아닙니다, 어머니. 저희가 어머니께 맞추겠습니다. 어머니 편하신 날로 잡아 주세요."

"그래도 되겠어요?"

"그럼요, 어머니. 그리고…… 이런 말씀 어떻게 들으실지 염려도 되지만……, 일을…… 그만 다니시는 건 어떨까요?"

순정의 옆에 잠자코 앉아 있던 기훈의 고개가 들려졌다.

"그동안 못 하셨던 거 즐기시면서 그렇게 사셨으면 좋겠어요. 사위가 용돈 줬다고 친구분들에게 자랑도 하시면서, 그렇게 사셨으면 좋겠습니다. 이제는 사치 좀 부리면서 사시라고 감히 말씀드리고 싶습니다. 따님 이렇게 어여쁘게 키워 주시느라 애쓰셨는데, 이제는 어머니를 위해서 사치도 좀 부리면서 사셨으면 좋겠습니다."

재진을 지그시 바라보던 순정은 또다시 가슴 속 깊은 곳에서 뭔가 울컥 치솟아 눈물을 삼켰다.

"말이라도…… 고마워요. 내가 정말 전생에 나라라도 구했나 봐."

"진심으로 드리는 말입니다. 그렇게 하셨으면 좋겠어요."

끝내 대답을 듣고 말겠다는 재진의 시선에 결국 순정은 고개를 끄덕였다.

"사위 사랑은 장모라더니, 우리 정 여사도 어쩔 수 없구만? 아들이 그렇게 얘기할 때는 안 듣더니, 사위가 한마디 하니까 바로 콜이네?"

"기훈아, 그게 아니라……."

"감사합니다."

기훈은 재진을 향해 머리를 숙였다.

"우리 어머니까지 이렇게 신경 써 주셔서 진심으로 감사합니다. 진짜 은우가 시집을 가긴 가나 보네요. 이제야 좀 실감이 나요."

항상 장난기 가득하던 기훈의 얼굴이 진지해졌다.

"우리 은우, 잘 부탁합니다."

은우를 힐끗 쳐다본 기훈이 무심하게 머리칼을 흩뜨렸다.

"잘살아라."

"오빠……."

"내가 서른다섯 안에 결혼하고 싶어지게끔 잘살아."

애써 덤덤한 척하던 기훈의 눈가가 촉촉해졌다.

"아, 배고프다. 정 여사, 우리 이제 밥 좀 먹지?"

눈물을 보일까 서둘러 자리에서 일어난 기훈이 먼저 방을 나섰다. 기어이 또 울음이 터진 은우를 달래던 재진은 슬그머니 일어나 대문 밖으로 나가는 기훈을 뒤따랐다.

"강기훈, 너 지금 쪽팔리게 우냐?"

제 자신을 향해 혼잣말을 하던 기훈은 담배 끝에 불을 붙이려다 인기척에 뒤를 돌았다.

"아, 먼지가 너무 많아, 먼지가. 눈에 뭐가……."

"제가 잘하겠습니다. 걱정 마세요."

"걱정 안 합니다. 잘살 겁니다, 은우는."

"그리고 감사합니다. 재성이 일…… 배려해 주신 거."

기훈이 대물 작가로서 기획사를 찾아왔던 날, 헤어지기 전 그가 했던 이야기가 있었다.

[아, 그리고 동생분 일 말입니다. 우리 정 여사한테는 얘기하지 않겠습니다. 창피하거나 그래서 그런 건 아니니까 오해는 마시고요. 굳이 들춰내지 않아도 되는 부분을 밝힐 필요는 없을 거 같아서요. 동생분의 프라이버시 또한 지켜 줘야죠. 은우한테도 제가 얘기해 놓겠습니다. 설마 그러지는 않겠지만, 워낙 어머니와 비밀 없이 다 터놓고 얘기를 하는 터라 혹시나 모르니 얘기해 놓겠습니다. 그러니 염려 마세요. 혹시라도 우리 정 여사가 알고 충격 받으면 어쩌나, 반대라도 하면 어쩌나, 염려했다면 걱정 마십시오. 그건 저도 원하는 바가 아니니까.]

"서로를 위해 더 나은 일을 한 것뿐입니다. 그보다 애쓰셨습니다. 차민석 씨의 일은 안됐지만, 그래도 최소한의 피해로 일이 해결된 거 같아 다행입니다. 내 동생, 믿고 맡길 수 있을 거 같습니다. 잘 부탁드려요. 눈물 나는 일 없게."

"명심하겠습니다."

"그럼 들어갈까요?"

"이따 술 한잔하시겠습니까?"

"예, 뭐. 반주로 한 잔……."

"둘이."

대문을 밀던 기훈이 움찔했다.

"둘이요?"

"일은 일이고, 사적으로 더 알고 싶습니다만."

"아, 제가 요즘 연재 때문에 좀 바쁜데……."

기훈이 웅얼거리듯 대답을 회피하며 안으로 들어섰다.

"시간 맞추겠습니다."

"류 대표님도 바쁘실 텐데요."

"술 한잔할 시간은 됩니다."

결국은 기훈의 뒤를 졸졸 따라다니며 끝까지 밀어붙인 재진의 승리였다.

"흠흠. 그럼 다음 주쯤 시간 맞춰 보도록 하죠. 그런데 정말 꼭 둘이 봐야 합니까? 은우가 끼는 게 낫지 않을까요?"

재진은 단호하게 고개를 가로저었다.

"아뇨, 둘이."

알겠다고 하면서 돌아서는 기훈의 어깨가 무거워 보였다. 재진은 사석에서 단둘이 만나는 건 어색할 거란 생각에 벌써부터 걱정을 하고 있을 그가 선해 웃음이 나왔다.

"이거 참 난감하네."

네 살이나 어려도 그녀의 오빠인데 귀여워 보이니 정말 난감한 일이었다.

"재진 씨! 얼른 밥 먹어요!"

은우가 제 옆자리 의자를 톡톡 두드리며 손짓했다. 원래 제 자리를 빼앗겼다며 툴툴대는 기훈도, 고봉으로 밥을 담아 어서 앉으라며 손짓하는 순정도, 모두 다 사랑스럽게 바라보던 재진은 미소를 머금으며 식탁 의자에 앉았다.

"잘 먹겠습니다."

그는 뜨끈한 밥 한 숟가락을 푹 떠서 입안에 넣었다. 그냥 흰 쌀밥일 뿐인데 눈물이 날만큼 맛있었다.

가족은 그런 거라는 걸 새삼 깨달았다. 그저 밥 한 숟가락 같이 먹어도 행복할 수 있는 건, 가족이기 때문이라는 걸.

"아, 오빠는 왜 또 내가 먹으려던 걸 가져가?"

"네가 먹으려던 건지 몰랐지, 난. 안 그래, 정 여사? 내가 그걸 어떻게 아냐고."

티격태격하는 남매와, 그런 남매를 흐뭇하게 바라보는 어머니. 그래, 이런 게 가족이지.

그녀를 만난 건 정말 행운인 것 같다.

나이 서른넷이 되어 가족의 정의를 새로이 안다.

**

언제나 맑음인 은우의 얼굴에 오늘도 미소가 걸렸다. 그녀는 파주 집 대문 앞에 차를 대기가 무섭게 냉큼 달려 나오는 진건을 향해 팔을 벌렸다.

"잘 지냈어?"

"응. 누나가 보고 싶었던 거 빼면."

"아휴. 어쩌면 이렇게 말도 예쁘게 하나 몰라."

진건의 머리를 쓰다듬은 은우는 뒤이어 나오는 재성에게도 알은척을 하며 환하게 웃어 보였다.

"그런데 누나, 진짜 오늘 놀러 가는 거 맞는 거야?"

"그럼, 진짜지."

은우는 넷이 함께 놀러 가자던 약속을 이제라도 지키게 되어 뿌듯했다. 짧다면 짧은 시간 동안 참 많은 일들이 있었지만, 결국은 모두 웃을 수 있음에 감사했다.

"어머님, 아버님도 같이 가시면 좋을 텐데요."

은우가 다소 아쉬운 얼굴로 재성을 보며 얘기했다. 재성이 이혼한 이후 부모님과 함께 여행을 다녀 본 적이 없다는 말을 들었다. 그래서 이번 기회에 함께하는 시간을 만들어 보고 싶었는데 아쉽게 불발이 되었다.

승연 역시 함께이면 진건이 더 좋아할 것 같아 재진이 말은 해 보았지만, 그녀는 사양을 했다. 거절하는 그녀의 마음을 알 것 같았기에 두 번은 얘기하지 못했다. 그녀는 그녀의 길을 가야 하니까. 재성과의 사이에 진건이가 있지만 각자의 길을 갈 수밖에 없음을 알기에 강요할 수 없었다.

"우리끼리 편하게 놀다 오라고 일부러 안 가신다는 걸 거예요. 다음에 한번 모시고 같이 다녀오죠. 참, 형한테 얘기 들었어요. 그 유명하신 대물 작가님이 오빠분이시라고."

"아하, 아하하!"

은우가 민망한지 괜히 크게 웃어젖히며 머리를 긁적였다.

"그게 어쩌다 인연이 그렇게 됐네요."

"대물이 뭐야?"

옆에서 가만히 듣고 있던 진건이 정말 궁금하다는 얼굴로 물었다. 재진과 재성이 딱히 대답을 하지 못하자 은우가 최대한 차분하게 얘기했다.

"아, 큰 물건."

"큰 물건?"

"응."

"어떤 큰 물건?"

"응? 아…… 그냥 큰 거. 큰 물건. 이것저것 다. 아하하."

"기훈 삼촌 만나면 어떤 큰 물건이냐고 물어봐야겠다."

"아하하. 그, 그래. 준비 다 됐으면 바로 출발할까요?"

서둘러 화제를 바꾼 은우는 얼른 진건이부터 차에 태웠다. 오늘은 파주에서 그리 멀지 않은 포천으로 1박을 다녀오기로 했다. 산정호수에 들러 진건이와 오리배도 타고, 저녁엔 바비큐 파티를 할 예정이었다.

"진건이 옷이랑은 다 챙기셨죠? 날이 제법 쌀쌀해져서 저녁에 꽤 추울 거예요."

은우는 재성을 향해 살갑게 말을 건넸다. 재성이 눈매를 휘며 고개를 끄덕였다.

"자, 그럼 출발……."

"형수님."

은우는 차 문손잡이를 잡으려다 멈칫하며 돌아섰다.

"고맙습니다. 결혼 준비로 바쁘실 텐데 이렇게 시간 내 주셔서 감사해요. 정말 여러모로 고맙습니다."

"제가 뭘요. 괜찮아요."

"우리 형 곁에 그대로 머물러 줘서, 우리 진건이 곁에 그대로 머물러 줘서, 그리고 제 곁에도…… 그대로 머물러 줘서 고맙습니다. 많이 부족한 우리 세 남자들의 빈자리를 채워 주셔서 감사해요."

은우는 진심이 느껴지는 재성의 말에 눈시울이 시큰해졌다.

"보금자리를 파주로 옮기는 것 역시 쉬운 결정은 아니셨을 텐데, 감사해요. 우리 진건이 영향이 컸다는 거 알아요. 결국은 저 때문이라는 것도."

"아니에요. 서울에서 파주가 얼마나 멀다고요. 제 친구 중에는 전라도로 시집 간 친구도 있는걸요. 그리고 저도 여기가 좋아요. 신경 쓰지 마세요."

은우는 사실 재진과 결혼 준비를 하며 가장 고민했던 부분이 신혼집이었다. 재진의 기획사도 그렇고 여러모로 서울에 있는 편이 더 좋긴 했지만, 이미 이곳 생활에 익숙해진데다 기획사 일을 아예 그만두기로 마음을 먹은 재성은 파주에 정착하기를 굳혔다.

연예계라는 곳이 아무래도 말도 많고 탈도 많은 곳이다 보니, 가까이 해서 좋을 게 없다는 판단이었다. 그 모든 판단의 기준은 오로지 진건이 때문이라는 걸 알기에, 재진 역시 더 이상 말리지 않았다. 때문에 이를 두고 재진이 무슨 고민을 하는지 알았던 은우는 먼저 파주에서 살자는 제안을 했고, 그녀의 배려 덕분에 신혼집을 파주에서 시작하기로 했다.

운이 좋게도 재진의 부모님 집에서 걸어서 10여 분 떨어진 거리에 마음에 드는 2층 전원주택이 매물로 나와 있었고, 그는 바로 매입을 했다.

은우는 진건이네와 함께 같은 집에 살고 싶다는 의사를 표했지만 재성이 미안해서인지 한사코 거절을 했고, 결국 절충안으로 선택한 게 1년쯤 신혼생활을 만끽한 후 함께 사는 것으로 얘기를 끝냈다.

"서울 어머니와 떨어져서 마음 쓰이는 거 압니다. 형이 잘할 거예요. 염려 마세요."

은우는 순정까지 걱정하는 재성의 속 깊은 마음에 눈물이 나올 것 같아 입술을 깨물었다.

올해가 가기 전 12월로 결혼 날짜를 잡은 탓에 이제 엄마, 오빠와 함께할 날이 두 달이 채 남지 않았다. 셋이 함께이던 집에 이젠 둘만 남는다고 생각하니 벌써부터 가슴이 아렸다. 영영 못 보는 것도 아닌데, 멀리 시집가는 것도 아닌데 이제는 매일 볼 수 없다는 생각만으로도 콧날이 시큰해졌다.

기훈의 잔소리가 다 그리워질 것 같았다.

"아빠! 빨리 타!"

차창 밖으로 고개를 쑥 내민 진건이 얼른 타라고 손짓을 했다. 은우가 황급히 눈가를 훔치며 조수석에 오르려 하는데, 진건이 또 소리쳤다.

"누나가 뒤에 타면 안 돼?"

"응?"

"누나랑 놀면서 가고 싶은데."

짐을 다 싣고 운전석에 앉아 있던 재진이 슬쩍 고개를 돌려 진건을 쳐다보았다.

"왜 그렇게 봐?"

"아니야."

"왜? 누나가 큰아빠 거라서 그래?"

재성과 진건이 서로 눈을 맞추며 키득거렸다. 재진과 은우의 얼굴은 순식간에 벌겋게 달아올랐다.

진건이 한국으로 돌아온 후 재진의 집을 가 보고 싶다고 해서 오피스텔에 데려간 적이 있었다. 한데 미처 곰 인형을 생각 못 했고, 진건에게 바로 걸려 버렸다.

테디베어 배를 꾹 눌러 본 진건은 '얼레리꼴레리'라며 얼마나 놀렸는지 몰랐다.

"흠흠. 진건아, 제발 그건 잊어……."

짓궂게 씩 웃은 진건이 녹음된 은우의 멘트를 그대로 따라 했다.

"난 누구 거? 재진이 거~. 넌 누구 거? 은우 거~. 막 이랬던 거 같은데?"

"아하하. 진건아?"

"난 누구 거? 아빠 거~. 아빠 누구 거? 진건이 거~."

진건이 은우의 멘트를 응용해 재성에게 애교를 부렸다. 기분이 좋은 재성의 입매가 길게 늘어졌고, 은우 역시 호탕하게 웃어젖히며 진건의 볼을 꼬집었다.

"아하, 아하하하하! 아휴, 어찌나 똘똘한지. 뭐해요, 얼른 출발해요."

'왜 그걸 간수를 못 해서 걸린 거예요!'라는 원망의 눈초리로 재진에게 곱게 눈을 흘기던 은우가 이내 진건을 보며 방긋 웃었다.

"자, 출바알!"

손을 번쩍 치켜드는 은우의 손가락에 끼워진 반지가 반짝거렸다. 은우를 따라 팔을 뻗은 진건이 외쳤다.

"출바알!"

은우는 진건이 귀엽다는 듯 뒷머리를 쓰다듬으며 감싸 안았다. 룸미러로 재진과 시선이 마주치자 눈을 찡긋거린 그녀의 얼굴엔 화사한 웃음꽃이 피었다.

우리는 함께이기에, 혼자가 아닌 함께이기에 앞으로 살아가며 그 어떤 힘겨운 시련이 온대도 잘 이겨 낼 것임을 믿어 의심치 않는다.

우리는 사랑으로 단단하게 뭉친 가족이니까. 오늘보다 내일 더 많이 사랑하며 살아갈 테니까.

~에필로그~

-이야기 하나

"하아, 역시 봄이 좋구나."

은우는 따뜻하게 내리쬐는 4월의 햇살을 맞으며 눈을 감았다. 살랑거리며 불어오는 봄바람에 어깨에 닿아 흘러내린 그녀의 검은 머릿결이 흩날렸다.

"아, 좋다."

창틀에 기대 커피 한 모금을 마신 은우는 정원 가득 피어난 봄꽃들을 보며 입매를 올렸다. 하루하루가 꿈만 같을 정도로 행복한 이 시간들이 아직도 믿기지 않았다.

"이 숨 막히는 뒤태의 여자가 내 아내라는 거지?"

인기척을 내지 않고 다가온 재진이 뒤에서 그녀의 허리를 끌어안았다. 방금 씻고 나온 그에게서 은은한 샴푸향이 풍겨 났다.

"커피 내려 놨어요. 한 잔 줄까요?"

"굳이 안 그래도 될 거 같아."

"응?"

고개를 돌리던 그녀의 입술이 침범을 당했다. 살짝 벌어진 그녀의 입술 사이를 갈라 혀를 집어넣은 그가 입안 점막 구석구석을 핥았다.

"맛있게 잘 내렸네, 커피."

잠시 입술을 떼어 낸 그가 다시금 고개를 숙이자 그녀가 가슴을 밀어냈다.

"오늘 진건이 경기하는 날인 거 몰라요? 늦으면 안 된다고요. 같이 출발하기로 했잖아요."

"안 늦으면 되잖아."

"흠흠. 안 늦긴, 매번 말은 이렇게 하면서 안 그렇잖아요. 시작은 간단히 끝낼 것처럼 하다가 꼭 사람 진을 다 빼놓으면서 그래. 나중에 진건이랑 같이 살아도 문제예요. 설마 그때도 이렇게 시도 때도 없이 달려들면 곤란하니까요."

"별걱정을 다해. 내가 괜히 공들여 방음 시공을 한 게 아니야."

그가 그녀의 귓가에 대고 속닥거렸다.

"우리 사랑 나누는 데는 아무 문제없다고. 네 그 어여쁜 목소리가 방 밖으로 새어 나갈 일 없으니 걱정 말라는 소리야."

"어머머, 내가 뭘 얼마나 어쨌다고?"

"확인시켜 줘야 하나?"

"아, 됐어요!"

새치름하게 눈을 흘긴 그녀가 후다닥 자리를 피해 도망쳤다. 결혼 후 더욱 농밀해진 그와의 야한 밤은 아직도 부끄럽기 짝이 없었다. 게다가 이제는 불을 켜고 하는 날이 많기 때문에 더 야하게 느껴졌다. 사랑이 끝나고 나면 같이 씻기도 했지만, 아직도 수줍은 건 어쩔 수 없었다.

"이번 달에 아직이지?"

방으로 따라 들어온 재진이 달력을 보며 넌지시 물었다. 은우는 고개를 가로저으며 지난달 생리를 언제 했는지 따져 보았다.

"아직 할 때가 안 됐어요."

결혼하고 나서도 은우의 뜻에 따라 피임을 하던 재진은 지난달부터 콘돔을 사용하지 않았다. 재진은 둘만의 신혼을 더 즐기고 싶다면서 아이는 천천히 갖자고 했지만, 사실 그의 나이도 있고 양가 어른들께서 아이 소식을 기다리고 있다는 걸 알고 있는 그녀로서는 마냥 신혼을 즐길 수가 없었다. 그래서 지난달부터 피임을 하지 않고 질내 사정을 해온 터라 임신 가능성은 충분히 있었다.

"아기 기다려져요?"

"음, 아니라고는 못 하겠네. 아이가 생기면 누굴 닮았을까 궁금하기도 하고. 나는 은우 널 닮은 딸이면 좋겠는데. 분명 어여쁠 테니까."

"어머님도 딸이면 좋겠다고 하시던데. 우리 오빠도 딸이면 좋겠다고 하고, 진건이도 저번에 그러더라고요. 여동생이 생기면 좋겠다고. 이러다 아들이면 어쩌나 싶어요."

"아들이든 딸이든 축복이지, 뭘 그런 걱정을 해."

"아이가 생긴다는 건…… 어떤 기분일까요?"

은우는 제 배 위에 손을 가져다 대었다.

"좋은 엄마가 되고 싶어요. 내 엄마 같은 엄마가 되고 싶어요."

"분명 좋은 엄마가 될 거야. 강은우니까."

재진을 바라보는 그녀의 말간 눈이 행복으로 물들었다. 엄마가 된다는 게 무섭기도 하지만 설레기도 했다.

"혹시 이번 달에 소식 없어도 실망하지 말아요. 피임 안 한 지 이제 겨우 한 달이니까……."

"실망 안 해. 너와 단둘이 연애할 시간이 더 늘어서 좋은데, 난."

그가 뽀얀 그녀의 뺨을 감싸 쥐었다.

"사랑해. 너와 함께인 게 믿기지 않을 만큼."

"나도 언제나 그래요."

서로를 향한 시선엔 사랑이 충만했다. 봄 햇살 만큼이나 찬란한 미소가 동시에 걸렸다.

**

 "진짜 우리 진건이는 인물이 남달라요. 일곱 살 되더니 키도 부쩍 큰 거 같지 않아요?"

 그 누가 봐도 은우의 모습은 제 새끼 예뻐 죽는 엄마 그 자체였다. 일곱 살이 되면서 유소년 축구단에 가입한 진건은 금세 흥미를 붙여 친구들도 많이 사귀고 훨씬 더 밝아졌다.

 "진건이, 파이팅!"

 푸른 잔디밭을 뛰어다니는 진건을 향해 은우가 손을 마구 흔들어 댔다. 우렁찬 외침에 고개를 돌린 진건이 팔을 들어 알은척을 했다.

 "아우, 누구 자식인지 진짜 예뻐 죽겠네. 무슨 일곱 살배기가 벌써부터 멋짐이 줄줄 흘러요?"

 끊임없이 조잘거리는 은우 옆에 앉아 있던 재진은 못 말리겠다는 듯 어깨를 으쓱였다. 주위에서도 큰엄마가 아닌 친엄마로 알 정도로 진건에 대한 애정이 남달랐다.

 승연은 한 달에 서너 번 정도 진건을 만났다. 처음에 헤어질 땐 시무룩해 하던 진건은 7개월이 지난 지금은 웃으면서 엄마에게 인사를 할 정도가 되었다.

 "그렇지! 슛! 와아!"

진건의 몸이 폴짝거리더니 힘차게 발길질을 했다. 축구공이 골대 안으로 빨려 들어가자 진건을 비롯한 같은 팀원 아이들이 환호하며 좋아했다.

은우 역시 번쩍 일어나며 만세를 했다. 진건의 결승골로 경기는 3:2로 마무리되었고, 진건이 의기양양한 얼굴로 달려왔다.

"큰엄마! 나 봤어?"

"당연히 봤지. 짱!"

은우는 수건으로 진건의 이마에 송골송골 맺힌 땀방울들을 닦아 주었다.

"배고프지? 열심히 뛰었으니까 밥 먹어야지. 얼른 아빠한테 갈까?"

"응!"

"집에 들러서 할머니, 할아버지 모시고 같이 가자?"

기획사 일을 그만둔 재성은 자신의 재능을 살려 요식업에 뛰어들었다. 이제 오픈한 지 3개월이 되어가는 한정식 전문점이라 아직 제대로 자리가 잡히지는 않았지만, 한 번 다녀간 손님들로 하여금 입소문을 타고 있는 추세였다.

한식조리사 자격증 취득자에 걸맞게 모든 밑반찬들이며 코스 요리 레시피까지 직접 만드는 재성의 음식 솜씨도 음식 솜씨였지만, 한눈에도 훤칠한 젊은 남자 사장이 친절하기까지 하다는 점 역시 강한 어필이 되었다.

재성의 가게 오픈 소식에 소속사 배우들이 한 번씩 다녀가기도 했다. 하지만 그는 절대 티를 내며 사인을 걸어 두지 않았다. 연예인이 자주 오는 가게로 시선을 끌고 싶지는 않기 때문이었다.

"얼른 아빠한테 가서 축구 이겼다고 자랑하자."

"응!"

가게를 시작하며 아무래도 바빠진 재성을 대신해 은우가 진건을 거의 돌보다시피 했다. 그 덕분에 재성 역시 큰 걱정 없이 일에 매진할 수 있었고, 그래서 재성은 늘 은우에게 마음의 빚을 가진 채로 고마움을 표했다. 어쩌다 은우와 재진이 티격태격하더라도 재성은 무조건 은우 편이라, 재진이 서운함을 토로할 정도로 사이가 좋을 수밖에 없었다.

"그런데 큰엄마, 아직 동생 안 만들어진 거야?"

진건이 은우의 배를 콕 찌르며 물었다.

"응. 아직은 그런 거 같아. 동생이 많이 기다려져?"

진건은 설레는 얼굴로 힘차게 고개를 끄덕였다.

"응! 동생 생기면 내가 예뻐해 줄 거야. 안 심심하게 놀아 줄 거야."

"정말?"

"우리 진건이가 이렇게 기다리니 동생을 하루 빨리 만들어 줘야겠네. 큰아빠가 좀 더 노력힐게."

옆에서 가만히 지켜보고 있던 재진이 툭 한마디를 건넸다.

은우와 눈이 마주치자 그가 의미심장하게 웃으며 속닥였다.
"좀 더 분발하자고."
"흠흠. 지금도 충분해요."
진건의 손을 잡고 먼저 앞서 걷던 은우의 다른 손이 갑자기 뒤로 당겨졌다. 그녀의 손을 잡아채어 제 허리에 두르게 한 그는 은우의 어깨에 팔을 둘렀다.
햇살 따뜻한 일요일 오후는 평화롭기 그지없었다.

"무슨 계산을 한다고 그러세요, 형수님."
재성은 식사가 거의 끝나갈 때쯤 몰래 혼자 나온 은우가 카드를 내밀자, 한사코 도리질을 하며 거절을 했다.
"받으세요. 지난번에도 얻어먹었잖아요. 엄연히 서방님 일터인데 그냥 먹고 가는 게 마음에 걸려서요. 어서요."
"아니에요. 정말 괜찮아요. 형수님이 진건이 봐주시느라 수고해 주시는 게 얼마인데, 이 정도는 얼마든지 대접해 드릴 수 있어요. 어머니, 아버지도 모시고 이렇게 같이 와 주시니 제가 더 감사하죠."
"감사하긴요. 가게에서 집까지 거리가 얼마나 된다고요. 그리고 이 카드, 형 거예요. 형이 나 쓰라고 준 거예요. 내가 쏘는 게 아니라 형이 쏘는 거니까 편하게 받아요. 어서요."
은우가 얼른 계산을 하라며 눈을 찡긋거렸다. 재성이 피식 웃으며 마지못해 건네받았다.

"우리 집에서 가장 비싼 한정식 코스라 금액이 꽤 나올 텐데요?"

"에이, 형님을 뭐로 보고. 그 정도는 충분히 살 수 있는 사람이잖아요. 시원하게 긁어 주세요. 쫙."

재성은 카드 긁는 시늉을 해 보이며 생글거리는 어린 형수가 귀여운지 연방 입매를 올렸다.

"정말이지 형은 장가 잘 갔다니까요."

슥, 고개를 가까이한 은우가 맞장구를 쳤다.

"실은 내 생각도 그래요."

"푸후후."

"뭐 그리 사이가 좋아?"

키득거리고 있는 은우의 뒤로 다가온 재진이 눈썹을 치올리며 물었다.

"형 매일 오면, 나 금세 부자 되겠어."

재성이 카드 영수증을 들어 보이며 웃었다. 슬쩍 은우를 쳐다본 재진은 잘했다며 엄지를 척 들어 올렸다.

"으흥흥."

"큰엄마!"

"어, 화장실 갔다 왔어?"

진건의 외침에 은우가 냉큼 달려갔다. 뒤이어 시부모님도 모습을 드러내자 은우가 살갑게 챙기며 밖으로 먼저 나갔다.

"형수님은 정말 해피바이러스야. 형수님 없는 세상은 상상하기도 싫네."

"내 말이. 진건인 우리 집에 데리고 있을 테니까 퇴근하면서 들러……."

"아니야. 어머니 계시잖아. 내가 여기 데리고 있다가 들어가도 되고. 이제 한창 바쁜 건 지났으니까 괜찮아. 오늘도 진건이 축구 경기 함께 다녀오느라 제대로 된 데이트도 못 했잖아. 신혼인데 제대로 즐기지도 못하는 거 같아서 늘 미안하네."

"할 건 다해. 염려 마라."

재성의 어깨를 툭 치며 밖으로 나간 재진은 할머니를 따라가겠다는 진건까지 차에 모두 태웠다. 손을 흔드는 진건의 모습이 보이지 않을 때까지 쳐다보던 재성이 그만 들어가려는데, 주차장으로 낯익은 흰색 세단 한 대가 들어섰다.

"승연이……."

그녀의 이름을 나직이 읊조리던 재성은 연락도 없이 찾아온 승연을 다소 놀란 얼굴로 응시했다. 가게 오픈한 지 3개월이 되었지만 그녀가 여기까지 찾아온 적은 오늘이 처음이었다.

"배고파. 들어가."

"아, 그래."

승연에게 내어 갈 음식을 손수 정갈하게 담아 준비한 재성은 그녀가 앉아 있는 테이블에 세팅했다.

"밥…… 먹었어?"

"아, 난……."

"앉아. 같이 먹어."

승연이 재성을 쳐다보며 앉기를 권유했다. 재성은 또 한 번 놀란 얼굴로 맞은편에 앉았다.

한국으로 돌아온 후 그녀가 진건을 주기적으로 만나기는 했지만, 한 번도 그와 함께 셋이 같이 만난 적은 없었다. 늘 진건만 따로 데려가 시간을 보내다 오곤 했다.

승연은 말없이 젓가락을 들어 이것저것 음식 맛을 보았다.

"여전하네. 음식 솜씨는."

"……많이 먹어."

"나…… 얼마 전에 선봤어. 나이 한 살 더 먹어 이제 서른셋인데, 이혼한 지도 3년이 지났으니 이제…… 그래도 되잖아."

재성은 언제고 닥칠 일이었다는 듯 천천히 고개를 끄덕였다.

"좋은 사람……이었으면 좋겠다."

"좋은 사람 같아. 그래서 계속 만나보려고 해."

"그래, 잘된 일이야. 너도 이제 행복해져야지."

"재성아."

승연의 입에서 너무도 오랜만에 불린 제 이름에 재성이 멈칫했다.

"나는 널 아직도 다 이해는 못 해."

"……그래. 이해해. 당연해."

"아무렇지 않게 너를 보면서 웃을 자신은 아직도 없어. 이혼 후에도 친구처럼 잘 지내는 사람들도 있다던데, 나는 사실 그러기는 힘들 거 같아. 대신…… 이 얘기는 해 주고 싶었어. 그래서 온 거야."

두 사람의 시선이 허공에서 부딪쳤다.

"나도…… 미안했어."

재성은 살며시 손을 그러쥐었다. 갑자기 눈시울이 뜨거워지려 했다.

"이 말을 하기까지 이리도 오래 걸렸네. 그때 네 말을 좀 더 들어 주지 못해서 미안했어. 나만 피해자이고, 나만 상처받았다고 생각했어. 너를 먼저 좋아한 것도, 그래서 결혼까지 골인한 것도 모두 다 내가 시작이었으면서, 항상 나만 애가 타는 거 같아 불안한 마음에 불만이 커지다 보니 사고가 흐려졌어. 널 이해해 보겠다는 마음보다는 배신감에 눈이 멀었어. 나는 어쩌면 사랑조차도 너무 이기적인 방식으로 했던 거 같아."

"……."

"네가 그날 편지로 그랬었지. '내가 비록 너를 끝까지 책임지지 못하고 행복하게 해주지 못했지만, 한 가지 약속은 할 수 있어. 내가 마음 주고 곁에 두었던 사람은 네가 처음이자 마지막일거라는 걸 약속해.'라고."

승연은 숨을 고르며 차분하게 다시 입을 열었다.

"너도 언젠가 나처럼 누군가를 만날 수도 있겠지. 하지만 나는 너처럼 그렇게는 말 못 해 줘. 좋은 사람 만나라고, 행복하라고 그런 말은 못 해 줘. 그렇게는 못 하겠어. 그런데……

네가 내게 한 그 약속, 꼭 지키지 않아도 된다는 말은 해 줄 수 있어. 네가 마음 주고 곁에 두었던 사람이 내가 처음이었던 걸로 됐어. 그걸로 됐어. 마지막은…… 내가 아니어도 돼."

재성의 떨리는 손가락이 얼굴을 감쌌다.

"내게 한 그 약속의 무게 때문에 혼자일 필요는 없다는 소리야. 더 이상 매일 밤마다 죄책감에 시달리지 않아도 된다는 소리야."

한겨울 앙상한 가지처럼 말라 있던 그의 가슴 속에 푸른 새싹 하나가 돋아났다.

비로소 봄은 오고 있었다.

비록 느릴지라도.

-이야기 둘

『조창호 감독이 메가폰을 잡은 영화 <타깃>의 여주인공으로, 3000:1의 경쟁률을 뚫은 신예 채수연이 낙점됐다. 조 감독이 앞서 베드신 수위 조절 불가임을 강조했던 영화 <타깃>은, 인기 성인 웹툰 <타깃>이 원작으로, 원작자 대물(大物) 작가가 직접 시나리오 각색에도 참여하고, 조 감독의 배려로 오디션 역시 함께 진행한 것으로 알려져…….』

은우는 보고 또 봐도 신기한 기훈의 기사를 읽어 내리며 헤벌쭉 입을 벌렸다. 꿈만 같았던 일이 현실로 이루어져 가는 것을 보고 있는데도 믿기지 않았다.

"오빠 이러다 유명인사 되는 거 아니야?"

"그럴지도 모르지. 이 오라버니가 또 워낙 출중하잖냐."

은우는 기훈의 잘난 척도 오늘은 인정하겠다는 듯 박수를 쳤다. 옆에 앉아 있던 순정 역시 힘껏 박수를 치며 다시 한 번 축하를 전했다.

"우리 아들, 대단해."

"그걸 이제 안 거야? 정 여사 실망인데."

우쭐해 하는 기훈의 모습에 순정이 웃음보를 터트렸다.

"오랜만에 이렇게 우리 세 식구가 모여 앉아 있으니까 좋다. 결혼을 너무 빨리 했나 봐. 그치, 엄마?"

"정 여사, 은우 말 믿지 마. 아주 그냥 매제랑 죽고 못 살면서 여기서만 괜히 저러는 거야."

"부부가 금슬이 좋으면 좋은 거지. 그나저나 벌써 9시가 넘었는데 류 서방 기다리겠다. 얼른 가 봐야지. 주희 만난다고 낮부터 나와 있었다며."

"괜찮아. 차 가지고 왔는데 뭘. 금방 가."

은우가 새 차를 뽑은 지는 보름도 채 되지 않았다. 그녀가 혼자 움직이기 편하게 하기 위한 재진의 배려였는데, 그는 원래 중형차를 선택했지만 은우의 반대로 경차를 한 대 구입했다. 따로 다닐 일도 별로 없는데 굳이 중형차를 두 대나 끌고 다니는 건 사치라는 은우의 의견 때문이었다.

"그나저나 우리 정 여사는 좋은 소식 없어? 요새 아주 얼굴이 활짝 피었던데. 응?"

은우가 애교스럽게 웃으며 순정의 얼굴을 빤히 들여다보았다.

"아까 전화도 막 계속 오고 그러던데. 말해 봐. 응? 좋은 분 생긴 거야?"

"아이 참, 그런 거 아니야. 보육원에서 같이 봉사활동 하시는 분인데 밥 한 번 같이 먹은 게 다야."

"원래 다 그렇게 시작해, 정 여사."

툭 끼어든 기훈의 말에 순정이 난처한 듯 머리칼을 매만졌다.

"우리 정 여사가 연애를 너무 오래 안 해서 다 잊었나 봐. 이 아들이 코치 좀 해 줘?"

"아니라니까 그러네."

"그런데 왜 얼굴이 빨개지지?"

"네가 자꾸 놀리니까……."

"에휴. 우리 정 여사, 아직도 이렇게 소녀 같은데 어떻게 보내나 그래."

무심하게 내뱉은 그의 한마디에 순간 정적이 흘렀다. 그 말 속에 담긴 진심이 전해져서였다.

"첫인상이 나쁘지 않았으면 몇 번 더 만나보셔. ······그러고 나서도 괜찮다 싶으면 아들한테 얘기해. 정말 엄마의 남은 생을 맡겨도 되는 분인지 내가 직접 확인해야 하니까."

"······아니야. 안 만날 거야."

"왜? 머리 벗겨지셨어? 배가 남산만 해?"

"······아니."

말이 없는 순정을 잠자코 바라보던 기훈이 장난기를 거두며 나직이 입을 열었다.

"우리 때문이라면 괜찮다고 했잖아. 이만큼 고생했으면 이제 정순정 여사 인생 살아도 된다고 했잖아. 은우도 시집갔고, 나야 내 앞가림 알아서 잘하니까 신경 쓰지 말라고 했잖아. 아니면······ 그분한테 자식이 있어? 그래서 그래?"

순정은 손가락만 만지작거렸다.

"우리 정 여사, 설마 총각 만나려고 했던 거 아니지?"

순정이 화들짝 놀란 얼굴로 손사래를 쳤다.

"얘는 무슨······."

"그럼 그게 뭐 어때서. 엄마도 우리 있는데, 그분도 자식 있는 건 당연한 거잖아. ······어머니가 뭘 걱정하는지 알아. 자식은 우리 둘뿐이길 바라는 거잖아. 만나시는 그분과 가정을 이루게 된다면 우리만 챙길 수는 없는 거니까, 그분의 자제분들도 챙겨야 하니까 그래서 그런 거잖아. 우리한테 소홀해질까 봐."

아무런 말도 하지 못한 순정이 고개만 푹 숙였다.

"그래도 돼. 소홀해져도 돼. 그러니까 죄인처럼 고개 좀 숙이지 마셔. 나는 우리 정 여사에게도 낭만이 찾아왔으면 좋겠어. 너무 늦었지만 이제라도. 나는 무엇보다 어머니가 행복했으면 좋겠어. 이제라도 여자로서 행복했으면 좋겠어. 내 아버지가 못 해 드린 거 대신 해 줄 수 있는 분이 계시다면 망설이지 말고 잡아. 진심이야."

이미 진즉 눈물샘이 터진 은우를 슥 쳐다보던 기훈은 그녀의 팔을 툭 쳤다.

"너는 왜 자꾸 여기 와서 다큐를 찍냐. 매제하고 있을 때는 꿀 떨어지는 로맨스만 찍더니. 네가 우니까 어머니가 더 신경 쓰는 거 아니야."

은우는 황급히 눈물을 닦아 내며 순정의 손을 잡았다.

"엄마한테 너무 고맙고 미안해서 눈물이 나는 거야. 오해하지 마. 알았지? 응? 그분 잘 만나봐. 나중에 한 번 꼭 소개해 주고. 엄마아, 왜 자꾸 울어. 나도 오빠랑 같아. 나도 엄마가 행복했으면 좋겠어. 평생 서로 등 긁어 줄 수 있는 반려자가 생겼으면 좋겠어. 진심이야. 에휴. 이렇게 눈물이 많아서 어떡해."

순정의 어깨가 더욱 들썩거렸다. 그녀는 미안할 게 없는데도 마냥 미안하다 했다. 그렇게 주고 또 주고도 부족하다 말했다.

그래서 엄마였다.

밤 11시가 다 되어서야 파주에 도착한 은우는 대문 앞에 나와 있는 재진의 모습이 보이자, 얼른 파킹을 하고 내렸다.
"왜 나와 있어요?"
"시간이 늦어서 차는 별로 안 밀렸나 보네. 사십 분 걸렸다, 딱."
"설마 내가 아까 출발하면서 전화했을 때부터 나와 있었던 건 아니죠?"
은우가 놀란 얼굴로 바로 코앞에 서자 그가 얼굴을 감싸 쥐며 웃었다.
"그랬을 거야, 아마."
"뭐 하러……."
"이렇게 어여쁜 내 색시 누가 잡아채 갈까 봐 가만히 앉아 있을 수가 있어야지."
"그거 알아요? 날이 갈수록 말솜씨가 유려해진다는 거. 아무리 봐도 선수 같아요."
"강은우 앞에선 선수 맞다니까 그래. 난 여전히 널 꼬시고 싶으니까."
까치발을 들어 먼저 입을 맞춘 은우가 그의 허리에 팔을 둘렀다.
"솔직히 말해 봐요. 처음에 다 컨셉이었죠? 아니면 어쩜 이래? 어떻게 이렇게 변해요?"

"푸후후, 그걸 왜 나한테 물어봐? 너한테 물어봐야지."

"응?"

"널 만나서 이렇게 된 거잖아. 그러니 네게 물어야지. 도대체 얼마나 어떻게 어여뻤으면 저 남자가 저리 변하느냐고."

"흠흠. 그런가?"

"가만."

웃고 있는 그녀를 가로등 불 아래서 자세히 들여다보던 그의 눈썹이 꿈틀거렸다.

"울었어?"

"아, 응. 조금."

"무슨 일인데?"

"나쁜 일 아니야. 인상 펴요. 들어가서 얘기해."

재진의 손을 이끌고 집 안으로 들어선 은우는 잠시 머뭇거리다 순정의 얘기를 꺼냈다.

"이제 한 번 만나보셨대요. 아직 어떻게 될지 잘 모르겠지만, 만약 좋은 분이라면 엄마도 이제 혼자가 아니었으면 해서……."

"은우야."

"응?"

"왜 눈치를 보면서 얘기해."

재진에게 어떻게 얘기할까 조심스럽던 마음을 들켜 버린 은우가 멋쩍어 했다.

"아니, 난……."

"장모님이 좋은 분 만나시면 나도 좋아. 장인어른 생기면 나도 좋아. 당연한 건데 왜 눈치를 보면서 얘기를 해. 음……, 혹시 우리 어머니, 아버지 때문에 그래? 이거 어머니, 아버지한테 며느리한테 좀 더 잘해 주라고 해야겠네."

"아니에요, 무슨 소리예요."

"그래야 며느리가 알 거 아니야. 어머님, 아버님이 그런 분이 아니시란 거."

"재진 씨……."

"나도 그렇게 꽉 막힌 놈 아니고."

은우의 볼을 살짝 꼬집어 당긴 그가 말을 이었다.

"우리 어머니, 아버지한테는 비밀인데, 나는 사실 장모님을 만난 순간부터 세상에서 가장 존경스러운 분이 바뀌었어. 나는 장모님이 행복해지셨으면 좋겠어."

"재진 씨……."

"그런데 있잖아. 그런 감동받은 얼굴도 좋고 다 좋은데, 왜 또 자꾸 재진 씨래? 우리 어머니 앞에서는 오빠가 이랬어요, 저랬어요, 잘도 조잘거리더니 말이야."

"흠흠. 아직 입에 안 붙어서 그래요."

"이상하네. 사랑 나눌 때는 오빠 소리가 잘 나오던데. 결혼하고 나서 분명 그렇게 바뀌었던 거 같은데. 설마 나만 들은 건가? 네 그 야릇한 목소리를?"

은우의 얼굴이 화악 붉어졌다.

"갑자기 또 보고 싶네. 네 달뜬 얼굴이. 눈이 반쯤 감기고, 양쪽 볼이 발그스름해지지. 이마에 송골송골 맺힌 땀방울이 또르르 굴러 떨어질 때쯤, 네 고개가 뒤로 넘어가면서 입술이 야하게 벌어져. 그리고 그때 '오빠'라고 불러, 네가."

마치 달뜬 제 얼굴이 눈앞에 그려지는 듯 상세하게 설명하는 그의 말에 은우의 얼굴이 더욱 벌게졌다.

"아, 놀리지 마요!"

"놀리는 거 아닌데. 사실을 말하는 건데, 난."

"하지 말라니까요!"

입술을 쭉 내밀며 투덜거리는 그녀를 바라보는 그의 입가에 미소가 떠나지 않았다.

낮에는 아이처럼 순수한 여자에서, 밤만 되면 야하게 변하는 그녀가 그렇게 사랑스러울 수 없었다. 그녀는 애가 타지만, 나쁘다 말하지만, 그런 그녀의 모습이 너무도 귀여워 매번 골리고 말게 되었다.

"한데 사실 그보다도 더 듣기 좋은 말이 있어. 뭘 거 같아?"

그가 눈썹을 실룩거리며 의미심장하게 웃었다. 은우는 왠지 불안한 마음에 잽싸게 귀를 막으며 도망쳤다.

"말하지 마요. 난 절대 안 들을 거야."

"뭐 생각나는 거 있나 봐?"

그의 말이 떨어지기가 무섭게 은우의 머릿속에 한 장면이 떠올랐다.

[하웃, 하아. ……해 줘.]

[잘 안 들려. 더 크게 얘기해.]

[……나빴어. 사랑해 줘. 빨리…….]

[난 좀 더 노골적인 말이 듣고 싶은데.]

[……넣어 줘. 빨리……. 오빠아……, 아앗!]

"없어요. 절대 없어!"

세차게 고개를 내저으며 침대 위로 폴짝 날아든 은우가 베개로 머리를 감쌌다. 재진은 그녀의 모습이 무엇 하나 사랑스럽지 않은 게 없어 소리 내어 웃었다.

"그만 웃어요."

"좋아서 그러는데 왜 화를 내고 그래."

"나 진짜 화낼 거예요."

"화내도 어여쁜 걸 어떡해. 알았어. 안 웃을게."

재진이 입을 꾹 다물며 웃음을 거뒀다. 몇 초 지나지 않아 은우가 빠끔히 고개를 쳐들며 뾰로통한 표정을 지었다.

"나빴어, 진짜."

"좋아서 그런다니까. 화해의 기념으로 맥주 한잔할까?"

"흠흠. 뭐, 그러든지……. 아니, 안 먹을래요."

"아직도 삐친 거야?"

"그게 아니라, 혹시 모르잖아요. 이번엔 임신할지도. 이번

주 배란기거든요. 우리 하루도 빠짐없이 사랑을 나눴다고요. 그러니까 이번엔 임신할지도 몰라요. 피임 안 한 지 두 달이 넘어가는데, 왜…… 임신이 안 될까요?"

은우가 고새 시무룩해지며 걱정 담긴 한숨을 내뱉자 재진이 그녀를 다독였다.

"이제 겨우 두 달인데 뭘 그렇게 조바심을 내."

"다들 아기 기다리니까……."

"쓸데없는 걱정하지 말고 이리 와."

그녀를 품에 안아 마주 보고 누운 그가 일부러 화제를 돌렸다.

"오늘 주희 씨는 잘 만났나?"

"아, 응. 모처럼 영화도 같이 보고 얘기도 많이 하고 좋았어요. 새로 들어간 회사도 사람들이 다 좋대요. 기자 다시 하고 싶지 않느냐고 물어보니까 고개를 절레절레 흔들더라고요. 민석 씨 은퇴한 게 주희에게도 꽤나 큰 충격이었나 봐요."

"그러게."

"민석 씨, 보고 싶네요. 언젠가 연락이 한 번은 오겠죠?"

"글쎄."

그 역시 당연히 보고 싶겠지만 일부러 마음을 비워 두고 있다는 걸 안다. 은우는 더 이상 민석의 얘기를 하지 않고 그의 품으로 파고들었다.

"씻어야 하는데, 잠 와요."

말 끝나기가 무섭게 은우의 눈꺼풀이 스르륵 감기더니 이내 쌔근쌔근 아기 숨소리를 내었다.
"예쁘다. 우리 은우."
잠이 든 아내를 하릴없이 바라보는 그의 밤은 짧기만 했다.

-이야기 셋

 진건이 잠이 든 걸 확인하고 제 방으로 돌아온 재성은 침대 위로 풀썩 몸을 뉘였다. 몸은 고단한데 정신은 더 또렷해져 쉬이 잠이 올 것 같지 않았다.
 [나……, 결혼해.]
 승연이 가게로 찾아왔던 날로부터 6개월이 지난 가을날이었다. 상대가 초혼이기도 한데다 나이가 서른일곱이라 결혼을 서두르게 됐다고 했다.
 [진건이한테…… 말을 어떻게 해야 할지 모르겠어. 아이를…… 빨리 갖길 원하거든. 내가 임신을 하게 되면, 아무래도 진건일 꽤 오랫동안 못 보게 될 거 같아서. 아무래도 지금보다는 만나는 횟수가 적어질 거 같아서…….]
 재성은 밀려오는 두통에 관자놀이를 지그시 눌렀다. 승연을 탓하지는 않는다. 새로운 길을 가기 위해서는 어차피 한 번은 겪어야 할 일이었으니까.

다만, 승연과 모든 오해를 푼 자신은 마음의 짐을 덜어 냈지만, 진건의 가슴 속에 새겨진 상처는 아직도 현재진행형이라는 생각에 가슴이 아팠다. 은우부터 시작해 가족들의 많은 사랑으로 밝게 자라고 있는 진건에게, 또 한 번 상처를 줘야 한다는 생각에 면이 없었다.

"하아."

눈꺼풀을 내려뜨리며 고민에 빠져 있던 재성은 순간 방문이 빠끔히 열리며 진건이 고개를 내밀자 깜짝 놀랐다.

"아빠."

진건의 손엔 베개가 들려 있었다.

"자다 깼어?"

"응."

재성이 이리 오라며 침대 옆자리를 톡톡 두드렸다. 재성의 곁에 몸을 앉힌 진건은 그의 얼굴을 빤히 들여다보다 천천히 작은 입술을 달싹였다.

"나 이제 내년에 학교 가."

"응, 그러게. 진건이 좀 있으면 벌써 여덟 살이 되네."

"오늘 아빠가 계속 우울해 있던 게…… 엄마 때문이야? 나도 다 알아. 엄마한테 남자 친구가 생긴 거 같거든. 저번에 엄마 만났을 때, 엄마한테 자꾸 어떤 아저씨가 전화했었어."

재성은 말문이 막혀 이렇다 할 대답을 하지 못했다.

"엄마가 이제 나 보러 못 오는 거야?"

진건의 물음에 재성은 겨우 목청을 가다듬었다.

"……아니, 올 거야. 올 건데……."

"조금밖에 못 본다는 거지?"

"……미안해."

"아빠는…… 괜찮아?"

재성의 가슴께에 손을 갖다 댄 진건이 살살 문질렀다.

"아빠가 괜찮으면 진건이도 괜찮아. 나는…… 아빠랑 살겠다고 했으니까 괜찮아. 엄마 많이 못 봐도 괜찮아. 그런데 있잖아, 나는 아빠한테도 예쁜 누나야가 생겼으면 좋겠어. 큰아빠랑 큰엄마처럼, 아빠도 얼레리꼴레리 할 수 있는 예쁜 누나야가 생겼으면 좋겠어."

"……."

"아니면…… 나 때문에 그래? 내가 있어서 누나야 못 만나는 거야? 티브이 보면 다 그러던데. 무서운 할머니들이 막 소리 지르고 하던데."

재성은 고개를 가로저으며 진건의 뺨을 감싸 눈을 맞췄다.

"진건이 드라마 그만 봐야겠다. 아니야. 그런 거 아니야."

"그럼 아빠도 누나야 만나. 진건이는 아빠가 좋으면 좋아."

"진건이가 조금 더 크면……, 그때 한번 생각해 볼게. 지금은 좋아하는 누나야가 없어. 아빠는 진건이만 있으면 돼."

"아빠가 가끔…… 심심해 보여서 그래. 진건이는 친구랑 놀기도 하고 그러는데, 아빠하고는 놀아 주는 사람이 없는 거 같아서 그래. 민석이 형아라도 있으면 좋을 텐데. 아빠가 민석이 형아하고는 친했잖아. 아빠가 민석이 형아랑 있을 때는 진짜 말을 많이 하거든. 많이 웃기도 하고. 그래서 진건이도 민석이 형아가 좋았어."

"아빠가…… 그랬어?"

"응. 그런데 이제 민석이 형아도 못 보니까 아빠가 많이 심심할 거 같아."

한국으로 돌아온 진건이 일주일쯤 지났을 때 민석을 찾았었지만, 재성은 형아가 멀리 여행을 떠나 당분간 보기 힘들다는 말만 해 주었다.

"……아빠가 진짜 못났다. 일곱 살배기 아들 걱정이나 시키고 말이야. 늦었어. 얼른 자자."

일어서 불을 끈 재성은 진건을 토닥이며 재웠다. 이윽고 곤히 잠든 진건에게 시선을 뗀 재성은 똑바로 누워 이마 위에 팔을 올렸다.

민석이 떠난 지도 벌써 1년이라는 시간이 지나고 있었다. 문득문득 그가 그립기는 했다. 언젠가부터 우편함을 살펴보기 시작하긴 했다.

재성은 고개를 가로저으며 조심히 진건을 끌어안았.

다른 것은 아무래도 상관없다.

나는 너 하나면 된다. 사랑하는 나의 아들, 너 하나만.

**

 재성은 사람들로 붐비는 예식장 안으로 들어서며 숨을 골랐다. 승연 몰래 찾아온 것이기 때문에 눈에 띄지 않기 위해 조심스러운 발걸음으로 신부대기실을 찾았다. 혹여나 전 장인어른, 장모님 눈에 띈다면 얼굴이 하얗게 질려 놀랄 게 뻔했기 때문에, 최대한 고개를 숙여 얼굴을 가린 채 사람들 틈에 섞여 움직였다.

 친구들의 축하를 받으며 웃고 있는 승연의 얼굴이 보였다. 재성은 새하얀 웨딩드레스를 입은 승연의 모습에 옛 생각이 나 기분이 묘해졌다. 그때도 지금처럼 참 어여뻤었다. 세상에서 가장 예쁜 신부라고 생각했었다.

 끝까지 책임지지 못한 미안함을 담아 진심으로 행복을 빌며 물끄러미 바라보던 재성은, 순간 승연과 눈이 마주치자 멈칫했다. 그녀 역시 많이 놀란 듯 움찔했지만, 이내 눈매를 내려뜨리며 처연하게 바라보았다.

 재성은 시선을 피하지 않고 슬며시 붉어진 눈으로 응시했다.
 '잘살아.'

 마치 그의 마음을 읽었다는 듯 그녀가 느릿하게 고개를 끄덕였다. 재성은 희미하게 미소 지으며 그만 발길을 돌렸다. 준비해 온 축의금을 신부 측에 전달한 재성은 방명록에 이름도 적지 않고 재빠르게 예식장을 나섰다.

10월의 가을 하늘은 푸르렀다. 눈물이 날만큼.

**

"진짜 서방님 음식 솜씨는 끝내준다니까요."

한 상 가득 차려 놓았던 음식들이 순식간에 게 눈 감추듯 사라져 버렸다. 팔다리는 그대로 가느다란데 배만 볼록 나와 있는 은우가 드디어 젓가락을 놓으며 만족스럽게 웃었다.

"서방님이 너무 잘 챙겨 주셔서 제가 살이 더 찌겠어요."

"뭐든 먹고 싶은 게 있으면 말씀만 하세요."

"정말요? 으흥흥."

입이 쩍 벌어질 정도로 은우의 엄청난 식욕을 바로 앞에서 목격한 진건이 그녀의 배를 슥 어루만졌다.

"큰엄마, 여동생 맞는 거지?"

"응, 그럼."

"그런데 이렇게 많이 먹어도 되는 거야?"

"으, 응?"

"큰엄마가 그랬잖아. 큰엄마가 먹고 싶은 게 아니라, 뱃속에 있는 아가가 먹고 싶어 하는 거라고. 그런데 이렇게 많이 먹어도 되나 싶어서. 아가는 작을 거 아니야. 배도 아직 많이 안 나온 거 같은데."

잠시 정적이 흐르는가 싶더니 이내 참지 못한 재진과 재성이 웃음을 터트렸다.

 임신이 왜 안 되느냐고 걱정했던 날로부터 한 달 후, 은우에게 사랑의 결실이 찾아왔다. 이제 18주가 된 오늘 병원에 다녀왔는데 의사선생님이 딸이라는 사실을 은근히 힌트로 주었고, 양가 모두 너무도 좋아했다.

 그중에서도 특히 진건은 동생이 생긴다는 사실에 매일 매일을 설레며 아가의 탄생을 기다리고 있었다. 때문에 할머니 집보다는 은우의 집에 있는 시간이 더 잦아졌고, 그 김에 아예 은우네 집으로 살림을 합친 지 이제 2주째였다.

 홀몸이 아닌 은우가 불편하면 어쩌나 걱정하는 재성의 생각과는 다르게, 오히려 그가 있어 은우가 덕을 보는 일이 더 많았다. 이미 한 번 경험이 있다 보니 재진보다도 더 꼼꼼하게 필요한 것들을 챙겼다.

 "흠흠. 오늘 아가가 배가 많이 고팠나 봐. 나, 물 좀……."

 은우의 말이 채 끝까지 이어지기도 전에 재진이 벌떡 일어나 물을 가져왔다. 재성보다 그가 더 잘할 수 있는 건 이런 잔심부름 정도였다.

 "다 드셨으면 좀 쉬세요. 제가 치울게요."

 "아니에요. 아직은 몸이 그리 무겁지 않아서 움직여도 괜찮아요. 서방님이야말로 가게에서도 집에서도 매일 음식 만드시느라 고생이시죠. 괜히 저 때문에 미안해요. 치우는 건 제가 해야죠."

상냥하게 말을 끝낸 은우는 옆에 서 있는 재진을 슥 쳐다보았다. 눈썹을 슬쩍 치올린 재진은 바로 빈 접시들을 겹겹이 쌓아 올려 거둬 가기 시작했다.

"내가 해도 되는데 그래요."

"아니야. 가서 쉬어."

헛기침을 한 은우는 재진의 귓가에 대고 살며시 속삭였다.

"고마워요, 오빠. 아니, 여봉."

눈이 마주치자 배시시 웃은 그녀가 눈을 찡긋거렸다.

"풋."

결국 또 웃고 만 그는 콧노래를 흥얼거리며 고무장갑을 꼈다.

"기획사 식구들이 지금 형의 모습을 본다면 기절초풍을 할 거야. 뭐, 형이 애처가란 사실은 이미 다 소문난 거 같지만 말이야. 가게 오픈하고 기획사 직원들 왔을 때 다 들었거든. 일할 때는 카리스마 작렬이던 대표님이, 집에서 전화만 와도 표정이 달라진다면서 '세상에 이런 일이' 따로 없다고 하더라고."

"이러다 너보다도 집안 살림 더 잘하게 되는 거 아닌가 모르겠다."

진심이 담긴 재진의 말에 재성이 웃음을 터트렸다.

"형은 좀 고달플지 몰라도, 나는 형수님이 옆에 계셔서 얼마나 다행인지 몰라. 무엇보다 진건이가 너무 잘 따르고 좋아하니까. 형수님이 귀찮을 정도로 졸졸 따라다니잖아. 지금도 봐. 형수님 옆에 딱 붙어 앉아서 배 만지고 있잖아. 내가 없어도 살판이야."

고개를 힐끗 돌린 재성은 은우와 함께 나란히 소파에 앉아 있는 진건을 바라보았다. 은우의 배를 만지다가 귀를 갖다 대기를 반복하던 진건의 얼굴은 온종일 맑음이었다.

"진건아, 너 요새 변한 거 알아? 아빠보다 큰엄마가 더 좋지?"

진건의 곁으로 다가간 재성이 투정을 부리듯 팔짱을 끼고 물었다. 대답이 바로 나올 거라고 생각했던 진건은 진지한 고민에 빠진 듯 한참을 생각하다 새치름하게 말했다.

"그런 거 같기도 하고, 아닌 거 같기도 하고……."

"언제는 아빠는 진건이 거라더니? 그거 한 번만 더 해 줘. 아빠 누구 거? 진건이 거~. 그거."

"아빠, 나 내년에 학교 가. 나 이제 그런 거 안 해. 유치해."

기가 막힌 진건의 말에 주방에 있던 재진까지 모두 다 실소를 머금었다.

"그렇다 이거지."

"꺄아!"

재성이 진건을 번쩍 안아 거실 바닥에 뉘여 간지럼을 피웠다. 진건이 자지러지며 난리법석을 떠는 동안 재진이 설거지를 끝내고 나오자, 은우가 옆에 앉으라는 손짓을 했다.

"고생했어요."

은우가 그의 엉덩이를 톡톡 두드렸다. 피식 웃은 그가 그녀의 어깨 위에 팔을 두르며 소곤거렸다.

"고생한 값은 이따 침대에서 받는 걸로."

손가락으로 오케이 표시를 해 보인 은우는 재진의 어깨에 머리를 기대었다. 여전히 까르르 웃어젖히는 진건의 웃음소리를 들으며 그녀는 눈을 감았다.

언젠가 그런 날이 온대도, 재성이 늘 걱정하고 있는 그런 날이 온대도, 저 기특한 녀석은 결국은 아빠를 이해해 줄지도 모르겠다는 막연한 생각이 든다.

그래서 더 정성을 다해 사랑해 줄 것이다. 순정이 그랬던 것처럼, 그렇게 사랑으로 키울 것이다. 훗날 아빠의 비밀을 알게 된다 하여도 덜 상처받을 수 있게, 아빠도 평생 혼자일 수는 없음을 이해해 줄 수 있게.

은우는 행복한 꿈을 꾸고 있는 듯한 표정으로 재진에게만 들리게끔 속삭였다.

"사랑해요."

내가 지금 하고 있는 사랑도, 가슴으로 낳은 자식들 뒷바라지하다 쉰이 넘어서야 봄이 찾아온 순정도, 언젠가는 혼자가 아닐 재성까지도, 모두 다 방식은 조금씩 달라도 그저 사랑일 뿐이었노라 말하고 싶다. 그리 평범하지만은 않은 삶일지라도, 사랑하는 사람들과 함께할 수 있는 이곳에서 영원하고 싶다.

당신의 세상에서.

**

 한가로운 어느 봄날의 오후, 담장이 얕은 하얀 대문 집 우편함에 편지 한 통이 꽂혀 있었다.
 멀리 미국에서 날아온 편지를 받을 주인공은 재성이었다.

 『형, 민석입니다. 진즉 연락 한 번 했어야 했는데, 어쩌다보니 시간이 이렇게 흘렀네요. 내가 무엇을 하든 아무도 내게 신경 쓰지 않는다는 게 이렇게 행복한 일이었나, 새삼 깨닫고 있는 하루하루입니다. 나는 이제 좀 많이 편해졌는데, 이곳 생활도 익숙해져서 남들과 별다를 바 없는 평온한 일상을 보내고 있는데, 형은 좀 어떤지 모르겠어요. 이제 좀…… 마음이 편해졌나요? 언제고 바람 쐬고 싶을 때 한번 오세요. 언제나 환영입니다. 진건이도 많이 컸을 텐데 보고 싶네요. 나는 절대 형이 진건이를 그대로 떠나보내지는 않았을 거라 생각합니다. 형 곁에 다시 머물고 있을 거라 생각합니다. 형은 진건이 없이 살 수 없다는 걸 아니까요. 대표님이나 은우 씨도 다들 너무 궁금하고……』

 누구에게나 인생의 봄날은 온다.
 비록 느릴지라도.
 비록 다를지라도.

1. 그날, 포천에서는 무슨 일이 있었나

"다시 생각해 봐. 분명 오리배를 타기로 했잖아? 그런데 대체 왜?"

재진은 산정호수에 도착하자마자 왜 이 모터보트를 타야 하는지 알 수 없다는 얼굴로 한숨을 내쉬었다. 진건과 함께 넷이서 여행을 온 것까지는 좋았는데, 이게 갑자기 무슨 날벼락인가 싶었다.

"이런 것도 자꾸 타 봐야 늘어요."

그는 낙담한 얼굴로 어쩔 수 없이 표를 끊었다. 진건과 오리배를 타기로 한 재성이 그리 부러울 수가 없었다.

구명조끼를 입고 보트에 오른 재진은 심호흡을 한 번 했다.

벌써부터 멀미가 밀려오고 있었다.

"걱정 말아요, 그대."

옆구리를 쿡 찌른 은우가 배시시 웃었다. 어쩐지 놀리는 것 같은 은우의 위로에 억지로 입매를 늘어뜨린 재진은 보트가 서서히 움직이기 시작하자 손에 힘을 주었다.

"꺄아!"

속도가 올라가자 은우는 신이 나서 소리를 질러 댔다. 재진은 입을 굳게 다물고는 보트에 몸을 맡겼다.

"재진 씨!"

재진은 말없이 고개만 돌렸다. 함박웃음을 짓고 있는 은우의 어여쁜 얼굴이 망막에 맺혔다. 치솟는 멀미에 잔뜩 딱딱하게 굳어 있던 재진의 얼굴이 차츰 온화해지며 미소가 걸렸다.

"사랑해요!"

머리칼이 헝클어진 채 사랑을 외치는 은우의 모습도 그저 좋았다. 물보라가 튀어 얼굴을 찌푸려도 그저 좋았다.

지금 이 순간, 이대로 시간이 멈춰도 좋을 만큼 행복했다. 그깟 멀미쯤 견뎌 낼 수 있다. 그녀와 함께라면.

"은우야!"

가지런한 이를 드러내며 웃고 있던 은우가 고개를 돌렸다. 눈이 마주친 재진은 목청껏 외쳤다.

"사랑한다!"

그는 급회전하는 보트의 움직임에 움찔거리면서도 입술을

계속 달싹였다.

"나와 결혼해 줘서 고마워! 행복하게 해 줄게!"

"하하, 정말요? 어떻게 증명해 줄 건데요?"

"매일 탈 수도 있어! 네가 행복해 한다면 이런 거 매일 탈 수도 있어!"

"거짓말 같은데에!"

"진짜라니까 그래!"

충분히 전해지는 그의 진심에 그녀의 가슴속 온도가 상승했다. 은우는 망설임 없이 화답을 해 주었다.

"진짜 진짜 사랑해! 그런 의미로 한 번 더, 콜?"

그 역시 망설일 이유가 없었다.

"콜!"

**

"큰아빠, 괜찮은 거야?"

재진은 모터보트를 연속으로 탄 후유증으로 침대 위에 고꾸라져 있다 겨우 몸을 일으켰다. 가까이 다가온 진건이 이마까지 짚어 보며 걱정스럽게 쳐다보았다.

"괜찮아, 이제."

"아빠가 그러는데, 큰아빠가 누나를 정말 사랑하나 보대. 진건이는 큰아빠가 놀이기구를 무서워하는지 몰랐어."

"흠흠. 무서워하는 거 아니야. 그냥 속이 좀 안 좋을 뿐이야."

"그런데도 두 번이나 타는 거 보면 진짜 사랑이래."

"푸후후. 아빠랑 오리배 타면서 그 얘기 한 거야?"

"응. 누나 소리 지르는 거 엄청 크게 들렸거든. 저러다 목소리가 안 나올까 봐 엄청 걱정했어. 그런데 누나는 목이 하나도 안 아픈가 봐. 지금도 아빠랑 엄청 얘기하고 있어."

진건의 손가락을 따라 시선을 옮긴 재진은, 펜션 개인 테라스에서 바비큐 파티 준비를 하면서도 쉴 새 없이 떠들고 있는 은우를 보며 고개를 흔들었다.

저렇게 낮에 수다를 떠는 걸로 에너지 소비를 모두 해 버리니, 밤이 되면 저질 체력으로 변해 제 사랑을 버겁게 받아주는 것이 아닌가 싶었다.

재성은 말없이 웃으면서 은우의 끊임없는 조잘거림을 들어주며 손만 분주하게 움직이고 있었다.

"진건아, 가서 아빠 구제해 주자."

고기 구울 준비를 하는 테라스로 자리를 옮긴 재진은 인기척에 고개를 돌리는 은우의 곁에 섰다.

"속은 좀 괜찮아요?"

"나 내팽개치고 신 나게 수다 떨고 있던데."

"에이, 내팽개치다니요. 내가 얼마나 걱정을 했는데. 그렇다고 재진 씨 옆에만 딱 붙어 있을 수는 없잖아요. 으흥흥."

"그런데 그 호칭 말이야, 이제 바꿀 때도 되지 않았나?"
"응?"
"이제 좀 있으면 결혼할 사이인데, 언제까지 재진 씨라고 할 참이야? 안 그래, 재성아?"

재진이 동의를 구하며 재성을 쳐다보자, 그릴 위에 고기를 올려놓던 그가 수긍한다는 뜻을 내비쳤다.

"그렇긴 하죠, 형수님. 부부 사이에 '씨' 자 붙이는 경우는 없죠, 아마?"

"아, 그런가요? 재진 씨라는 호칭이 너무 입에 붙어서요. 그럼 뭐라고 해야 할지……."

은우가 말끝을 흐리며 고민을 했다. 재진은 어서 더 부추기라는 듯 재성을 향해 까딱 고갯짓을 했다.

재성은 고기 구우랴, 형 내외 호칭 정리해 주랴, 나름 정신없이 움직이며 해결사로 나섰다.

"보통은 자기야, 라고 하죠."
"자기야?"

은우는 뭔가 오글거린다는 듯 난처한 얼굴을 했다.

"꼭 그렇게 불러야 할까요?"

"하하. 지금은 어색한 거 같아도, 시간이 흐르면 자연스럽게 그렇게 될 거예요. 아니면 여보도 괜찮고요. 오빠라든지. 보통 나이 차이가 좀 나는 커플은 그렇게 부르긴 하더라고요. 오빠라고."

옆에서 가만히 듣고 있던 재진이 시크하게 한마디를 툭 던졌다.

"괜찮네, 오빠."

"오, 오빠요? 내가 오빠라고 불렀던 사람은 우리 오빠밖에 없는데."

"은우 네가 오빠라고 부르는 예비 형님보다 내가 네 살이 더 많아. 나도 오빠 소리 들을 자격 차고 넘친다고 생각하는데."

"아······."

기훈에게는 잘만 나오던 오빠 소리가 쉬이 나오지 않았다. 은우는 이게 뭐 그렇게 어려운 일이라고 힘이 드는지, 이 서늘한 가을 저녁에 땀이 다 나려 했다.

"그러고 보니 재성아, 내가 '오빠' 소리를 들어 본 게 언제인가 싶다. 기획사 차리면서는 온통 대표님이었고, 20대 때도 대학 후배들이 선배라고 불렀으니까. 가만있어 보자. 내게 오빠라고 불렀던 여자가 누군가 있었을 텐데, 그게 누구였더라?"

"오빠!"

버럭 소리를 지른 은우의 목소리에 재진이 힐끗 쳐다보았다.

"오빠, 오빠, 오빠! 내가 부를 거예요! 재진 씨한테 오빠라고 하는 사람은 나뿐이어야 한다고요! 과거는 잊어요!"

"푸후후."

얼굴까지 벌게진 은우를 보던 세 남자가 모두 쿡쿡 웃었다. 저도 모르게 질투의 여신이 찾아왔던 은우는 뒤늦은 민망함에 어쩔 줄을 몰라 했다.

"좋은데 왜 그래. 한 번만 더 불러 줘."

"아, 됐다고요. 놀리지 마요."

"놀리는 거 아닌데 그래. 진건이도 이게 더 좋지?"

"응. 오빠라고 하는 게 더 좋은 거 같아."

"거봐."

"누나. 큰아빠가 그렇게 듣고 싶어 하는데, 한 번만 더 해 줘. 난 누구 거? 재진이 거~. 넌 누구 거? 은우 거~. 이런 것도 했으면서 뭘."

난데없이 쑥 들어온 진건의 공격에 재진까지 덩달아 녹다운이 되었다.

"누구 아들인지 몰라도, 진짜 물건이야."

"누구 아들이긴, 내 아들이지."

"누구 아들이긴, 아빠 아들이지."

동시에 같은 말을 내뱉은 재성과 진건이 서로 마주보며 천진난만하게 웃었다. 그 모습을 바라보며 같이 입매를 올리던 재진은 슥 고개를 돌렸다.

슬퍼도 울고, 행복해도 우는 은우는 고새 또 시동을 걸고 있었다. 재진은 은우의 손을 잡아당겨 옆에 앉혔다.

"이제 우는 건 그만하고, 아까 하던 거 마저 하는 게 어때?"

"응?"

"나도 어쩔 수 없는 남자인 모양이야. 한 번만 더 불러 줘."

"흠흠. 그게 그렇게 좋아요?"

"아마도."

재성과 장난을 치고 있는 진건의 눈치를 슬쩍 본 은우가 그의 귓가에 대고 속닥거렸다.

"오빠. 됐죠?"

"잘 안 들려."

"흠흠. 오빠."

"한 번만 더."

"오빠. 오빠아~, 됐어요?"

"방금 마지막 거 좋네. 앙코르 외치면 화낼 건가?"

은우의 얼굴은 붉으락푸르락해지며 툴툴거리는데, 재진의 얼굴에서는 웃음이 사라지지 않았다. 함께여서 행복한 어느 가을날의 밤은, 또 하나의 아름다운 추억으로 자리 잡고 있었다.

모두의 가슴 속에.

2. 그날, 예식장에서는 무슨 일이 있었나

12월, 꽤 추운 날씨에도 불구하고 예식장은 하객들로 넘쳐났다. 다행히 눈이 오지 않아서 더 많은 하객들이 올 수 있었던 것 같았다. 재진이 기획사 대표임을 입증하듯 하객 중에는 눈에 띄는 얼굴들이 몇몇 있었다. 소속사 배우들 중 스케줄이

비는 배우들은 모두 직접 참석을 했고, 그렇지 못한 배우들도 화환으로 축하를 대신 전했다.

부모님과 나란히 서서 하객들을 일일이 맞이하며 인사를 건네던 재진은 사람들의 시선을 한 몸에 받으며 다가오는 하영을 발견하고는 깜짝 놀랐다. 영화 촬영 때문에 시간 빼기가 힘들어서 아마 참석하지 못할 것 같다고 엊저녁 연락을 받았었는데, 이게 어떻게 된 일인가 싶었다.

"축하드려요, 대표님."

"못 온다더니."

"촬영이 두 시간 미뤄졌어요. 촬영장에서 멀면 못 왔을 텐데, 가까운 거리라 냉큼 달려왔죠. 내가 또 의리는 있잖아요."

아닌 게 아니라 요즘 한창 잘나가는 여배우 이하영의 등장에 여기저기서 웅성거리며 시선이 쏠렸다. 화면발도 잘 받지만, 실물이 더 예쁘기로 유명한 하영을 본 사람들은 그녀의 외모에 대해 놀라기 바빴다.

"신부대기실에 들렀다 오는 길인데, 신부님이 미인이시더라고요?"

"당연한 소리를."

"소문이 맞네요. 팔불출이시라더니."

"사랑에 빠지면 다 그래."

"다는 아닐걸요?"

"훗날 네 신랑도 그렇지 않겠나? 배우 이하영이 아내라는데 말이야."

"난 너무 나한테 목매면 매력 없던데."

"그건 그때 가 봐야 아는 거지."

"그건 변하지 않을걸요? 아무튼 결혼 축하드려요. 사진까진 찍고 갈게요. 다녀갔다는 흔적은 남겨야죠."

"그래, 고맙다."

재진과 인사를 나누고 걸음을 옮기던 하영은 신부 측에 서서 하객들과 인사를 나누고 있는 낯익은 남자를 힐끗 쳐다보았다.

"맞아. 대물."

기훈을 알아본 하영은 기획사 사무실에서 봤을 때보다 훨씬 더 멋들어지게 정장을 차려입은 그를 천천히 훑어보았다.

"그때 그 사람이 대표님 형님이 되는 거야? 나이가 더 어려 보이는데."

무심코 바라보며 혼잣말을 하던 하영은 순간 기훈과 눈이 마주치자 금세 도도하게 시선을 피했다. 사람들 눈에 띄지 않게 홀 안에 들어가 있으려는데, 어느새 가까이 다가온 그가 반갑게 알은척을 했다.

"여기까지 직접 와 주셨네요."

"아, 네."

"더 예뻐지셨고. 이런 말 하도 들어서 별로 감흥도 없겠지만 말입니다. 그렇죠?"

"아, 뭐……."

"그래도 예쁜 건 예쁜 거니까."

기훈의 입꼬리가 매끄럽게 올라갔다. 하영은 지난번에도 느꼈지만 뭔가 능글능글하면서도 자신감 넘치는 기훈의 모습이 뭔가 독특하다는 듯 빤히 쳐다보았다.

"원래 이렇게 아무하고나 스스럼없이 말 잘하시나 봐요?"

"이하영 씨가 '아무나'는 아니지 않나?"

"지금 날 꼬시는 거예요? 동생 결혼식장에서?"

"그런 걸로 보입니까? 이거 난감한데. 아무것도 시작한 게 없는데, 난."

그가 고른 치열이 보이게끔 씨익 웃었다. 하영은 뭔가 이 남자의 페이스에 말려든 것 같다는 생각에 새치름하게 고개를 쳐들었다.

"흠흠. 아무튼 축하드려요."

고고한 한 마리 학처럼 꼿꼿하게 몸을 세운 하영이 그만 돌아서려던 찰나, 기훈이 한마디를 더 던졌다.

"혹시 궁금해요?"

하영이 무슨 말이냐는 듯 의아한 얼굴을 했다.

"내가 어떻게 여자를 꼬시는지."

역시나 자신감 넘치는 그의 표정에 하영은 슬쩍 입술을 비틀며 정색을 했다.

"아뇨, 전혀요."

"정말입니까?"

"당연하죠. 내가 그럴 이유가 없잖아요."

한 걸음 더 가까이 다가온 그가 나직이 속삭였다.

"그렇게 얘기하니까 갑자기 승부욕이 생기네."

"네?"

"예부터 못 올라갈 나무는 쳐다보지도 말라 했지만, 나는 꼭 그러면 더 올라가 보고 싶더라고요. 이상하게."

"지금 무슨 말씀을……."

"언젠간 무슨 말인지 알게 될 날이 오겠죠. 또 뵙죠, 그럼."

다시금 제자리로 돌아가 하객들을 맞는 기훈을 어처구니없는 얼굴로 바라보던 하영은 이내 혼자 중얼거렸다.

"저 근거 없는 자신감은 도대체 어디서 오는 거야?"

그때는 몰랐다. 기훈의 저 근거 없는 자신감이 어디서부터 오는 건지. 그가 왜 대물인지 말이다.

**

"나 너무 떨려요. 어떡해요?"

신랑 신부 동시 입장을 앞두고 재진의 곁에 선 은우는 자꾸만 콩닥거리는 심장을 달랬다. 수많은 시선들이 오롯이 자신을 향하자 그리 떨릴 수가 없었다.

"내가 옆에 있잖아. 긴장 풀어."

제게 팔짱을 낀 은우의 손을 잡아 토닥인 재진은 세상 그 어느 남자보다도 다정하게 웃어 보였다. 근사하게 턱시도를 차려 입은 그의 모습은 여느 배우들보다도 눈이 부신 독보적인 외모를 자랑했다.

"그런데 이 와중에도 이런 생각이 들어요."

"음?"

"내 신랑, 참 잘도 생겼다. 역시 나는 외모지상주의가 맞았던 거예요. 이리 잘생긴 신랑을 얻은 거 보면."

"그건 아마 나도 그럴걸? 강은우를 신부로 얻은 거 보면."

서로의 얼굴을 바라보며 싱긋 웃던 두 사람은, 결혼식 사회를 맡은 유명 MC의 외침에 정면을 바라보았다.

"신랑, 신부 입장!"

결혼행진곡과 함께 우레와 같은 박수와 함성이 터져 나왔다. 길게 늘어진 웨딩드레스를 밟지 않으려 조심스럽게 걸음을 옮기는 은우의 얼굴에는 긴장 어린 웃음이 피어올랐다. 수많은 박수갈채만큼이나 심장이 쿵쾅거렸다. 이제는 그와 함께 인생의 제 2막이 시작된다는 사실이 흥분되고 떨리기도 했다.

하나도 지겹지 않은 주례사가 끝이 나고 축가 순서가 돌아왔다. 사전에 재진으로부터 아무런 얘기도 듣지 못했던 은우는 진건이 턱시도를 차려입고 앞으로 걸어 나오자 화들짝 놀랐다. 분명 아까 신부대기실에서 봤을 때는 턱시도를 입고 있지 않았었다.

하객들 역시 여섯 살배기가 축가를 부르는 처음 보는 광경에 여기저기서 신기해하며 웃음이 쏟아졌다.
"안녕하세요. 류진건입니다."
마이크를 손에 쥔 진건이 정중하게 배꼽인사를 했다. 하객들은 저마다 귀여워 죽겠다며 난리법석을 떨었고, 뒤쪽에 서 있던 하객들은 진건을 보기 위해 점점 더 앞으로 몰려들었다.
너무 놀라서 입을 막고 있는 은우와는 다르게 재진은 떨지 말고 잘하라는 눈빛으로 진건을 다독였다.
처음 결혼 준비를 하며 원래는 축가를 지인인 가수에게 부탁을 하려 했었다. 한데 진건이 '축하 노래 진건이가 불러 주면 안 돼?'라고 무심코 던진 한마디에 계획이 바뀌었다. 여섯 살배기 진건이가 축가를 불러 주는 것도, 은우에게 역시 평생 잊지 못할 큰 추억이 될 것 같아서였다.
"큰아빠, 큰엄마. 결혼 축하해요."
축하 인사를 건넨 진건은 마이크를 두 손으로 쥐었고, 준비한 MR이 흘러나왔다. 언제 저렇게 연습을 했나 싶을 정도로 율동까지 섞어가며 청혼가를 부르는 진건의 모습에 저절로 탄성이 새어 나왔다. 아주 오래된 댄스곡임에도 불구하고 제법 그럴싸하게 노래를 부르며 가사에 맞는 몸짓으로 웃음을 자아냈다.
재진과 더불어 은우 역시 너무 놀랍고 감동어린 얼굴로 기뻐하며 리액션을 크게 해 주었다. 그에 더 용기가 생긴 진건이 목청을 높이며 열심히 끝까지 열창을 했다.

꼬마의 축가에 홀 밖에 서 있던 다른 하객들까지 몰려들며 구경하기 바빴다.

무사히 축가가 끝나자 휘파람 소리와 함께 박수갈채가 터져 나왔다. 퇴장할 때 역시 배꼽인사를 한 진건은 뒤늦게 수줍은지 재성의 품으로 후다닥 달려갔다.

사랑스런 눈길로 진건을 바라보던 은우가 재진에게 속삭였다.

"진건이 너무 귀여워요. 언제 저런 걸 다 준비한 거예요?"

"한 달은 연습했을 거야. 매일같이 춤 연습에 노래 연습하느라, 저 녀석 애 좀 먹었어."

"기특해라. 진건인 정말 못하는 게 없어요. 나중에 커서 할 게 너무 많아."

여섯 살배기의 축가 덕분에 예식장 분위기가 한층 더 업 되었다. 한데 이제 양가 부모님께 인사를 드리는 시간이 다가오자, 은우는 한껏 들떴던 마음을 차분하게 가라앉혔다. 소란스러웠던 실내 역시 숙연해지며 벌써 눈물이 고이는 신부를 안쓰럽게 바라보았다.

은우는 홀로 앉아 있는 순정의 얼굴을 보자마자 입술을 깨물었다. 기쁜 날 울지 말자고 다짐을 했건만, 그런 다짐들이 엄마 앞에서는 모두 무용지물이 되어 버렸다.

제 배 아파 낳은 자식보다도 더 제 자식처럼 사랑으로 키워 주신 위대하신 어머니. 은우는 흐르는 눈물을 주체할 수 없어 연방 닦아 내며 고개를 숙였다. 애써 참고 있던 순정 역시 눈물샘이 터져 시선을 피했다. 절을 하고 일어선 재진이 눈물을 닦아 주며 토닥였지만 그녀는 좀처럼 진정이 되지 않았다.

순정의 어깨 너머에서 그녀를 애틋하게 바라보고 있는 기훈이 보이자 은우의 눈물은 배가되었다. 어린 동생을 위해 언제나 우스꽝스러운 놈이 되기를 자처했던 오빠의 사랑이 비로소 크게 다가왔다.

"너는 왜 또 결혼식 날까지 다큐를 찍냐."

일부러 크게 목소리를 낸 기훈으로 인해 가라앉았던 예식장의 분위기가 다시금 살아났다. 은우 역시 눈물을 거두며 설핏 미소를 내비쳤고, 신랑 신부 친구들의 엄청난 환호 속에 마지막 행진이 끝난 후 바로 사진 촬영에 들어갔다.

친척이라고 해 봐야 몇 분 되지 않아 신부 쪽이 휑했지만, 재진은 그녀가 혹시나 위축될까 손을 꼭 잡아 주었다. 이어 친구들의 사진 촬영은 가족사진과는 다르게 신부 쪽 역시 많은 친구들이 줄을 이어 섰다. 하지만 그럼에도 불구하고 워낙 신랑 측 친구들이 많다 보니, 하영을 비롯해 일부 몇몇이 신부 쪽으로 옮겨 비율을 맞춰 사진을 찍었다.

"부케 받으실 신부 친구분, 앞으로 나오세요."

사진기사의 말에 주희가 쑥스럽게 머리를 긁적이며 나섰다. 애인도 없는데 부케를 어떻게 받느냐고 처음에는 거절을 했었지만, 은우는 가장 친한 친구인 네가 받아줬음 좋겠다며 부탁을 했다.

하나, 둘, 셋, 구령에 맞춰 은우가 힘껏 부케를 던졌다. 한데 갑자기 환호와 함께 웃음소리가 터져 나왔고, 은우는 어찌된 일인가 싶어 뒤를 돌았다. 부케를 쥐고 있어야 할 주희는 민망한 얼굴로 아무것도 들고 있지 않았고, 신부 측에 서 있던 하영이 얼떨떨한 얼굴로 부케를 들고 있었다.

"하영이 시집가나 보다!"

소속사 선배 배우의 외침에 한바탕 또 웃음꽃이 피었다. 당혹스런 하영은 얼른 부케를 다시 건넸고, 이번엔 제대로 주인을 찾아 주희에게 떨어졌다.

촬영을 마친 하영은 서둘러 예식장을 빠져나가기 위해 걸음을 빨리하다 테이블 의자에 걸려 몸이 휘청거렸다.

"어!"

허공에 대고 팔을 허우적거리던 그녀의 몸이 누군가의 품에 안전하게 정착했다.

"나이스 캐치."

눈꺼풀을 느릿하게 끔뻑거리던 하영은 역시나 능글맞게 웃고 있는 기훈의 얼굴을 쳐다보았다.

12월에 이른 봄이 찾아온 듯, 그의 품은 따뜻했다.

3. 그날, 집들이에서는 무슨 일이 있었나

"우웅. 엄마 너무 고마워."

은우는 한 상 가득 푸짐하게 차려진 테이블을 보며 순정을 껴안았다.

재진이고 은우고 친구들이 많다 보니 집들이를 세 차례에 나눠서 해야 했다. 일단 재진의 연예 관계자 지인분들만 따로 모신 집들이 한 번, 일반 친구들 집들이 날짜를 두 번으로 나누어 신랑 신부 친구들이 함께 참석할 수 있는 시간을 만들었다. 원래는 재진과 은우의 친구들을 따로 따로 한 번에 초대하려 했었지만, 그래서는 집들이의 묘미가 살지 않는다는 친구들의 반대로 신랑 신부 친구들을 반씩 섞어서 집들이를 같이하기로 한 것이었다.

초등학교 동창부터 대학교 동창까지 한 번에 다 양쪽 친구들을 부르기엔 너무 북적거리고 정신이 없을 것 같아, 집들이 두 번 중 시간이 되는 쪽을 선택해서 오는 걸로 합의를 보았다.

12월에 결혼을 하고 하와이로 신혼여행을 일주일 다녀온 후, 1월 달 안에 집들이 날짜를 모두 잡았다. 연예기획사 식구들과 연예계 지인분들을 초대했을 때는 시어머님이 도와주셔서 치렀고, 오늘 일반 친구들 집들이는 순정이 서울에서 몸소 내려와 도와주었다.

어머님은 토요일이라 가게를 비울 수 없는 재성을 대신해 진건을 돌봐주고 계셨다. 아무래도 어린아이가 있으면 말하는 것부터 조심해야 할 게 한두 가지가 아님을 알고 배려해 주신 거였다.

"입맛에 맞아야 할 텐데."

"뭐가 걱정이야. 우리 정순정 여사표 음식인데."

"이제 웬만큼 다 됐으니까 엄마는 가 볼게. 다 넉넉히 준비했으니까 모자란 건 없을 거야."

"엄마, 점심도 못 먹고 여태 음식만 만들었는데 왜 벌써 가? 밥 먹고 좀 더 있다 가."

"아니야. 친구들 있는데 내가 끼면 불편하지."

오늘이 토요일임에도 일을 하는 친구들도 있고, 서울에서 파주까지 오는 시간을 고려해 집들이를 오후 6시로 잡은 터였다. 순정은 아침만 먹고 바로 파주로 와서 같이 장을 보고 여태 음식 준비만 했었다.

이제 곧 친구들이 들이닥칠 시간이라며 서둘러 가방을 챙겨 집을 나서던 순정은, 아무래도 술이 모자랄 것 같아 마트에 다녀오던 재진과 마주쳤다.

"류 서방, 나 이제 그만 가 볼게. 준비는 다 해 놨으니까 내주기만 하면 돼."

"식사도 못 하셨잖아요. 들어가세요."

"아니야. 하도 음식 냄새를 맡았더니 별로 입맛도 없어. 가서 먹으면 돼. 아니면 기훈이가 또 혼자 먹을 테니까."

"그럼 제가 모셔다 드릴게요."

순정은 친구들을 맞아야지 왜 서울까지 데려다 주냐고 손사래를 치며 부리나케 대문을 나섰다. 한사코 차에 오르길 거부하는 순정 때문에 마지못해 버스정류장으로 따라가던 재진은 콜택시를 불렀다.

버스가 오길 기다리며 정류장 의자에 앉아 있는 순정의 뒷모습을 물끄러미 바라보던 재진은 그녀의 어깨 위에 손을 올려 주물렀다.

"류 서방, 부모님 안마해 드린 적 별로 없나 보네."

재진은 정곡을 찔린 얼굴로 멋쩍게 웃었다. 워낙 살가운 재성은 안마도 자주 해 드리고는 했지만, 자신은 그랬던 적이 없는 것 같았다.

"부모님이 아시면 서운해 하시겠어. 아들 키워 봤자 소용없다고."

"괜찮습니다. 아실 일 없으니까요."

미소를 머금던 순정은 이제 그만됐다며 재진의 손을 잡아 내렸다. 그녀의 곁에 몸을 앉힌 그는 찬바람이 불어오자 그녀의 옷깃을 더욱 바짝 여며 주었다.

"바람은 차도 가슴은 따뜻하네. 자네 덕분에. 우리 은우 얼굴에 웃음만 가득하게 해 줘서 늘 고마워."

"제가 더 감사한 게 많죠."

"이제 우리 기훈이만 좋은 여자 만나서 장가가면, 나는 더

원이 없을 것 같아."

"걱정 마세요. 형님에게도 분명 좋은 인연이 기다리고 있을 겁니다. 워낙 매력이 넘치는 분이시니."

"그럴까?"

"그럼요."

오순도순 수다를 떠는 동안 다행히 택시가 먼저 도착을 했다. 버스 타면 된다는 순정을 간신히 설득해 뒷좌석에 태운 그는, 기사에게 돈을 미리 지불하고 안전운전을 당부했다.

"도착하시면 꼭 전화 주세요. 이렇게 보내드려서 죄송해요."

"아니래도 그래. 내가 괜히 와서 신경 쓰게 한 것 같아 미안하네. 얼른 들어가. 친구들 왔겠어."

서둘러 택시 문을 닫은 순정이 창문을 내려 손을 흔들었다. 같이 손을 흔들며 택시가 보이지 않을 때까지 그 자리에 서서 바라보던 그는 차량 넘버를 외웠다.

"접니다."

바로 기훈에게 전화를 넣어 순정이 지금 택시를 타고 출발했다고 전한 그는 택시 넘버까지 알려주고는 미안함을 전했다.

"일만 하시다 가셔서 마음이 안 좋습니다."

-우리 정 여사가 꼭 그런다니까요. 사람 마음 불편하게. 아무튼 너무 신경 쓰지 마세요. 도착할 때쯤 제가 나가 있겠습니다. 참, 은우 혹시 오늘 기분 좋아서 소주 마시려고 하면 기필코 말리세요. 소주 먹고 취하면 답 안 나와요.

재진은 이미 연애 때 한 번 겪어 본 적이 있는 터라 격하게 공감을 했다. 간단히 기훈과 통화를 끝내고 옷깃을 여미며 다시금 집으로 향하자, 이미 들이닥친 친구들로 인해 대문 앞에서부터 시끌시끌했다.

　결혼식 날 잠깐 보고 처음 만난 친구들 앞에서도 붙임성 좋게 이야기를 나누고 있는 은우의 곁으로 다가간 재진은 정식으로 친구들을 한 사람씩 소개했다. 여덟 살이나 어린 신부를 맞이한 재진에게 친구들이 이구동성으로 도둑놈이라며 장난을 쳤고, 재진은 인정한다는 듯 여유 있게 웃으며 주먹을 꽉 쥐고 세리모니를 날렸다. 처음 보는 낯선 재진의 모습에 친구들이 혀를 내두르며 키득거렸지만 재진은 아랑곳 않고 입을 다물지 못했다.

　웃고 떠드는 사이 은우 친구들까지 속속들이 모두 도착을 하고 나니, 이십여 명에 가까운 인원들이 모였다. 반으로 나눠서 하기를 잘했다고 생각한 은우는, 소매를 걷어붙이며 도와주는 주희를 비롯한 친구들과 함께 상을 마저 차리고는 재진 옆에 앉았다.

　"아아, 우리 제수씨 노래 한 곡 듣고 시작하죠. 자, 박수!"

　밥이나 먹이고 시키라는 재진의 핀잔에도 불구하고 함성은 더 커져 갔다. 재진이 난감한 얼굴로 괜찮겠냐며 은우를 쳐다보는데, 어느새 벌떡 일어난 그녀가 마이크를 대신해 숟가락을 쥐고 있었다.

"오오, 제수씨 노래 잘하나 본데요?"

잔뜩 기대에 부푼 친구들의 장난에도 은우는 두려움이 없어 보였다. 그러고 보니 은우가 노래를 부르는 걸 한 번도 본 적이 없던 재진 역시 흥미로운 얼굴로 응시하는데, 그 순간 뭔가 불안해하는 주희와 눈이 마주쳤다.

'왜요?'

눈썹을 치올리며 묻는 재진의 생각을 읽은 듯 주희가 슬며시 고개를 가로저었다. 그녀의 제스처에 뭔가 불안감이 엄습하려던 찰나, 식스센스보다 더한 반전을 선사하는 은우의 목소리가 울려 퍼졌다.

맙소사. 재진을 비롯해 박수를 치던 친구들까지 모두 일시정지가 되어 멍하니 바라보았다.

분명 어디선가 들어본 노래가 확실함에도 불구하고 고개를 갸웃거리게 만드는 대단한 능력자였다. 마치 새로운 리메이크 버전을 듣고 있는 것처럼 신선한 충격이었다.

음정, 박자를 다 무시하고 새로운 음계를 구현해 내고 있는 은우는 스스로 흥을 주체하지 못 해 어깨를 덩실거리며 율동까지 곁들였다. 어설퍼서 더 귀여운 은우의 모습에 이내 친구들이 환호를 지르며 더욱 열성적으로 리액션을 했고, 그에 응답하듯 은우 역시 더욱 목청을 높였다.

술 한 잔 안 마시고 어떻게 저렇게 분위기를 돋우는지 신기하게 바라보던 재진은, 갑자기 은우가 손을 끌어 잡아당기자

어정쩡하게 일어섰다.

같이 춤을 추자는 모양인 듯 은우가 살랑거리며 몸을 좌우로 흔들자, 이번엔 그녀의 친구들이 재진을 연호하기 시작했다.

주희가 센스 있게 잽싸게 휴대폰으로 댄스 음악 하나를 틀어 주었다. 춤이란 건 술을 마셔도 어려운 일인데 맨 정신에 하라니 당최 몸이 움직이지 않던 재진은, 은우 역시 분명 창피하기도 할 텐데 분위기를 띄우려 열심히 노력하는 거란 생각에 눈을 질끈 감았다.

음치 은우와 몸치 재진의 환상적인 콤비 플레이에 순식간에 모두 배꼽을 쥐며 자지러졌다. 저리 잘생긴 얼굴로 그리 뻣뻣하게 몸을 움직이니, 힐끔거리며 쳐다보던 은우 역시 숨넘어갈 듯 웃어젖혔다. 야한 밤을 보낼 때의 그 유연함은 춤추는 것과는 별개인 모양이었다.

은우는 카리스마 작렬 신랑 이미지 보호 차원에서 그를 대신해 몸을 날렸다.

"오오, 제수씨 짱!"

오늘 하루에 3킬로그램은 빠질 것 같다고 생각한 은우는 혼신의 힘을 다해 온몸을 꿀렁꿀렁 움직였다. 밥을 먹기도 전에 진이 다 빠질 정도로 열성적인 은우에게 엄청난 박수가 쏟아지며, 짓궂은 친구 한 명이 외쳤다.

"자, 키스는 밥 먹기 전에 하는 게 좋겠죠? 안 그렇습니까, 여러분?"

"옳소!"

"맞아요오."

이럴 때는 신랑, 신부 친구 할 것 없이 어쩌면 이렇게 다들 한마음인지 모를 일이었다.

수줍음 없이 그리 뛰어놀던 은우가 이번에는 무척이나 몸을 사리며 손사래를 쳤다. 이렇게 많은 친구들 앞에서 키스를 한다는 게 영 민망했다.

"키스해! 키스해!"

"키스하기 전엔 밥 안 먹습니다! 이 맛있는 음식 다 식겠어요!"

은우가 어떻게 하냐는 얼굴로 발만 동동 구르는데, 재진이 눈 깜짝할 사이에 그녀의 허리를 감싸 안아 잡아당겼다.

"까아!"

눈만 빼고 얼굴을 가린 은우의 친구들이 소리를 지르며 오두방정을 떨었다.

놀라 벌어진 은우의 입술 사이를 가르며 혀를 집어넣은 재진은 뒤로 빼려는 은우의 목덜미를 강하게 끌어당기며 키스를 이어 갔다. 생각보다도 너무 진한 딥 키스에 외려 시켰던 친구들이 민망해하며 얼굴을 붉혔다.

"야, 이제 그만해!"

"어이, 류 대표! 그만하라고!"

기어이 친구들이 발 벗고 나서 재진을 떨어뜨렸다. 숨을 고르는 은우의 얼굴은 귀까지 시뻘게져 있었다. 아직도 소리를 지르며 요란을 떨고 있는 친구들이 은우의 옆구리를 찔렀다.

"부럽다, 계집애. 키스머신이 따로 없네. 자세가 그냥, 아우."

은우의 얼굴은 점점 더 폭발 직전처럼 불타오르는데 친구들은 쉴 새 없이 놀려 댔다. 은우는 친구들에게 둘러싸여 어깨를 으쓱이던 재진과 눈이 마주쳤다. 수많은 남정네들 사이에서도 독보적인 아우라를 뿜내는 그의 입매가 슥 말려 올라갔다.

빠져든다. 빠져든다. 자꾸만 그에게 빠져든다.

은우는 이내 몸을 배배 꼬며 슬쩍 윙크를 날렸다.

그날 이후 은우의 친구들로부터 키스머신이라는 별명을 얻게 된 재진과, 그의 친구들로부터 댄싱머신이라는 별명을 얻게 된 은우는, 밤이면 밤마다 그 별명에 걸맞은 액션을 취했다. 둘만의 은밀한 침대 위에서 말이다.

4. 그날, 밸런타인데이에는 무슨 일이 있었나

은우는 재진을 만나 처음으로 맞는 밸런타인데이에 부푼 가슴으로 직접 만든 초콜릿을 준비했다. 평소 그가 군것질을 즐기지 않아 초콜릿을 먹는 걸 본 적은 없었지만, 정성이 들어 있으니 좋아할 거란 생각에 뿌듯했다.

"이건 우리 신랑 거, 이건 아버님 거, 이건 서방님 거, 이건 오빠 거, 이건 진건이 거. 하아, 많기도 하다."

엊저녁 파베 초콜릿을 만들 재료들을 미리 사다 놓았던 은우는 출근하는 재진에게 선물로 주기 위해 새벽 5시부터 일어나 도둑고양이처럼 왔다 갔다 했다. 냉장고에서 굳히는 시간이 필요하기 때문에 더 일찍 일어났던 은우는, 혹시나 그의 잠을 깨울까 봐 소파에서 타임을 맞춰 놓고 눈을 붙였다 다시 일어나서 마저 초콜릿을 완성해 깔끔하게 포장까지 다 마쳤다. 그 사이 어느새 오전 8시가 된 시간을 확인한 은우는 평소보다 늦은 기상에 서둘러 그를 깨웠다.

"재진 씨. 오빠. 오빠아~."

살며시 흔들며 깨우는 은우의 음성에 그의 눈꺼풀이 들렸다.

"벌써 여덟 시예요. 얼른 일어나요."

엊저녁 밤새 사랑을 나누다 늦게 잠이 든 그가 은우를 끌어안으며 도로 눈을 감았다.

"5분만 이러고 있자."

"안 돼요. 씻는 동안 난 아침 준비해야 해."

재진을 토닥이며 잠을 깨운 은우는 간단하게 아침상을 차렸다. 금세 정신을 차리고 씻고 나온 재진이 나이트가운을 걸친 채 주방으로 나왔다.

젖은 머리칼을 털어 내는 그를 보며 은우가 배시시 웃자, 그 역시 모닝키스로 화답하며 의자에 앉았다.

"아침 꼭 안 챙겨도 된다는데 그래."

"챙겨 줄 때 먹어요. 나중엔 차려 달라고 해도 안 해 줄지 모르니까."

"그렇죠."

식탁에 마주 앉아 함께 밥을 먹는 내내 재진이 자꾸 피식 웃었다. 은우는 말똥거리는 눈망울로 의아하게 바라보았다.

"왜요?"

"그냥, 믿기지 않아서. 이렇게 너와 매일 아침을 함께한다는 게, 매일 밤 함께 잠든다는 게."

"흠흠. 결혼한 지 두 달이 지났는데 믿을 때도 되지 않았어요? 하긴, 나도 올해 내 신랑이 서른다섯이 됐다는 게 믿기지는 않아요."

"이런."

"슬퍼하지 말아요. 나도 스물일곱 됐는데, 뭘. 게다가 그 어느 누가 나이 서른다섯에 이렇게 멋있대요? 절대 그 나이로 안 보이니까 걱정 붙들어 매요."

재진은 아침부터 저를 들었다 놨다 하는 은우를 보며 두 손 두 발 다 들었다. 결국 또 웃으면서 아침 식사를 마친 재진은 은우가 미리 골라 놓은 슈트를 차려입고 마지막으로 머리칼을 한 번 매만진 뒤 방을 나섰다.

"짠~."

일부러 방에 들어가지 않고 재진이 출근 준비하는 걸 훔쳐

보던 은우는 포장한 초콜릿 상자를 내밀었다.

"뭐야, 이게?"

"오늘 무슨 날인지 몰라요? 이러다 화이트데이도 잊는 거 아니에요? 우리 만나고 모두 다 처음 맞는 기념일인데, 만약 잊고 지나가면 나 진짜 삐칠 건데. 오늘은 2월 14일이라고요."

"아, 밸런타인데이……."

"빙고. 양치했어도 하나만 먹어 볼래요? 맛있나 궁금해. 나 이거 만들려고 새벽 다섯 시부터 일어났단 말이야."

격렬한 사랑 나눔으로 인해 피곤했던지라 곯아떨어졌던 재진은 놀란 얼굴로 상자를 받아들었다. 오늘이 밸런타인데이인 줄도 몰랐지만, 은우가 그렇게 일찍 일어난 것도 모르고 꿈나라를 헤맸었다.

"파베 초콜릿이에요. 엄청 부드럽고 촉촉할 거예요."

재진은 누군가 이렇게 정성들여 직접 만든 초콜릿을 선물받은 적은 처음이라 묘한 기분으로 상자를 열었다. 은우가 직접 만들었다고 말하지 않았다면 샀을 거라고 착각할 정도로, 완성도 높은 비주얼을 자랑하는 초콜릿이 들어 있었다.

재진은 먹기도 아까워 잠시 쳐다보고만 있다, 은우가 어서 맛을 보라며 채근을 하자 그제야 한 조각을 입안에 넣었다.

"어때요? 맛있어요?"

은우의 물음에 그가 천천히 고개를 끄덕였다.

"으흥. 다행이다. 잠 못 잔 보람이 있네. 재진 씨 출근하고 나면 어머님 댁으로 넘어갈 거예요. 아버님 거랑 서방님, 진건이 것도 만들었거든요. 오빠 것도 만들었는데 이걸 주려고 내가 지금 서울까지 가야 하나, 아니면 오빠더러 놀러 오라고 하고 불러낼까 생각 중……."

"은우야. 초콜릿 먹어 봤어?"

"응, 아까 만들면서……."

"한 번 더 먹어 봐. 얼마나 맛있는지."

은우의 뺨을 감싼 그가 달콤한 초콜릿 향을 풍기며 입술을 겹쳤다. 그의 혓바닥에서 느껴지는 달달한 맛에 키스의 농도가 점차 짙어지자, 그녀가 서둘러 입술을 떼어 냈다.

"충분히 맛있는지 알았으니까 어서 가……, 응?"

"곤란하겠는데."

재진이 갑자기 슈트 상의 단추를 풀어내는 모습에 은우가 고개를 갸웃거리는데, 그가 다시금 키스를 퍼부으며 그녀를 이끌고 침실로 들어섰다.

"아니, 읍. 하아, 출근……, 읍."

말할 틈도 주지 않고 몰아붙이는 그로 인해 어느새 침대 위에 누워 있던 은우는 안간힘을 쓰며 그의 가슴팍을 밀었다. 원피스 잠옷이 허리까지 말려 올라가 있었고, 그의 손끝은 팬티를 끌어내리고 있는 중이었다.

"하아, 하아. 아니, 갑자기 왜 그래요? 출근 안 해요?"

"할 거야."

"그럼 진정하라고요. 초콜릿 먹다가 갑자기 왜 그래요?"

"먼저 꼬신 건 너잖아. 신랑한테 초콜릿 선물 하려고 새벽부터 잠 안 자고 일어나서 만든 아내가 사랑스럽지 않은 남자도 있나? 아버지부터 진건이까지 꼼꼼하게 다 챙기는 이렇게 마음씀씀이 고운 어여쁜 아내인데 말이야."

"아니, 아무리 그래도 출근하다 말고 이러면 앞으로 내가 뭘 하겠어요? 초콜릿 하나에도 이렇게 감동받아서 들이대면 나 앞으로 어떡해?"

진심 걱정이라는 얼굴로 눈을 껌뻑이는 은우를 그저 사랑스럽게 바라본 재진은 그녀의 무릎에 걸쳐진 팬티를 마저 끌어내렸다.

"글쎄."

"아, 진짜 이러지 말라고요. 아침 댓바람부터……, 으읏."

어느새 그를 향해 활짝 다리가 벌려진 그녀의 은밀한 계곡에 부드러운 감촉이 닿았다. 그가 능숙하게 혀를 놀리며 꽃잎을 건드리자, 그녀의 허리가 유연하게 휘었다.

"아앗, 머리 망가지면 안 되잖아요. 하읏. 언제 또 다시 씻고 가려고, 으읏."

"네가 망가뜨리지만 않으면 돼."

무심코 손을 뻗어 그의 머리칼을 쥐려던 그녀의 손이 움찔했다. 대신 시트를 말아 쥔 그녀가 그의 혀 움직임이 점차 정교해질수록 뜨거운 숨결을 토해 내며 엉덩이를 들썩였다.

"하웃, 하아앗."

금세 달아오른 좁은 길목에서 샘물이 흘러나왔다. 벨트를 풀고 바지 버클을 내린 그는 단단해진 남성을 꺼내 그녀의 다리 사이로 깊이 박았다.

"하앗!"

걷어진 커튼 사이로 아침 햇살이 쏟아졌다.

깨 볶는 고소함이 진하게 풍기는 신혼부부의 아침은 그 누구의 밤보다 뜨거웠다.

은우는 아침부터 정열을 불태운 재진 때문에 결국 유치원 등원 시간보다 늦어져 걸음을 서둘렀다. 원래 계획은 진건이 등원하기 전에 들러 초콜릿을 전해 주려 했었는데, 재진과의 사랑 나눔이 길어지는 바람에 놓치고 말았다. 다행히 아직 수업 시작 전이라 한시름 놓은 은우는 유치원 선생님의 양해를 구하고 진건을 불러냈다.

손을 뒷짐 지고 초콜릿 상자를 숨기고 있던 은우는 잠시 후 진건이 모습을 드러내자 무심하게 즉 내밀었다.

"자."

"응? 이게 뭐야, 큰엄마?"

"선물이야."

"무슨 선물?"

설레는 얼굴로 상자를 열어 본 진건의 입술 끝이 높이 올라갔다.

"초콜릿이야? 와아, 예쁘다."

"큰엄마가 직접 만든 거야. 진건이 주려고."

"정말?"

"응, 정말. 실은 오늘이 여자가 남자한테 초콜릿 선물하는 날이거든. 진건인 인기가 많으니까 다른 여자 친구한테 받기 전에, 큰엄마가 제일 먼저 주고 싶었어."

"정말?"

"응, 정말. 큰엄마는 진건일 좋아하니까."

초콜릿 하나를 입에 넣은 진건이 몸서리를 치며 폴짝거렸다.

"짱 맛있어."

"짱 맛있어? 진짜?"

"응. 큰엄마 최고."

"으흥흥. 이제 어서 들어가. 이거 전해 주려고 온 거야. 아빠 가게 나가기 전에 초콜릿 전해 주려면 또 얼른 가 봐야 해."

"아빠 것도 있어?"

"그럼 당연하지. 할아버지 것도 있는데? 할머니랑 같이 나눠 드시라고 좀 더 많이 담았어."

"큰엄마."

눈매를 휘며 웃던 은우는 진건이 손을 뻗으며 다가오자 자세를 낮췄다. 무릎을 꿇고 앉은 은우의 목을 끌어안은 진건이 속삭였다.

"고맙습니다."

괜스레 콧날이 시큰해진 은우는 진건의 등을 토닥였다.

"진건이도 예뻐해 주고, 우리 아빠도 예뻐해 줘서 고마워요. 내가 이다음에 아빠만큼 크면, 큰엄마한테 맛있는 것도 많이 사 주고, 많이 잘할 거야."

"……정말? 와……, 큰엄마 너무 든든하다."

"그러니까 큰엄마, 진건이 옆에 오래오래 있어야 해? 내가 아빠만큼 크려면 오래 걸릴 테니까."

"……응. 기다릴게. 진건이가 아빠만큼 클 때까지, 진건이 옆에서 기다릴게. 진건이가 다 커서 맛있는 거 많이 사 줄 때까지 오래오래 옆에 있을게."

그제야 품에서 떨어진 진건이 해맑게 웃었다. 손을 흔들며 다시 유치원 안으로 들어서는 진건을 바라보던 은우는 손등으로 눈가를 닦아 냈다.

이제 일곱 살인 저 녀석 속엔 뭐가 들어 있는지 한 번 들여다보고 싶었다. 그 작은 가슴 안에 얼마나 많은 생각들을 품고 있는지 들여다보고 싶었다.

은우는 말 한 마디 한 마디 정말 기특하기 짝이 없는 진건의 말을 되뇌며 가벼운 발걸음으로 어머님 댁으로 향했다.

항상 열려져 있는 대문을 밀고 들어선 은우는 현관 도어록 비밀번호를 알고 있었지만 문을 두드렸다. 마침 일찍 가게를 나가 보려던 재성이 문을 열고 나왔고, 은우는 상큼하게 웃으며 초콜릿을 내밀었다.

"이게 뭐예요, 형수님?"

"어쩜 이렇게 다 모를 수가 있어요? 오늘 여자가 좋아하는 남자한테 초콜릿 선물하는 날이잖아요."

"아……."

"제가 직접 만든 거예요. 한번 드셔 보세요."

정성이 느껴지는 초콜릿 조각 하나를 집어든 재성은 입안에 넣었다. 혀에서 달콤함이 번지는 만큼, 가슴 속에서는 그녀의 마음이 잔잔하게 번졌다.

"나 없었으면 어쩔 뻔했어요, 진짜. 이런 거 누가 챙겨 주나고요."

은우의 애교 섞인 말에 재성이 감동어린 얼굴로 고개를 끄덕였다.

"그러게요. 정말 형수님 없었으면 우리 집 남자들 어쩔 뻔했나 몰라요."

"으흥흥. 그래도 저요, 훗날 다 보상받을 멋진 남자가 벌써 생겼어요."

"형이요?"

"아뇨. 좀 더 멋있는 남잔데, 류진건이라고. 진건이한테도 초콜릿 전해 주느라 지금 막 유치원에 들렀다 오는 길이거든요. 진건이가 나중에 아빠만큼 크면 나 맛있는 거 많이 사 준대요. 벌써부터 설레는데, 나중에 커서 여자 친구 생기면 나는 뒤로 밀려나겠죠? 으흥흥. 그래도 진건이가 멋지게 자라 있는 모습, 빨리 보고 싶어요. 그래야……."

잠시 말끝을 흐린 은우가 천천히 다시 말을 이었다.

"서방님도 마음이 좀 편해질 테니까."

은우는 말이 없는 재성을 안타깝게 바라보다 슬며시 손을 잡았다.

"서방님 곁에도, 누군가 기댈 수 있는 사람이 있었으면 좋겠어요."

"……."

"그 상대가 남자인지 여자인지를 논하기보다는, 그럴 수 있는 '사람'이 그냥 있었으면 좋겠어요. 서방님 곁에."

"……."

"지금은 진건이가 많이 어리고, 혹시나 하는 염려 때문에 마음의 문을 온전히 닫고 있다는 걸 알지만, 언젠가 시간이 흐른 뒤엔 서방님도 서방님을 위한 인생을 살아 보셨으면 해요. 그런다고 해서 진건일 배신하는 건 아니라고 생각해요. 언젠가 서방님의 비밀을 알게 된다 하더라도, 진건이도 알아줄 거라 생각해요. 아빠가 얼마나 저를 사랑했고, 그래서 애썼고, 그래서 이만큼 참고 견뎠음을. ……아무도 서방님에게 해 주지 않았던 말, 내가 해 줄게요. 나도 이제 가족이니까. ……서방님도 그래도 돼요. 좋아하는 사람 만들어도 돼요. 그래도 돼요."

은우는 자신이 이렇게 말한다 한들 그가 곧이곧대로 듣지 않을 거라는 건 알고 있었지만, 언제고 꼭 이 말을 해 주고 싶었다. 이렇게라도 그의 마음의 짐을 좀 덜어 주고 싶었다. 그도 이제 온전히 행복했으면 싶었다.

"참, 가게 나가던 길이시죠? 얼른 가 보세요. 저는 아버님한테도 드려야 해서."

"……고맙습니다. 말이라도 그렇게 해 주셔서."

일부러 더 밝게 웃은 은우는 주먹을 불끈 쥐었다.

"나는 언제나 서방님 편인 거 알죠? 오늘도 파이팅!"

은우가 손을 흔들며 현관 안으로 들어섰다.

"아버니임~."

낭랑한 은우의 목소리를 뒤로한 채 걸음을 옮기는 재성의 입가에 희미한 미소가 걸렸다.

오늘도 함께여서 감사한 하루가 시작되고 있었다.

아버님에게까지 초콜릿을 다 전해 준 은우는 기훈의 것을 챙겨 버스에 올랐다. 초콜릿도 전해 줄 겸해서 엄마와 오빠의 얼굴을 보고 싶기도 했다. 보름 전 재진과 함께 다녀오긴 했었는데, 자신이 빠진 집에 둘이 지내는 것을 보니 어쩐지 마음 한구석이 짠했었다.

"오빠도 빨리 연애 좀 해야 할 텐데……. 엄마도……."

창밖을 내다보며 이런저런 생각들을 하고 있던 은우는 어느새 도착한 종착역에 내려 다시 전철을 갈아탔다. 한 시간 반에 걸쳐 낯익은 대문 앞에 도착한 은우는 살그머니 발을 내딛었다. 아마도 자고 있을 기훈을 깨운다는 게 어쩐지 미안하기도 했지만, 한편으로는 깜짝 놀랄 그를 떠올리니 신 나기도 했다.

은우는 아직 그대로인 도어록 번호를 눌러 해제한 뒤 안으로 들어섰다. 순정은 오늘도 보육원 봉사활동을 갔는지 집 안에서는 인기척이 느껴지지 않았다. 재진의 뜻에 따라 결혼 후 일을 그만둔 순정은, 결국 집에서 편히 쉬지 못하고 봉사활동을 시작했다.

매일 일을 하다 집에 있으려니 더 답답해하는 순정이 보육원 아이들을 돕고 싶다는 뜻을 내비쳤고, 좋은 취지인 만큼 몸에 무리가지 않는 선에서 다니시길 권했다. 하지만 순정은 차츰 보육원 수를 늘려 봉사활동을 다녔고, 처음엔 주말에만 다니던 활동을 평일까지도 이어 일주일에 네다섯 번은 보육원을 들락거렸다. 그러다 몸 상한다며 기훈이나 재진의 걱정이 이만저만이 아니었지만 순정은 그 어느 때보다 행복해 보였다.

그 순수하고 착한 아이들이 버림받아야 함에 슬퍼하였고, 그만큼 더 사랑으로 보살펴주며 그녀 또한 치유 받고 있는 듯했다. 첫 결혼에서 불임이라 이혼을 당한데다 제 배 아파 낳은 자식을 평생 가질 수 없는 큰 아픔을 그렇게 스스로 위로하는 듯했다.

순정의 봉사활동을 보며 깨달은 바가 컸던 재진은 그녀가 다니는 보육원을 후원하기 시작했다. 이미 후원을 많이 받고 있는 곳이 아닌, 정말 도움의 손길이 절실한 곳만 찾아다닌 순정 덕분에 재진의 물질적인 후원은 그들에게 크나큰 선물과도 같았다.

"또 청소해 놓으셨나 보네."

은우는 제 방문을 먼저 살며시 열어보고는 결혼 전 그대로 깔끔하게 정리되어 있는 내부를 훑어보았다. 아늑함이 느껴지는 작은 방 한 칸이었지만, 이 공간 안에 담긴 추억이 너무 많았다. 아버지가 남겨 주신 유일한 유산인 이 오래된 단독주택에서 피어난 추억들이 너무 많았다. 때로는 힘들고 아팠던 시절에 눈물겹기도 했지만, 결국은 사랑으로 똘똘 뭉친 가족의 보금자리로 오랜 시간 함께해 준 정겨운 우리 집이었다.

침대에 걸터앉아 잠시 시간의 태엽을 되감고 있던 은우는 이내 조용히 방을 나서 문을 닫았다. 세 식구가 옹기종기 모여앉아 수다 떨던 게 엊그제 같기만 한데, 이제 저는 새 울타리가 생겼다는 게 아직도 실감이 나지 않기도 했다.

"아, 이럴 때가 아니지."

감상에 젖어 시간가는 줄 모르던 은우는 기훈의 방문 앞에 서서 살짝 손잡이를 잡아 돌렸다. 그나마 기훈이 잘 때 옷이라는 걸 걸치고 자서 다행이라 여긴 은우는 빠끔히 고개를 내밀었다. 누가 업어 가도 모를 정도로 곯아떨어져 있는 기훈은 대자로 뻗어 잠들어 있었다.

"오늘따라 왜 이렇게 청승맞아 보여. 밸런타인데이에 초콜릿 선물 하는 여자 하나 없단 말이야? 나라도 안 왔으면 어쩔 뻔했어. 강기훈이 그 정도는 아닌데 말이야. 전에는 인기도 제법 있었던 거 같은데. ……엄마랑 여동생 챙긴다고 남자이길 포기했나 봐. 에휴."

곤히 잠들어 있는 기훈을 한참 바라보던 은우는 이내 데스크 위에 놓인 펜을 들었다. 한창 사경을 헤매고 있는 기훈을 깨우기가 어쩐지 미안해졌다.

『오빠가 너무 달게 자고 있어서 초콜릿만 놓고 그냥 가. 오늘이 밸런타인데이인 건 알고 있는 거야? 모르고 있었지? 에휴. 어쩜 이렇게 하나같이 손이 많이 가나 몰라들. 나 없으면 다 어떡하나 몰라, 진짜. ……오빠. 그새 살이 좀 빠진 거 같더라. 작품 마감 때문에 무리한데다 엄마 모시고 보육원까지 같이 다니니까 힘들어서 그런가 본데, 건강도 잘 챙겨. 오빠 아프면 엄마가 고생이야. 그리고 있잖아, 오빠도 이제 여자 좀 만나. 그게 효도하는 길이야. 내년 밸런타인데이엔, 내가 아닌 사랑하는 연인에게 초콜릿을 받길 기대해도 되겠지? 초콜릿 내가 직접 만든 거니까, 하나도 남김없이 다 먹고 인증샷 날려. 엄마는 단거 별로 안 좋아하시지만, 내가 만들었다고 하면 하나는 맛볼 테니까 같이 먹고.』

그녀의 외모만큼이나 몽글몽글한 필체로 메시지를 남긴 은우는 초콜릿 상자를 올려놓고 다시 살그머니 방을 나섰다. 그가 깨지 않도록 조심조심 대문 밖까지 나온 은우는 천천히 골목길을 거닐었다.

"하아. 벌써 봄이 오려나."

찬바람이 부는데도 이상하게 춥지 않았다.

내리쬐는 햇살은 따뜻하기만 했다. 가슴 속까지 가득히.

"라라라~."

재진의 퇴근 시간을 기다리며 저녁 준비를 하고 있던 은우는 콧노래를 흥얼거렸다. 사랑하는 사람을 기다리며 그와 함께 맛나게 먹을 음식을 준비하는 일이 이렇게 행복한 일인지 새삼 또 깨닫는다.

찌개의 간을 본 후 흡족하게 고개를 끄덕인 은우는 휴대폰 까똑 알림음에 바로 확인했다.

"푸후후."

까똑엔 깨끗하게 다 먹은 빈 초콜릿 상자 사진과, 순정과 기훈이 입안에 초콜릿을 넣으며 엄지를 치켜드는 사진이 연달아 전송되었다.

<시집가더니 철들었냐. 직접 만든 초콜릿을 다 주고 웬일이야. 뭐, 어차피 매제 거 만들면서 덤으로 챙겨 준 거겠다만, 아무튼 굿이었다. 그런데 여기까지 와서 이것만 두고 가면 이

오라버니가 미안하지 않겠냐. 도대체 화이트데이 때 뭘 얼마나 바라고 이러는 거냐, 넌.>

"하여튼 해 줘도 난리야."

입술을 삐죽거리며 앞치마 주머니에 다시 휴대폰을 넣으려던 은우는 금세 또 액정에 뜨는 까똑 메시지로 시선을 돌렸다.

<행복하지?>

은우는 짤막한 한 마디를 물끄러미 바라보다 미소를 머금으며 답장을 했다.

<응. 아주 많이. 나는 오빠도 나만큼, 나보다 더 행복했으면 좋겠어. 오빠 혼자 짊어졌던 무거운 짐, 이제는 내려놓아도 될 거 같아. 오빠도 이제는 오빠를 위한 삶을 즐겼으면 좋겠어. 그동안 고생 많았어.>

<갑자기 닭살 돋게 왜 이래. 걱정 마라. 나는 이제 본격 격정 멜로를 찍을 참이니.>

<누가 있기는 하고? 밸런타인데이에 방콕하고 있었으면서, 무슨.>

<네가 아직도 이 오라비의 진가를 잘 모르는구나. 내가 마음만 먹으면 못 꼬시는 여자가 없는 놈이야.>

<저 근거 없는 자신감은 도대체 어디서 나오는 거야? 제발 여자 친구나 만들고 나서 얘기해.>

<나중에 놀라지나 마라. 네 오라버니가 이토록 놀라운 능력자였다는 사실에.>

"하여튼 말은."

기훈과 까똑을 끝냄과 동시에 도어록이 해제되었다. 은우는 냉큼 현관으로 달려 나가 재진을 맞이했다.

"배고프죠?"

들어서면서부터 은우에게 베이비 키스를 한 재진은 후각을 자극하는 구수한 냄새에 코를 킁킁거렸다.

"장모님표 된장찌개?"

"응. 지난번에 엄마가 챙겨 준 된장 아직 남았거든요. 엄마 된장 먹다 보면 시중에서 파는 건 못 먹는다니까요."

"나도 그새 입이 고급이 됐어. 다 장모님 책임이야. 어머니도 장모님 된장에 푹 빠지셨잖아. 음식 솜씨가 너무 좋으셔서 피곤해지시겠어, 우리 장모님."

"으흥흥. 맛있게 먹어 주면 그게 행복이라는데요, 우리 엄만."

재진을 따라 방으로 들어선 은우는 그의 슈트를 받아들며 곱게 걸어놓았다.

"내가 해도 된다는데 그래."

"챙겨 줄 때 즐겨요. 나중엔 챙겨 달라고 해도 안 해 줄지 모르니까."

"푸훗. 그럼죠. 참, 서울은 잘 다녀온 거야? 버스 타고 다녀오기 힘들었을 텐데 아무래도 차 한 대 뽑아야겠다."

"차는 무슨. 됐어요. 나 혼자 얼마나 움직인다고. 그보다도 우리 오빠, 누구 마음에 둔 여자가 있긴 있는 모양이에요."

"호오."

재진의 눈썹이 흥미롭게 치켜 올라갔다.

"밸런타인데이인데 마감에 쫓겨서 방콕이나 하고 있는 거 보니 마음이 안 좋더라고요. 오빠가 너무 달게 자고 있어서 초콜릿만 놓고 바로 왔는데, 좀 아까 까똑 왔기에 여자 좀 만나라고 했더니 이제부터 격정 멜로를 찍을 거라던데요?"

"음, 어쩐지 어울리네."

"나중에 놀라지 말라는데, 얼마나 대단한 여자를 꼬시려고 그러는 건지 모르겠어요. 말만 그러는 건지 진심인지 아리송해요. 이하영이나 만난다면 놀랄까, 내가 뭐 놀랄 일이 있겠어요?"

눈이 마주친 두 사람은 서로 말도 안 된다는 듯 웃어넘겼다.

"푸후후. 그러게."

"그런데 진짜 하영 씨 얘기가 나와서 말인데, 결혼식 날 솔직히 좀 당황했어요. 하영 씨 미모가 얼마나 출중한지, 정말 민폐 하객이었어요. 신부인 내가 더 죽어 보이지 뭐예요."

"누가 그래? 난 강은우밖에 안 보이던데."

"별로 객관적이지 못한 답변이에요. 어서 밥이나 먹자고요."

재진은 돌아서던 은우의 손목을 잡아 끌어당겼다.

"초콜릿 말이야, 아까 먹으려고 했는데 다 먹어 버렸어."

"정말요? 평소에 초콜릿 먹는 거 본 적이 없어서, 별로 안 좋아할 줄 알았는데?"

"음, 일 년에 한 번씩은 좋아지게 될 거 같은데."

"흠흠. 내가 좀 맛있게 잘 만들긴 했죠? 그런데 은근히 압박 주는 거네요? 나 이제 매번 만들어 줘야 하는 거야? 그런 거예요?"

"그런 거야."

피식 웃으며 그녀와 허리를 맞대고 끌어안고 있던 그의 중심부가 서서히 딱딱해졌다.

"그보다도 칼로리 소모를 좀 해야 해. 그 초콜릿을 다 먹었으니."

"있잖아요, 나만 보면 그 생각밖에 안 나요?"

"좋아서 그러는 거지. 신체가 건강하다는 증거이기도 하고."

"너무 과한 거 같은데."

"과하다 느낄 때 즐기는 것도 좋은 방법이야. 나중엔 사랑해 달라고 해도 안 해 줄지 모르니까."

은우는 제가 했던 말을 인용하며 얄궂게 얘기하는 그를 보며 이내 웃고 말았다.

"근데 아마도 그런 날은 오지 않을 거 같긴 하지만 말이야."

"어맛!"

그녀의 목덜미를 강하게 잡아당긴 그가 입술을 훔치며 바지 속으로 손을 넣어 검은 수풀을 더듬었다. 열려져 있는 방문으로 그녀를 몰아붙임과 동시에 굳게 문이 닫혔다. 완벽한 방음을 자랑하는 신혼방의 문은 꽤 오랫동안 열리지 않았다. 찌개가 다 식고 식을 때까지.

그로부터 한 달 후, 화이트데이.

은우는 다섯 남자로부터 사탕 폭탄을 맞았다. 막대사탕 하나를 슬그머니 손에 쥐여 주신 시아버님부터, 종이로 만든 꽃다발과 함께 사탕을 내민 꼬마 신사까지, 모두에게 마음을 전해 받은 그녀는 생애 잊지 못할 행복한 하루를 보냈다.

그 하루의 마지막은 여느 때와 다름없이 사랑하는 남편과 뜨거운 교감을 나누면서.

「당신의 세상에서」 완결

~작가 후기~

 우선 쉽지 않은 소재임에도 불구하고 마지막 걸음까지 함께 해 주신 독자님들께 깊은 감사를 드립니다.
 로맨스 소설에서 이런 소재를 다루어도 되나, 참 많은 고민을 하며 시작을 했던 글이었습니다. 마침표를 찍을 수 있을까, 장담할 수 없었던 글이기도 했고요.
 때로는 달달하기도, 가슴 저릿하기도 했던 우리 녀석들이 세상 빛을 볼 수 있었던 건, 연재 당시 저와 호흡해 주신 많은 독자님들 덕분이었노라 말씀드리고 싶습니다. 감사합니다.

 저는 이 글을 통해서 재진이와 은우부터, 우리 정순정 여사, 기훈이, 재성이, 민석이, 진건이, 승연이까지도 모두 방식이 조금 다를 뿐, 그저 사랑일 뿐이었음을 말하고 싶었습니다.
 사랑하는 사람의 세상에서 머물고 싶은 한 사람, 한 사람의 간절하고 소중한 마음들을 보여 드리고 싶었습니다.
 물론 재성이 캐릭터를 두고, 소재가 소재이니만큼 보기 불편하신 독자님들도 분명히 계실 거라 생각합니다. 제가 표현한 성 소수자들의 모습이 그들 모두의 모습은 아닐 테니까요.

하지만 저는 재성이를 통해서 그들도 선택할 수 있는 일이 아니었음을, 충분히 고통 받고 괴로워하고 있음을 조금이나마 전해 드리고 싶었다고 감히 말씀드리고 싶습니다.

<당신의 세상에서>는 처음 기획할 때부터 시리즈로 생각을 했었습니다. 그 첫 번째가 기훈이 로맨스이고, 그 두 번째가 진건이 성인 버전이었는데요. 진건이는 여섯 살 아이 이미지가 너무 강해서 아직까지도 고민 중에 있습니다만, 기훈이 로맨스는 예정대로 선보일 수 있을 것 같습니다. 우리 능글능글한 대물 작가님 이야기 <누구냐, 넌>은 이북으로 만나 뵐게요.

감사 인사를 드려야 할 분들이 너무 많음에도 불구하고 지면으로 일일이 다 나열할 수 없음이 아쉽지만, 이 글이 세상 빛을 볼 수 있도록 도움 주신 분들께 고개 숙여 감사드립니다.

무엇보다도 지금 저와 만나고 계신 독자님들. 우리 녀석들의 이야기를 끝까지 들어 주셔서 진심으로 감사합니다.

저와의 만남이 그리 나쁘지 않으셨다면, 다음에도 또 만나 뵐 수 있기를 간절히 바랍니다. 사랑합니다.

눈부신 비상을 꿈꾸며, 문언희 드림